成一文集

长篇小说·游戏

成一◎著

山西出版传媒集团
北岳文艺出版社·太原

图书在版编目（CIP）数据

游戏 / 成一著 . — 太原：北岳文艺出版社，2019.1
（成一文集）
ISBN 978-7-5378-5656-0

Ⅰ . ①游… Ⅱ . ①成… Ⅲ . ①长篇小说 – 中国 – 当代 Ⅳ . ① I247.5

中国版本图书馆 CIP 数据核字 (2018) 第 189732 号

书名：游戏
著者：成一
出 版 人：续小强
责任编辑：赵　勤
书籍设计：张永文
印装监制：巩　璠

出版发行：山西出版传媒集团 · 北岳文艺出版社
地址：山西省太原市并州南路 57 号　邮编：030012
电话：0351-5628696（发行部）　0351-5628688（总编室）
传真：0351-5628680
网址：http://www.bywy.com
E-mail：bywycbs@163.com
经销商：新华书店
印刷装订：山西人民印刷有限责任公司

开本：787mm × 1092mm　1/16
总字数：3886 千字　总印张：271
版次：2019 年 1 月　第 1 版
印次：2019 年 1 月山西　第 1 次印刷
书号：ISBN 978-7-5378-5656-0
总定价：698.00 元（全 12 卷）

1986年作者在海南岛农垦系统采风

1986年作者在大兴安岭林场采风

1988年作者在平朔露天煤矿采风

1993年作者在黄河龙门采风

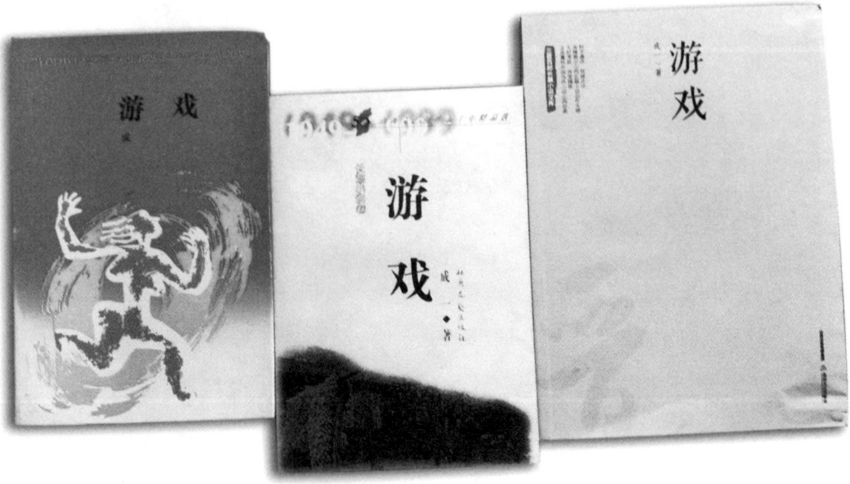

长篇小说《游戏》三种版本（作家出版社1990年“当代小说文库”版、北岳文艺出版社1999年“五十年精品选”版、北岳文艺出版社2015年“三晋百部长篇小说文库”版）书影

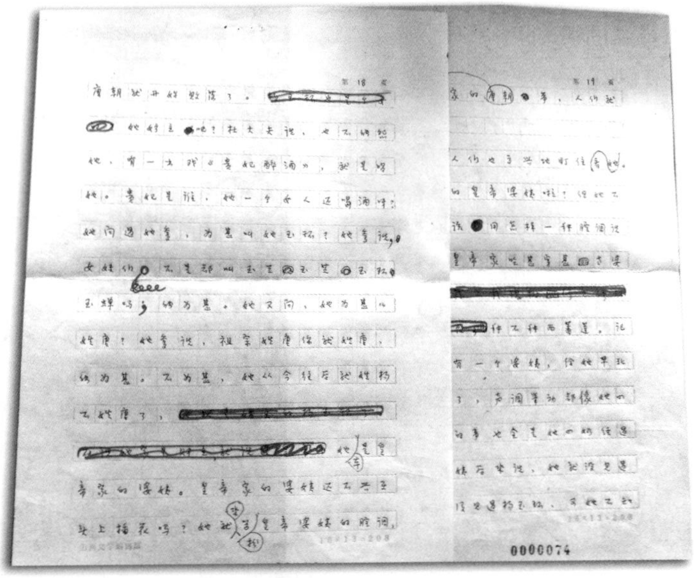

长篇小说《游戏》手稿

第一部分

第一章

她已经忘记了这是从哪里掐来的一朵西番莲花，也忘记了为甚么就把它插到了自己的头发上。它不是绢花不是纸花不是假花，这是一朵真花，花瓣很密，红白相间，红是深红，白是雪白。她就在自己头上插了这样一朵鲜花，坐到自家的街门口。

她家的街门也就是她婆家的街门，坐北朝南开在村里的后街。后街不如前街那样宽阔热闹重要讲卫生，墙上红字写得多，但也不是一条褊狭的小巷，它也贯通东西能走车马人牛羊拖拉机。因此，临街各家的老婆媳妇们也一样喜欢出来在自家的街门外坐街。不过她们出来坐街都没有往头上插花，只是蘸了凉水把头发梳得光光明明。为甚么要这样，她们谁也不明白谁也觉得不需要明白就像不需要明白为甚么人人都有子孙一样。村里不坐街不梳头的男人们也一样不明白，一样觉得不需要明白就像不需要明白为甚么人人都有祖宗一样。只是直到最近村上的干部们才开始有些聪明起来，觉得婆姨们头发梳得光光明明出来坐街不对头，很容易给外人造成一种懒惰和妇女出勤率低的不良印象。因此便不断给予批判很想一举横扫了去，批判的话是张嘴就冒出来的也够有力：死不要皮脸的货都想卖呀？只是婆姨们全不在乎，仍旧梳了光明的头发出来坐街似乎并不怕卖或是仍然不明白。

她家的街门也临街，所以她也喜欢出来坐街。因为她们都出来坐街她不出来是瘫在炕上了还是真做下了不要皮脸的事没脸出门了。这一天她没有梳出很光明的头发却很古怪地往头发上插了一朵西番莲花又鲜艳又是真花，对此她的确是一点也不明白，所以这样出来坐街时早已把这朵鲜花全然忘记了。但更加奇怪的是，她就这样坐街坐了很久，其他那些同时坐街的婆姨们居然也没有发现它。而那时村里的男人们可能都出勤了很久没有一人从后街走过，所以这朵花也没有给男人发现。

坐街很可能就是为了看别人同时也给别人看吧，可为甚么都看不见这一朵花呀？

生死都在一个村里，各家的祖孙三代都早已给相互看烂了，就连街上那些由各家出来寻食又拉屎的猪和鸡也都是被从生看到死，天天出来坐街的婆姨们天天相互看更给看得烂了又烂。这一天很可能跟昨天前天大前天一样谁也没有准备想从看烂了的别人那里再看见甚么新鲜古怪的景象。何况她们除了看别人也给别人看，同时还永远随手做着活计：缝补丁纳鞋底挑米虫剥玉茭编蚊绳其实也不懒惰。她们除了做活，同时还要说话，可说的虽然就像可看的一样也是早给她们说烂了。也可能这一天她们忽然有了刺激性命的新奇话题了吧只顾说话没心思去仔细看人了？也可能女人插了鲜花坐街本就是早给人人看烂了的景象原也不足为奇？

这天后街以至前街的坐街婆姨们千真万确谁也没有插花戴花，年轻的年老的全没有，连穿红挂绿的也几乎没有一个，衣裳都是十分朴素，黑的蓝的白的灰的虽也有少数绿的却是军队绿不是女人绿。后来她们都说，谁也不记得村里还曾经有过女人插花坐街的旧习古俗，那只是古戏秧歌戏里才有呀。古戏秧歌不时兴唱了，新戏里正经女人也不插花戴花，只有恓惶可怜的喜儿想戴朵花她爹又没钱买只买了一根红头绳。她们的闺女都比喜儿懂事，知道爹妈恓惶就从来不要求给她们买花戴也不要求扯一根红头绳。后来她们都说，就是女人一生中最值钱的那一天，结婚过门办喜事的那一天，而今也不时兴戴花插花了，胸前不戴花头上不插花只时兴在手里拿一本塑料红，过门嫁人是红喜事不管戴红还是拿红只要见了红就是吉利有喜了，没甚么关系。除了最值钱的这一天就是最受罪的生养儿女的那一天，那一天更不戴花只是见血受罪。剩下来就是数不尽过不完的平常日子，平常女人在平常日子戴花，谁也没见过。

后来她们都说，那天她们也并不是不想看见新鲜古怪的景象，人人心里都正烦闷得发寡呢，稀汤寡水的正没滋味。她们也没有寻到甚么新鲜话题可说，一直是在说早已说烂了的烂话，谁也记不得说过甚么了。

总之后来人人都觉得那天很奇怪。

在当时谁也不觉得奇怪，因为的确是很久了，无论是插花给人看的她也无论是想看人插花的她们，全都没有发现这朵花。

在已经很久了的这段时间里，与她同时坐街的婆姨们是千真万确看过她。与她家对门的斜对门的左隔壁的右隔壁的，这时都有婆姨在坐街，都不止一次看过她。与她对门的老婆这时就隔了一条街面一直盯住她的胸脯在做针线，给自家生养的四小缝屁股补丁，一边跟斜对门的媳妇在说没有滋味的烂话觉得稀汤寡水，一边就在心里想对门老四媳妇的两个奶把胸脯憋胀得这么高像个正在奶娃的婆姨似的，可嫁汉多年已经过三十啦还不生养，是不会跟男人睡还是有毛病还是前世作了孽不该有后还是男人不顶事，男人怪精干又是教员脸面白白净净咋能不顶事。可这个老婆的确没有发现那一朵花。

在这已经很久了的时间里，她们是没有怎么多跟她说话，不是她们不想跟她说话是她不跟她们说话。对门的隔壁的坐街婆姨们都千真万确叫过她想跟她说起话来，玉环玉环老四媳妇老四家地叫她，还想到她不爱听叫她老四媳妇老四家就又玉环玉环叫她，无奈她只是愣愣怔怔不答应，一直坐在自家街门口那块磨圆滑了的石头上，专心瞅住当街浮土里留下的一个牛蹄印不放。不答应就不答应吧，她们谁也没有起火怄气早知道她就有这样一种喜爱，一天热辣得逼人一天冰凉得怕人，一天是说不尽的话一天又一声不吭。当时谁也没有计较，只是见她不知又抽了哪股筋冰凉得一声不吭反倒不由比平时更多看了她几眼，奇怪的是谁也没有看见那朵花，平时眼花的眼尖的全都没有看见。

在很奇怪的这一段时间里，她手里没有做活嘴里没有说话两眼一直瞅住当街浮土里的一个牛蹄印不放，别人看她也不觉叫她也不应，千真万确也没有瞌睡着，那可能是在思想甚么吧。后来她说这时她的确甚么也没有思想没有思前也没有想后，对以前她不写日记，对以后她更不会计划不会预言，对而今也还浑然不觉呢所以当时她没有思想只有一片空静，连空静也没有觉悟到似乎把这一片空静也忘记了。她们说这是她的一种喜爱，她自己疑心这是得了一种甚么病了。发病的时候倒是浑然不觉不疼不痛还有些神奇新鲜色彩给别人看，只是发过病以后就开始感到自己脑仁里疼痛，像生了虫似的。她给村里的红医和公家穿白衣裳的白医都说过，不知有没这种打虫药？红医白医听了只是笑，笑得很快活很憨傻很难看。不过，这天往自己头发上插了一朵西番莲花她不是有意更不明白是想给自己的脑仁打虫。

已经很久了的这段时间过去之后，她家右隔壁隔了三道街门的第四道街门里才终于走出一个人来。这道街门跟后街的大多数街门一样也是在土打的院墙中间掏了一个扁圆扁圆的门洞，并不特别。走出来的这个人也是女人，不过不是出来坐街她才七岁吧还是虚岁，可能还不喜欢坐街像她妈那样。

她出来只对她妈说：“妈，奶奶叫你呢。”

她妈也只恶狠狠地瞪了她一眼并不在乎，仍稳坐着自家街门外那一块同样圆滑的石头没有动摇，不再搭理自家生养的小女子，仍旧在跟对门的四十岁女子说话，手里的活计也没有停止。

“妈，你看隔壁四婶头上插花啦红花是大红花！”

七岁女子在说这句话时虽然有些奶声奶气但也一样浑然不觉完全不

明白她已发现了奇迹。

她妈又瞪了她一眼已不那么恶狠了，却仍然没有听她说话也不想听她说话，因此也没有朝右隔壁方向去看。

“妈你快看呀隔壁四婶头上插花啦红花大红花。”

她妈是连瞪也不瞪她一眼了，她知道生养了她的亲妈似乎本来就不爱听她说活，所以她也不在乎。

“妈隔壁四婶头上插红花做甚呀也能给我插一朵吗？”

这时候七岁小女子的确也没有插花没有穿红挂绿也没有扎一根红头绳，只有脸蛋上有天生的两片红，一边一片，不是深红，脸色也不是雪白。

这时候她妈差不多已经把自家生养的这个小女子给忘记了。

这时候倒是对门那个四十岁女子偶然朝小女子伸手指去的方向瞅了一眼，立刻，两眼就变得奇异的明亮起来。

“真是哎你看真是我说你快看呀真是！”

“真是甚，你说看甚？”

小女子妈好像有些迟钝似的，她扭头朝相反的方向去望后街的尽头，以为是来了车马吧。

对门的婆姨就学着七岁小女子那样伸手指给她看。

“是那头你快看真是！”

终于，小女子妈的两眼也立刻奇异地发亮了。

在无形中已经存在了很久了的那一种莫名的奇怪，就这样终于隐退去了，落在其中的婆姨们对此还仍旧浑然不觉，只是被刚刚发现的那有形的奇迹完全吸引住了，要发现那一种无形的奇怪可能还要等很久以后吧。

当时，只是很快就一传二二传四把那有形的奇迹传给了正坐街的婆姨们，她们的两眼也就很快全都奇异地发亮了，一齐兴奋异常地盯住那一朵花。远处的婆姨已经转移到了近处。可能由于兴奋得太突然，她们这时还没有发现那是一朵真花一朵西番莲花，还像七岁小女子一样只看见了一朵红花是大红花。不过这也暂时足够她们兴奋了，这时她们的兴奋实在也只是惊异而已，惊异地瞪亮了眼睛在看，没有叫喊出来没有去惊动插花的老四家婆姨，很可能她们还不太相信眼见的景象。

等她们相信了以后却又不约而同一齐息声静气起来，好像很怕突然出现的奇迹又会突然不见了只留下稀汤寡水。这时她们的惊异已经转化成一种快乐了，一种很稀罕很够滋味依稀刺激到性命又说不清的快乐，所以都想从容受用谁也没嚷出声来，只是咬着耳根说话捂住嘴吃吃地笑。

第一个发现这奇迹的小女子见一片静息就又高声说了一句话："妈，你也给我插一朵花吧！"

她妈立刻恶狠狠地回瞪了一眼，同时就随手打了她一巴掌，之后便不再理她又继续捂住嘴吃吃地笑。

七岁小女子很大度很老练一点也没计较更没有哭啼，只是表情淡泊地仰脸看了一阵大女子们咬耳根捂嘴笑，可能觉得没甚么滋味吧就又钻进她家的扁圆门洞去了。

她们压抑着气息低语低笑了一阵正感到不能尽兴的时候，忽然又都严肃起来不由把那一种快乐又还原成一片吃惊。到这时候她们才终于看清老四婆姨头上原来插着一朵真花，一朵有红有白的西番莲花，女人头上怎么能插真花？不对劲呀，她们都不由联想起她平时那古怪的喜爱来，这时又死瞅住牛蹄印不放，不能不叫人吃惊。女人咋能往头上插真花还是一朵红里有白白里见红的真花。不对劲。

这时候从后街东头也可能是西头走来了一个男人，因为她们没有留意他从哪头走来。他见她们聚成一堆正在看甚么稀罕东西，就走近也看了一眼，只一眼就看见了那朵花，看见这朵花后立刻就大声说了一句话："哈哈老四家婆姨当了媒婆啦！"

他这句又傻愣又鲁莽的话，当时却叫她们都豁然开朗起来，媒婆媒婆是呀媒婆才戴花媒婆能戴花，她们怎么就没有想起媒婆来？这时由于婆姨们都处在异常的兴奋中，错把戏里的媒婆当成自己村里的媒婆了，村里的媒婆也不戴花更不戴真花呀！不过这个差错在当时她们根本无法发现，就是在以后很可能也永远不会被发现，在她们和他们的生活中如果没有这一类差错很可能她们和他们就不想活啦，因为常常就是这一类差错才叫她们和他们把压抑性命的不安很容易地转化成为刺激性命的快乐。这时，她们就是凭借这个差错在一片兴奋中很轻易地就把原先的吃惊又恢复为快乐了。由于这快乐甩开了压抑，她们一齐涌到这个男人跟前站到更近处盯住媒婆头上的那朵花看。有了男人在场婆姨们交谈也不再咬耳根，哧哧地笑也不再捂嘴了。这样重要的一个男人，当时她们谁也没有留意是谁，可能他跟村里的其他男人太一样了又傻愣又鲁莽，不像村干部那样又聪明又有权，也不像玉环家男人那样又精干又白净，只有一身汗腥味其他男人也都有。她们正满心快乐在看花。

可她居然还愣怔着仍在盯住牛蹄印死瞅不放思想里一片空静。

这情形给正快乐的婆姨们看了已经觉得很正常啦，她平时不就是喜爱这样吗？她插一朵花倒比平时更俊了不少妖精似的。她当喜儿太老了当媒婆又太年轻，当妖精正适合。她们很快乐。

又挤来了不少男人因为汗腥味更重了，也增加了些女人，说笑越发不再有甚么拘束，而且她仍旧没有醒悟过来，她们是更快乐了。

“嗐，快散吧，她怕是疯了！”

有一个男人很严肃地说了这样一句话，婆姨们听见先觉得有些扫兴，后来才想到这个男人可能是村干部吧，但她们也没有留意是谁。因为这时老四家婆姨终于放开了牛蹄印抬起脸来，奇怪地瞅住了大家。她们更兴奋了仿佛还有更刺激性命的快乐要分给她们了。

一个婆姨说：“玉环，你是咋啦？”

“咋也没咋呀？”

“你觉得不熨帖吧？”

“没有呀？”

“你是瞌睡做梦来？”

“没有呀那不是太阳吗？”

“你在发癔症吧？”

“你们都在看甚？”

这时看她的男人和女人第一次齐声笑起来，都笑得快活。

一个男人说：“嗐，你是打扮给谁看呀？”

“挺会打扮！”

“打扮得够美。”

“给谁看呀？”

“谁也能看，快看吧快看。”

都是男人在叫嚷了，很野很冲，不过婆姨们听见也觉得不难听。

“哈哈当媒婆啦！”

她们知道这是第一个走来的男人，可到这时候还说媒婆也真够傻愣啦一个憨货该挨刀的憨货。

“呸！”

她唾骂了一声不知是对谁，已经拉下脸来同时离开了那块圆滑的坐街石站了起来。

这时，看她的男人和女人第二次齐声笑了，笑得也很快活。

她显然还不明白大家在看甚么笑甚么，只是觉得人们今天很兴奋很满足很难看，就不由仔细看了看自己的周身。身上穿着衣裳鞋袜并没有失常的地方，可人们好像在看她赤身露肉似的。她又用手掌在脸皮上抹了抹，看看手心也没有抹下烟黑屎尿，就又抬手去梳理头发，终于触摸到了那一朵花。

她很从容地摘下来看了看。

“好花不用看！”

“戴上更好看！”

“摘了做甚，戴上吧。”

“戴上快戴上呀不用看。”

“还是戴上好看！”

都是男人们在叫唤。

婆姨们也觉得她摘得太早了，等盼了半天快乐了半天才忽然害怕最后也是稀汤寡水。

“呸，是谁给我插了这朵花？”

男人和女人们最后一次齐声笑了，这时都有些不够满足似的。

谁给你插的花，她问得真笑人，你不是说没有瞌睡做梦知道有太阳吗，谁给你插花你还能不知道？能是谁，我们还正想问你呢。不过她们又觉得她这么一问倒还真机灵像妖精似的机灵，明明是自家插上花出来坐街想美呢，给她这么一问倒把自己给洗涮干净了，仿佛真有谁跟她耍笑呢趁她发愣怔给她插了一朵花。妖精似的谁跟你耍笑，就是想耍笑也没地方去掐这么一朵真花。全村自古就不时兴种花，现在干部们也不叫种，叫种她们也不想种，花只能看不能熬菜吃。显然，婆姨们的快乐已经在消退了。

她却又从容看了一会儿手里的鲜花，仿佛真是刚刚发现它刚刚看清它是一朵真花似的。

这就又提高了婆姨们大概还有男人们的兴致，都静息着看她。

她居然就又很从容地把这朵花插回到自己头发的右首，还是原来插它的那地方。

婆姨们大概还有男人们立刻就由吃惊变成了快乐，在快乐里涌起希图刺激性命的更狂躁的渴望来。婆姨们甚至想她能插花她们也能插呀怕甚么，没有她插的这种西番莲还有地里山里的野花。男人们又是一片叫唤。

然而，她们正快乐得狂躁呢，她却忽然跑进了自家的街门，砰一声关紧了两扇门。她家的街门也是土院墙中间掏了一个扁圆扁圆的门洞。

她们终于感到忙腾了半天最后还是稀汤寡水。不过，人们还是说笑了好一阵才散了。后街的坐街婆姨们似乎还又坐了很一阵，才最后散去钻进自家的门洞。那天后晌，太阳似乎也比往日落得迟了很久，下地出勤的男人收工归来也迟了很久。

她所以突然跑回家来，是因为当时她又头疼起来了。就是每年天热了以后常常感到的那种脑仁里发疼，像里面生了虫。她有一颗牙就生了虫，虫把牙给吃空了，牙根便常常发疼，疼得心里起火血脉里热胀幸亏后来连根把它给拔掉了。不知是不是这些可恶的害虫又爬进了脑子里，开始吃脑仁。因为脑仁疼起来完全跟虫牙是一样的疼法，能感到是有活物在里面一口一口咬你，只是不像牙疼疼得那么尖酸，但也一样疼得心里起火血脉里热胀。她想，这可能是因为牙像骨头一般硬，虫吃起来得下狠劲咬，脑仁却像肉一样稀软，咬起来不很费劲吧，是一种闷钝的疼法。但红医和白医都不信她的话。她反问说：难道七窍不相通吗？他们又不敢说不通。这种闷钝的疼法，倒比尖酸的牙疼好忍耐一些，她就怕自己的脑仁也给吃空了，脑筋究竟比牙齿金贵呀。想跟他们要几服打虫药，也不给。她已经感觉到自己的脑仁给虫吃掉不少啦，许多事情总是记不住，转眼就忘，记性越来越少，忘性越来越多。等脑仁都给虫吃空，就甚么也记不住了，那可怎么活呀？老人们没有记性，准是没有早吃打虫药，她还不老呀，真是越来越怕。

她照了照镜子。镜子还没有她的脸面大，水银也有些发锈，可照出来的她千真万确还不老，脸面还是白的，头发还是黑的，不老。今天，镜中的她分明还比往日年轻了不少，这是怎么回事呀？说越活越年轻，那都是不花钱的好听话，鬼才信呢。很可能是自家的记性又给虫吃了不少，记不得昨天的模样了。

她照见了自己头上插的那朵花了。

这是谁给她插了这样一朵花呀？她想不起来今天曾经跟谁疯闹来。后晌，她不就是在街门外坐了一会儿街吗？并没有疯闹，今天头又很疼。她已经很少跟人们疯闹啦，不管是男人还是女人，她头疼，她也快老了，干部们也装正经。她有些想起在街门外给众人围住看的情形来了。

众人围住在看她的甚呀？她不是新媳妇，围住看不知看见了甚么。她那时也插着这样一朵花来？怎么惹你们来这么捉弄人！插了一朵花就值得看，不插花就没看头啦，还不老呢，挨刀货们。我正头疼得厉害，你们倒看高兴，她们和他们的确是又说又笑，围了一圈人。

现在街门外还有不少人在吵嚷笑，笑得真高兴，有男人有女人。她清楚地听见了。

那这是刚刚发生的事啦。

她记不很清，刚刚发生的事都记不清楚，正头疼呢，脑仁里的虫正饿呢。要是谁捉弄她，人们也该笑罢散去了，还等在街门外做甚？想看，我天天出来坐街呢，谁不许你们看来，还围住街门在等甚，在等着堵住我养的野汉呀？都是些挨刀货！院里屋里谁也不在，只有七月的太阳斜照在窗户纸上。

她从头上拿下了那朵西番莲，又仔细看起来。

挺好看的一朵鲜花，花瓣稠密，红白相间，红是深红，白是雪白。闻了闻，却没有香味儿。是从哪儿掐来的呢，不像野花，可村里谁家还种花呀？莫非是从城里捎回来的？难怪显得年轻了，一朵好花。

她又把这朵花插到头上，对着镜子照了一回。

呸，一个憨婆姨。她自己也笑了。

这时，她忽然想起来了，这朵西番莲花是她自己掐来的。因为掐这朵花，还跟支书娘吵了一架，几乎打起来，眉眼都恼啦，对骂得很带劲，不记得是谁占了便宜，反正她掐了老太太一朵花。她不是有意要掐，更不知道她家后院还养种了这么精神的西番莲，不知道开得这么好看。是你先说你的花开得好看吧？

我先说："呀呀，你家后院还种花呀，烟叶也有，不种南瓜豆荚？"

你说："我一辈子就爱见个西番莲，这是我种的不是他们种的。"

我说："这就是西番莲？跟西番柿可差得远，枝叶花朵全两样。"

你就说："你看西番莲多赢人多俊气老开花且开不败呢！"

你看你把它夸得多美呀。你还说："它又皮实好侍候，雨也淋不着风也吹不着。"

我说:“猪也啃不动吗?”

你说:“谁也不敢动它,我那孙子孙女也不敢动它!”

我就说:“是呀,真是怪叫人爱见的,是叫西番莲呀?”

你说:“我一辈子就爱见个西番莲,谁也不敢动它。”

我说:“是呀,不叫人参观吗?”

你说:“不用旁人管,我种我浇水,旁人不能管。”

我过去闻了闻,说:“不香呀?”

你说:“够你看了,闻它做甚!”

我就掐下一朵花来。你就变了眉眼,要扑上来打架。我才明白了,你说孙子才敢动它,这不是骂人呀?我不是有意掐它,不小心掐了一朵,你就要打架。我给你笑了你还是要打架。骂吧,是你先骂的我呀,我也有嘴。当支书也不能由你说,我正发愁生养不下个后人呢,你在广播上吆喊我是晚育模范,呸。

没有见上支书,骂了一架,掐回一朵西番莲。但不知道甚么时候给插到了自己头上,憨婆姨似的,还坐到大街上,难怪众人看得那么带劲。憨货,这一来可丢下人了。

一定是你自家给自家插上了这朵花,家里院里没别人,就有自家一个汉。他敢吗?吓死他。他早去上课啦,他娘他哥他嫂更不敢。他们也没来过。就是你自家给自家插上的,为了自家年轻好看,还是为了气死支书娘?甚么也记不得。那时,正头疼吧,这一片记性又给虫吃了。西番莲花能打虫吗?你是插它做甚,憨婆姨,今天可是丢下人啦。

她又看了看镜中的自己,不憨,也不老,脸面是白的,头发是黑的,又看见了头上插的那朵花。

呸,还插它做甚!她一把将它揪下来,使劲摔到屋地上,一脚踏去便把它踩扁了。

她想扔进猪圈里,看猪吃不吃,啃动啃不动。拾起来,走到院里,才明白自家早不养猪了,便把这朵踩扁了的西番莲扔给了自家的鸡。鸡只给吓了一跳，没有闻它没有瞅它，咕咕咯咯叫了几声，都逃走了。呸，不肯下蛋，想吃甚呀。鸡都不闻它，不知熬了汤喝下肚能不能打虫？

街门外围着的众人可能散去了，已经听不见嚷吵和快乐的笑声。憨婆姨，丢下人了，你看你还怎么出门见人，不用明天全村就都知道啦，呸。

天很蓝，七月的斜阳照着自家的屋顶。自家的院里，没有种西番莲，也没有种西番柿，没有种烟叶，只种了几架豆荚。自家也没有后院，没有井，没有猪，只有几只不肯下蛋的鸡，还有一个不会生养的憨婆姨，一个死蔫打蛋的汉。头是已经不疼了，大概脑仁里的虫又吃饱啦。天很蓝，太阳还没有落，你怎么出门见人。

男人回来的时候，街门又砰的一声，响得很重。他喘着气，像扑回来救火。

"玉环，你是咋啦？"

她恶恶地瞅住他，不想说话。他脸也是白的，头发也是黑的，可你出那么多汗做甚。

"玉环，你没事吧？"

她不由对他笑了一下。她一定笑得很难看，他冒出更多的汗，白脸也更难看。她对那个老太太也是这么笑了一下，尖脚的老太太都没有害怕，他倒给吓软了，白脸黑头发还不如个尖脚老太太，老太太头发稀了还是黑的。

"玉环，你觉着哪不熨帖？说呀你，又是头疼？"

"没着火，你有金有银呀？"

他只是擦抹满脸的汗，不敢再问话。

她有些明白了，他一定是听谁说了她的事。她丢了人，他该骂她训她打她吧，怎么倒给吓成这种稀软样。他不敢，他娘他哥他嫂都不敢。

他们也像扑来救火似的，砰一声推开街门，跑到她面前喘气。他们也是只会问那么几句话，咋啦没事吧熨帖不熨帖头又疼吗你好赖说句话呀，满脸出汗，奇怪地打量她，仿佛还不认得她似的。

她看出来了，他们都是听人说了刚才的事，一朵鸡都不闻猪都不吃的西番莲她插到自家头上妖精似的还坐到了大街上，你不嫌丢人我们也不怕丢人呀？嫌丢人，你们又不敢骂我打我，也不去队长支书那里告我叫干部们开会批判我，支书娘正恨不得剁了我的手呢。

“去叫干部来批判我吧！”

他们听了更给吓住了，一齐退到院里低声商量起甚么事来。她瞅见自家汉手里拿着那朵扁了的西番莲花，给他们看。

一定已经传遍全村了，太阳还没有落呢。

呸，原来他们是疑心她疯了。他们还真会想办法，她要是疯了，那就不会给他们丢人啦。一个疯子，甚么古怪事不能做！真会想办法，不知是谁先想出来的，她汉还是他娘他嫂，都没胆倒有心眼，想叫她疯了！

这时她又忽然记忆起来了，她插着花愁坐在街门外那阵，就听见有人说：她疯了。听不清是谁说的，口气很正经。

你真是疯了吗？也有些像，除了疯子谁能做出这丢人事来？不过也不像，除了那阵头疼，现在心里明明白白，认得自家汉和他娘他哥他嫂，记得他脸白头发黑在当民办教员挣着死工分，记得自家还没有生养下后人婆婆不高兴，这是自家的屋自家的院，自家的街门也是土打的墙中掏了个扁圆扁圆的洞，太阳还没落，是七月快秋天啦，知道今天做下了丢人的事，正发愁明天怎么出门见人。疯了还会觉得丢人还会发愁吗？你们想叫我疯，我也想疯呀，疯了就不会给你们丢人也不会给我自己丢人，明天出门见人就不怕众人笑话，因为我疯了。

可惜，我没有疯。

第二章

她很后悔昨天一脚就将那朵西番莲花给踩扁了，真是太鲁莽，也没有多想，留着吧又有甚么可怕，要是留着今天还能用。给她踩扁又扔到院里的那朵花，不知又给扔到哪里去了，扔进茅屎坑里了吧。

再到支书家后院去掐一朵来？掐不成了。昨晚点灯时候，支书仿佛也来过她家，支书说过的话还没给脑虫儿吃掉，她还记得。

他说，老太太不吃饭啦，非叫赔她那朵西番莲不可，一家人劝了半天也不顶事。“我说我罚她工分罚她扫街罚她淘茅粪罚她当几天四类分子给你开会斗争她还不行呀？不顶事，老太太死活要叫赔她那朵花，咋掐下来还得咋给她安上去。这不是说浑话吗？如今是甚么形势，她养种花呀草呀就够浑啦，现在又说这种浑话，这不是给我皮脸上抹黑呀？可她好吧歹吧是自家老人，老糊涂啦，除了劝她哄她也没法跟她划界限，你们说是不是？她老糊涂啦，给你来了个绝食，要是来个寻死上吊，就更够我招架啦，摊了这么个糊涂老人你能有甚么办法？幸亏后来有人来给我说，你媳妇——吭吭，我起先不信呀哪能信，挺精干一个女人，又寻了你这样一个有水平的汉，就是晚育几天吧就能——吭吭，我不信！”

她记得听到这里，很想“呸”他一口。心里说，不是你在喇叭里吆喊我晚育模范，我也不会去掐你娘的花，模范捞饭不用你管，是你娘先骂的我，孙子才敢动，谁是你孙子？她好像并没有“呸”出口，只对他冷笑了一下吧。

他赶紧说：“不会，现在我也不信，你媳妇不是挺好吗？玉环你不是挺好吗？我知道那是有人要笑你哩，耍笑人的话我哪会信。只不过我听了这话，倒有了对付老糊涂的主意啦，这是将计就计知道吧？玉环知道吧？我就跟老太太说，你快不用怄气咧，她——吭吭，她是一个——吭吭，你怄气还不是白怄气。我是将计就计知道吧。你说老人糊涂吧她还不肯相信。我说你不信去问问旁人，村里谁都知道她是个——吭吭，你再惹恼她，看她不来把你的西番莲连根薅了才怪！就这样将计就计，老太太总算是相信了，直叫嚷从今往后你把后院给我锁上，把那个——吭吭也给我锁上，锁上。我就说锁上锁上。”

听到这里，她真想说：那你就把我锁上呀？心想，可惜我没有疯。你不用吭吭啦，就说我疯了我也不怕，我还想疯呢可惜没有疯。

他又说：“玉环，我是哄老糊涂呢，你挺好呀我能锁上你？没事啦，没事啦，掐一朵花算甚呀，真给她连根薅了也是革命，没事啦不要有心事，我不会罚你工分罚你扫街淘茅粪当四类分子斗争你锁你，全是哄老糊涂呢。你们吃罢饭了吧？吃甚来？四丑你安心教书吧安心写画吧，我看没事，没尿事。不用调查，又是坐街老婆们制造的情况，四丑你再给咱写一篇材料批判那些讨吃老婆，记住了吧？”

当时她觉得支书真够歹毒也真聪明，居然叫她自家汉写文章宣传她疯了，说是批判坐街老婆，她们谁给他低头接受呀，朝着喇叭笑一回拉倒啦。可惜我不怕你宣传，可惜你寻不下个写画的高手，他写下的文章宣传不到全公社全县全省全中国，可惜我想疯还没有疯呢，你聪明也是白聪明。

可惜她就没有想到支书会走到她跟前来，伸手就扶住她的下巴，眯缝住两眼很正经地瞅她的脸面眉眼。你是在看牲口的牙口吗？幸亏没有扳开她的嘴唇，只用手扶住她的下巴。他的手粗涩得像是沙石，一股热燥之气就从下巴传到了腿上。她也闻到了他的汗腥气。可惜我不怕你。我只是不知道如若真疯了，在这时该怎样表现，是抓他一把，咬他一口，还是对他傻笑，还是真给他咧开嘴唇叫他看自己的牙口。她的牙口不赖，齐楚雪白，甚么茶饭都能吃，也能咬人，也好看吧。

不知道自家是怎样给他表现来，更不知道他看出了甚么，他松开了她的下巴，就像做完甚么肮脏营生似的，两手拍打着擦抹了半天。呸，我的下巴也是细白的皮肉，还不比你那沙石般粗涩的黑手干净呀？

“没事，我看没屎事，可恶的坐街老婆们真是讨吃货，我走啦，黑夜还开会。”

支书走时，自家汉还送出了街门，他也是讨吃货。别人扶你老婆的下巴，你倒大方地站在跟前看，你也把这情况写进文章宣传吧，我不怕。

支书走后，自家汉没有熬夜写材料，倒给她煮了两颗鸡蛋吃，还给她洗了脚。她更觉得疯了真不错。想了一夜，仍然觉得疯了好。

只可惜再也找不到一朵鲜花来戴了。没花插到头发上，怎么证明自家还疯着呀？男人走时，居然问了她一句：“给不给你锁门？”她没有细想，便恶恶地瞪了他一眼。他没敢锁门，悄声敛气地到学堂去了。

她又想，给他锁住也好。自家给锁住，就证明是疯了，省得再去找花戴，也不用发愁出门去接受人们的笑话了。支书娘就说，快把她锁住。我也想把我锁住呢！想把我锁住，想得挺美，我看你们谁敢？我还没有疯呢，我想疯是图轻快，能吃鸡蛋，能叫男人给洗脚，还能不怕丢人不怕笑话，自由自在绕世界跑，要图给锁住，还疯它做甚。她觉得自家的脑筋到底不好使唤了，绕来绕去几乎愿意叫他们锁住自己，真成了憨婆姨了。自家脑仁里生了虫是没错。她早就听下乡来的公家人员说过，脑筋里能生锈，也能生虫。可红医白医愣是不相信。她相信公家的话，相信自家脑仁里是生了虫。

生了虫就能变疯吗？但不能给他们锁住。锁住就一把火烧了他的三间房。

她的一张照片夹在镜框里，她没有笑，那时她就头疼吗？那时，她的脸也是白的，头发也是黑的，但头上没有插花。那时她有一双白球鞋，是从城里带回来的，坐着她爹赶的牛车。她舍不得穿，她娘偷偷给她扔进煮蓝盆里，白也不白了，蓝也不蓝，她哭了，她娘还是愣给了她兄弟。她兄弟穿得恶臭，两个月就露出了脚拇趾，又穿了十个月，扔到房檐下不穿了。她爹捡起来，用镰刀把胶皮底跟帆布鞋帮割开了。胶皮底，在当间戳了个圆窟窿，套进了铁锹把，贴在锹背上，翻地时垫了脚了。帆布鞋帮，给绑在了麻绳上，背柴背粪背庄稼时，垫了肩了。她恨了她娘她兄弟她爹，不能不恨，现在她还恨。她只记得那时从城里带回了这双白球鞋。她真是哭了，胶皮底垫在锹背上，蹬着有弹性；可帆布鞋帮绑在麻绳上，每回都把他们肩膀上的顽肉给染蓝了，真是活该。你也没给我买过一双白球鞋，白跟你睡在一条炕上多少年，你甚么也不知道。

烧了吧，先烧了他那三本账。一本有半寸厚，都包了洋灰纸封皮，订得死齐楚，放在躺柜里。都是白有光纸只一把火就烧成灰了。她说是三本账，他说是三本书，自家写的三本书。鬼，你不知道我也识过字念过书吗？今天是沤绿肥，明天是批判会，后天过河跨江，一天写一张，都垫了印蓝纸，写一张印三张。三张装了信皮，不花钱邮走还想宣传到全县全省全中国，你说你憨不憨，留一张订成你的账。你说不是账是书是你写的书，哄鬼吧除了哄你自家。我一把火烧了你的账看你能疯了疯不了。

烧了他的三本账，他就更相信她疯了。他信了，全村人不能不信吧？他是你男人你老汉跟你睡一条炕的憨傻货，鬼。

不用他宣传，她甚么也不怕。

她走出了屋门，走出了街门，也没有在门外的石头上坐街，没有理坐街的女人老婆，走在了当街中间，走尽了后街，走进了前街。

前街有门楼，也有扁圆的门洞。还有一棵老槐树。都说门楼里从前是财主的宅院，她就说那原是她家的宅院。都说老槐树已经活了三百年了，她就说这树原来是她亲手栽活的。村外还有一条河，她就说这河也是她引过来的。天上还有几朵云彩，她敢说云彩也是她绣成的吗？她还要给人们说，她姓杨不姓唐。他对她说过，你的名字有意思。有意思个鬼。他说，杨贵妃的名字就叫杨玉环。杨贵妃是谁？他说，你在城里没学过历史呀？杨贵妃就是唐玄宗的婆姨。唐玄宗是谁？他说，就是唐朝的皇帝呀。她就"呸"了他一口，你是哪朝的皇帝，讨吃货。他还满得意满有学问给她说历史唐朝皇帝婆姨，岂不知她在城里念完小学，杜大夫就早给她说过了。你家姓唐，怎么又给你这女孩子起了个玉环的名儿，不好。怎么不好？唐朝就有一个杨玉环，自从玄宗皇帝宠了她，唐朝就开始败落了。杨玉环也是个女的？她妨主吧？杜大夫说，也不能怨她，有一出戏《贵妃醉酒》，就是唱她。贵妃是谁，她一个女人还喝酒呀？她问过她爹，为甚叫她玉环？她爹说，女娃们不是都叫玉兰玉芝玉环玉蝉吗，能为甚。她又问，她为甚么姓唐？她爹说，祖宗姓唐你就姓唐，能为甚。不为甚，她从今往后就姓杨不姓唐了，她就是妨主的杨玉环了。不说她家是财主，就说是皇帝，她本是皇帝家的婆姨。皇帝家的婆姨还不兴在头上插花吗？她就来学扮皇帝婆姨的腔调，给人们说唐朝皇帝家的事，人们就相信她疯了。

在前街，人们也高兴地盯住看她。真当她是唐朝的皇帝婆姨啦？但她不知道皇帝婆姨该是用怎样一种腔调说话，也不知道皇帝家吃甚穿甚老婆老汉吵不吵架栽不栽槐树修不修引水渠绣不绣花种不种西番莲。记得前年前街就有一个婆姨，给她早死了的四奶跟上了，声调举动都像她四奶，告诉出来的事也全是她四奶经过的事。那婆姨后来说，她就没见过她四奶。她也没见过杨玉环，可她不知该怎样学扮她。杜大夫说古戏里有她，可惜那时她不爱看古戏。那她也去喝酒吧？

你们是看甚？看你娘那脚后跟！幸亏她又头疼起来了疼得心里起火血脉热胀。

他应该上两堂课，只上了一堂课。学生们今天不再安静听他讲愚公和智叟的辩论了，总是笑。他问他们笑甚么，有个学生说葵花，其他学生便大笑不止。他并没有给他们讲葵花呀！他便使劲拍了一下教桌，严厉地又问:“到底笑甚!”这回是许多学生齐声回答说:“棉花——”甚么棉花，他只觉得拍过教桌的那只手很疼，便走下讲台，拧了三个学生的三只耳朵。别的学生还是笑，所以，第二堂课就叫他们自习了。

在教员室，不上课的教员都来跟他研究他老婆。

“你老婆好打扮吗？”

“我咋没见你老婆给你打扮过？”

“我看她应该好打扮，实际上又不打扮，这里很可能有问题。”

“老曹，是你不叫你老婆打扮吗？”

“我看你也管屎不住她！”

“听说她早先在城里上过完小，城里也不戴花呀？”

“不是有资产阶级思想吧？”

“有屎甚思想，有思想就不疯啦。”

“你是说他老婆真疯啦？”

“谁说来，我是说资产阶级才戴花呢，她不怕吃家伙？”

“贫农也不打扮呀！”

“鬼也不打扮。”

“老曹，昨儿黑夜你老婆笑来没笑？”

“笑不笑有甚关系？”

“这是关键。要是笑来，就说明她是在疯闹，疯闹的疯不是疯了的疯，是活泼，活泼也不准确，是活跃，是耍笑，是疯耍，知道吧，总之不是真疯，是正常，也不能说是很正常，先严肃后活泼，婆姨们太活泼，队长们头痛发火。要是没笑过，问题可能就严重了。”

“四丑，你说你老婆笑过没有？”

“主要是对你笑过没有，人都走了，就剩你和你老婆？”

“说呀！”

他想了想说："点灯以后，支书去来，她对支书笑过。"

"她对支书笑过？"

"怎么笑来？微笑，还是大笑？"

他说："像是冷笑，又不太像，也不像微笑不像大笑，像是怪笑，也不怎么像，是我觉得奇怪。"

"那是不是苦笑呢？或是失笑，笑得叽叽咯咯？"

"是傻笑吧？"

教员们都没有笑，公办教员和民办教员都没有人笑。他就说："都不像。"

"那支书走后，她对你笑来没有？"

"就是，对你笑来没有？"

"就是，笑来没有？"

"笑来没有？"

他又想了一阵，说："想不起来了，那时我很紧张很害怕。"

"再想想。"

"我看你也管㞗不住她。"

"老曹，你老婆不生养，你领她去医院检查过没有？"

他说："她不去呀！"

"嗐，你老婆不是石女吧？"

"都说石女就生得俊呢。"

"你最有发言权，是不是？"

"是不是？"

他瞅了瞅在场的两个女教员，她们都很严肃，男教员也很严肃。他就说："不是。"

"那你去检查过没有？"

"对，不是你的子种坏了吧？"

"可能是你不㞗行吧！"

“你应该查一下，老曹。”

他见所有在场的教员仍旧很庄严，便说：“我没问题。”

“那是你老婆有问题？”

“我看问题也不大。”

“我看也没屎事！”

“我看你们先过继个娃养活吧。”

“我看不能大意失荆州！”

教员们走后，他把大家的研究归纳了一下，主要研究了三个问题：第一是老婆爱不爱打扮，第二是老婆对他笑来没有，第三是老婆为甚么不生养。最后意见不统一，大多数教员认为问题不大，他们包括两个女教员在内都是本村的民办教员，少数人主要是其中的一位公办教员老刘，认为不能大意失荆州。他虽然想赞成大多数人的意见，可是很害怕真理有时在少数人手里，而且代表少数人的公办教员老刘的确水平很高。研究的那三个问题就都是老刘首先尖锐地提出来的。研究的气氛也始终很庄严，更给他增加了思想压力。因此，在这个时候他更感到自己太脆弱了，真正像一个没有改造好没有结合好的小资产阶级知识分子了，以前总怕不像，现在终于得到验证了。

第三堂没有他的课，他想回家去看看老婆。想了想又不想去请假，倒不是怕扣工分，就怕领导和教员又围住他研究他老婆，还会有新的尖锐问题给提出来。他的思想包袱已经够重啦。大意失荆州，他不能失了自家的老婆。唉，他们都叫她你老婆，他是想把她培养成他爱人。当爱人，她的条件比谁都强。她长相够出众了，脸白皮嫩眼大嘴小牙口也雪白，身材不低也不胖不笨，看着也不土气俗气野气，脑筋也伶俐说话也伶俐笑起来也伶俐，条件很好。她还有文化，还是在城里念的完小，还说她喝过牛奶，在一个留过洋的西医大夫家住过，条件很好。她给他当爱人很好，可就是不给他好好当，对他也很粗野，张嘴也是讨吃货挨刀鬼，跟村里的婆姨差不多。她以为他也是一个粗野的受苦人吗？你不生养，我还是尊敬你，给了村里的受苦人不成天敲你才怪。我写文章,你说是记账,这多像农村婆姨说的俗气话。我也没有反对你打扮吧,我也欢迎你对我笑,我也没有强迫你生养呀。功到自然成,他并没有灰心沮气,还在刻苦努力下功夫。但怎么也没有想到,她会给他来了这么一手鲜的,轰动了全村。

她是想浪漫吗?

他不止一次分析过浪漫的可能性了。她浪漫那当然太好啦,就是豁上挨批判斗争,也坚决支持她。因为她要真是浪漫,那就证明她终于变成爱人啦。你不要看我这么脆弱,为了支持你浪漫,我才不怕㞞它批斗呢!可惜怎么说也不像是浪漫呀?女人往头上插花,那是封建现象。插一朵真花,那就连封建也不如了。我一直想抬举你当爱人,当爱人怎么能发了疯呢?

他又体会了一下,的确思想压力很大,今天写不成文章了。

"曹老师,你还不快去!"

他发现突然跑进来的人是刚才参加研究他老婆的一个女教员,也是民办教员,很低很胖,很庄严很兴奋。

"你还不快去!"

"去做甚么?"

"你家婆姨!"

"在哪,她在哪?"

"在操场,你还不快去!"

猛然间,他忘记了思想压力,很利索地冲出了教员室,冲到了操场上。

在操场的篮球架下,学生和教员挤成了一堆。他赶紧也挤了进去,就看见他婆姨了。

她给学生和教员围住,坐在土地上,白布汗衫已经脱下来给扔在一边,只穿着她自家做的那件红布背心。这时正在脱鞋,已经脱下一只了,连那只白洋袜也给脱下来了,正在脱另一只鞋,她自家做的黑布鞋。

"玉环,你这是做甚!"

他给吓傻啦，没有了思想包袱，也忘了自家的脆弱，忽然就朝老婆大喝了一声。

她抬头很冷静地瞅了他一眼，就说："你是到哪儿扑死去来，快去给我寻一双白球鞋！"

"穿上，你快给我穿上！"

"你不给我寻一双白球鞋，叫我穿甚？买不起不能给我借一双了？"

"玉环，你快给我穿上！"

"呸！"

她才不听他的喝叫呢，这时早已把另一只黑布鞋和另一只补了蓝布补丁的白线厚洋袜也给脱掉了。老天爷，她不会把裤子也给他脱下来吧，因为在这时他已经忘记了审验自己的这个念头是否粗俗得像农村受苦人一样。

老天爷，幸亏她只把裤腿挽了挽，就站起来了。他想去拦挡她，可又怕她当众扇他一巴掌或是咬他一口。

她赤着两条胳膊光了两只脚，冲出了人堆，从一个流着鼻涕的男学生手里抢过篮球来，便老练地拍着它，接着就来了个三步跨篮投了一颗球。球没有投进篮筐，却也差不了许多，它砸到了没有挂网的空铁框上，又弹到缝隙很大的篮板上，又弹到土地上，然后弹到她的手里了。因为篮球架原是一根圆木柱上钉了不够尺寸的缝隙很大的篮板，金鸡独立似的稳定性差些，忽然给她这一砸一弹，便咕咕咯咯摇晃起来了，那不够粗细的铁框更发出了很动听的颤音来。

在场的学生和教员，很可能也有学校的领导人在场，全都一下子被曹老师婆姨这老练的有水平的甚至可以说是很精彩很漂亮的篮球技术给镇住了：啊呀，真还不简单呀。因此，全都暂时顾不上去注意她的其他方面了，比如她的光臂和赤脚，她的红布背心和清晰可见的红裤腰带，还有昨天插过一朵鲜花的头发。

他没有看见老练的漂亮的篮球技术，只看见自家婆姨那两条赤裸的胳膊和那两只踩在土地上的光脚,还有胳肢窝里那黑森森的腋毛,还有在红布背心下颤动得很欢的两只奶:我的天老爷,她是真疯了。这是在众人前太阳下!在太阳下,她的光臂和赤脚实在是太白了,雪白得发亮,明亮得刺眼。她把它们养得这么雪白,难道就是为了这样给众人看吗?在他印象里,她可从来没有给别人亮过这一份雪白,她不是那种粗野发泼憨傻的农村老婆。就是村里粗野发泼的憨婆姨,热天光臂露胸吊着奶也有过,可再野再憨也没见过哪个女人光了两只脚片在太阳下乱跑乱跳她真是疯了。

"玉环,你快给我回去,回去!"

他用力喊了一声,自己能听出吼喊声有些发哑。

这时,就有人轻轻拽了他一下。回头看见是那位参加研究她的公办教员老刘。

"老曹,你要冷静。"

老刘声音低沉有力,而且一脸庄严一脸兴奋。再看其余的学生和教员,也是很庄严很兴奋,全都十分专心地在看他老婆耍篮球。

这时,他再去看她,就开始注意到篮球技术了。她还真会打篮球?他看见她进了一颗球。她已经在全场奔跑起来,拍球,蹦跳,飞跑。在太阳下,她已经变成了一股风,一道雪白的闪光,一团红热的火了。他不知道自家是出现了幻觉,还是又犯了写文章的旧瘾,他不相信这就是他老婆。但那红布背心红裤带,还有雪白的皮肉,黑森森的毛,的确是他老婆。

"老曹,她打过篮球?"

"没有呀!"

他回答得太快了,又一想,依稀记得她似乎说过她以前打过篮球。再一想,又不敢肯定她说过。她要是想打篮球,为甚么不跟他说呢?她要能打篮球,她就是爱人了。可赤膊光脚露着庄户裤腰,她是疯了。

专心看他老婆的人们开始骚动起来了。先是学生,学生中又先是男学生,然后是女学生,然后是教员,男教员和女教员。他觉得都是民办教员,因为代表少数的唯一一位公办教员一直站在他身边,一直很庄严,说话也一直低沉有力，不像其他人那么尖锐地喊叫。骚动也不是从喊叫开始的，先是有人低声说话，然后是低声哧哧地笑，然后才是喊叫。好像首先是一个男学生喊了一声“赤脚医生”，接着又有几个学生喊了一声“棉花”，凌乱了一阵，终于组成了整齐的有节拍的呐喊：“赤脚医生——棉花！赤脚医生——棉花！”这就像在举行拔河比赛时，啦啦队在吼喊“四班男生——加油”一样。教员们先还想制止学生们这出色的呐喊，后来就只管笑了。而这个时候，连他老婆居然也停止了耍篮球，一屁股坐到了球场的土地上，劈开两腿，把篮球抱住捂在她胯下，喘着粗气，快活地观看学生们那出色的呐喊。

他正要冲上去，公办教员老刘就又轻轻碰了他一下，低声对他说：“老曹，你老婆还真白，你要冷静，她白得不像打过篮球，可动作又像打过，很奇怪，你老婆真白，你要冷静。”

他见公办教员仍然很庄严，这时甚至皱紧了眉头，他才想到他冲上去怎么办呢，打她踢她骂她，还是扶她哄她回家呢？

“赤脚医生——棉花！”

他终于冲上去了。可她仍然那么快活，那么耀眼，那么雪白。他真的不知该怎么对付她了。

她瞅了瞅他，眼光很陌生。

“我姓杨，我是皇帝婆姨！”

“赤脚医生——棉花！”

“玉环，快回家吧！”

“我姓杨！”

她真疯了。他正要去拽她，她就霍地站起来了，丢下篮球，啪嗒啪嗒朝校门走去。

“玉环，你先穿上，你快穿上！”

她并不理他，径直朝校门走去了。学生们和教员们都跟在她身后，好像在欢送她。

他慌忙返身去捡了她的汗衫布鞋洋袜，追了上去。

她已经走出校门了。欢送她的学生和教员可能被领导喝住了吧，都停在校门外没有再往前送。因此，只有他一人追去送她。临别时候，公办教员老刘好像又低沉有力地对他说了一声：老曹你要冷静。他没有听清，又说你老婆真白来没有更没有听清。

学校原是一座古庙，坐落在村东头，出校门往北贴住苗圃走，那里很背静。他想在那里截住她，强迫她穿上汗衫布鞋洋袜，然后从那里拐进后街。但他的计划又落空了，她没有向北拐却朝南走了。难道她还要走前街呀，老天爷！

他急忙紧跑了几步，堵截住她。

她陌生地瞅瞅他，不是平常的恶狠，也不是刚才那一种快活。在太阳下，他只觉得她一片雪白。

“你快穿上!”

她不理他，继续朝前走了。太阳下一片雪白，他不知应该怎样强迫她。

这时大概有十一点左右，他看了看太阳。太阳很耀眼，也是一片雪白。不过这时前街还不是人多热闹的时候。但她光臂赤脚从前街走过的时候，还是人多起来热闹起来了。他甚么也没有看见，只看见一片刺眼的雪白。

她走得很从容，走尽了前街，走尽了后街，才终于钻进了他家的街门，钻进了土墙中掏出的那扁圆扁圆的洞。

接着，就来了许多的人。他已经记不住是谁，谁又对他说了甚么，总之人很多。他只记得支书又来过，仿佛仍然是扶起她的下巴，又好像是用拇指和食指夹住了她的下巴，仍眯缝了眼，很正经很庄严地看了一阵她的眉眼，又肯定地说：“没事，我看没屎事，你不用害怕！”他还记得，他娘也来过，没进屋，只在院里对他说：“听说上野庄她娘家村那棵松树又灵验了，你还不快去替她磕头上供献抠点树皮回来给她熬了喝，说不定能治了她的疯，有民兵站岗，你得黑夜去得小心，得后晌阳婆没落就起身先住她娘家，等天大黑了就去磕头上供献，听说后半夜民兵困了好办事，好办事也得小心你快去不敢吱声，不敢再发憨了，迷信不迷信治病要紧。你也不敢发愁不敢着急，疯婆姨赤身露肚比她闹得厉害的也有的是，都好了，你快去吧。”去就去，他分不清支书和娘谁说得对。

不管谁说得对，他不该跟住赤脚老婆从前街走到后街，抱了她的汗衫鞋袜。他回想自家的这番形象，就心惊肉跳。她疯了，他也疯了吗？他很可能不够冷静，害怕村里的农民观看他老婆的一片雪白吧。可跟住她，也不能把村里农民的眼睛全捂住呀，不够冷静。赤脚医生——棉花，他是给这喊叫声给喊浑了。在太阳下，他只见过她的白脸白牙，没有见过她的一身雪白。她会闹得更厉害赤身露肚跑到太阳下给大家看一身雪白吗？老天爷，他是得去给松树磕头上供献了。他记得他给学生们讲解过，不穿鞋袜光脚当医生那是南方的事，你们这里是北方，不行，村里红医妮子也光脚给老乡看病，那不是疯子吗？很可能他不应该这样解释，那时他很可能也不够冷静。

自从钻进自家的街门那一刻起，她就开始感到恐惧了。老天爷，今天她真是疯了吗？没有呀，她心里还清清楚楚，还认得村里的所有人，隔壁的对门的后街的前街的男人女人、队长支书、他娘他哥他嫂，还有他。他是自家老汉在学校教书不是公办是民办，他抱着她的汗衫鞋袜，傻愣傻愣地呆站在屋地中间，那么可怕地盯住她。她自家是只穿着红布背心，挽着裤腿，光着两只脚，出了一身的热汗，浑身乏累，心跳气喘，脸上发烧。她就这样从前街走到后街，就这样到学校的操场上打篮球来吗？学校的学生和教员，满街满村的熟人，就这样看她出丑丢人来吧？

她真是疯了吗？要是真疯了，那倒好啦，她就不用这么害羞害怕了。可惜她心里依然清清楚楚，这是她的家，那是她老汉，院里有太阳。院里涌进很多人，都是她知道祖宗三代的人。这些人都还想看她的疯样呢，有的挤在屋门口，有的趴在窗户上，有的干脆走进屋里来了。支书走到她跟前，又用那粗涩的黑手捏住她的下巴，很正经地看她的眉眼，看完又说：“没尿事。”她在无比恐惧万分羞愧中，觉得支书到底太聪明了，不但会看牲口的牙口，也能看透她心里清清楚楚。她早就急切地想穿上汗衫放下裤腿穿上鞋袜，揩揩汗拢拢头洗把脸喝口水，立刻恢复到平素的模样，但她心里清清楚楚：不能。因为一恢复平素正经模样，她就完啦，你心里既然清清楚楚，怎么能做出这种营生来呢？一个好人怎么能这样不要皮脸！她不能，只能照旧这样疯了似的给大家看。这就是支书说过的将计就计吗？可支书是多么聪明的人，她可吃不住这将计就计的折磨啦。谁也不知道我是在怎样艰难地愣撑着吧？心里清清楚楚，却必须显出满脸不在乎，光脚板还得站在冰凉的屋地上。也许应该咬支书一口才更像疯了，可我已经没有那一份力气了。

在操场上和前街后街的大道上，光脚踩在土地上，她曾经觉得很暖热，甚至觉得很熨帖，仿佛身上有股甚么在不断往热地中传流去了，心里轻快了许多。可出这么大的丑，就是为了这么一种奇怪的感觉吗？这能治病吗，能治了她的头疼吗？

她觉得今天发生的事真是太奇怪了。她怎么就跑到了学校，是去找她老汉吗？她下辈子也不想找他。可她又疑心这一切都仿佛是她早已谋划好的，已经谋划了很久很久了，还没有嫁他就在谋划了。那是在上辈子就谋划好了吧？真像疯婆姨的念头。还有昨天往自家头上插鲜花的事，也太奇怪了。

她真疯了吗？但心里分明还清清楚楚。从此，她还怎么出门见人呀？还这样赤身光脚跑出去？她支撑不住，已经支撑不住了。

把我锁住吧，我愿意你们锁住我，我出不了门了，从今以后就把我锁住吧。满院人满院太阳，脚底下一片冰凉。我不知道这是谁谋划好的，锁住我吧。

第三章

本来他可以不去站岗。他早就划算过，现在他当的第二生产小队队长官衔小也相当于排长了。省长相当于军长专员相当于师长县长相当于团长，公社主任相当于营长大队主任相当于连长小队长相当于排长，这一套他比老乡清楚得多。现在省长县长都不带“长”了也不敢叫主席都叫主任，公社大队也跟上叫主任可主任跟主任差远啦，官衔该是多大还是跟带“长”一屎样，就剩下小队长还给带着“长”，老乡连小队长的“小”也不叫只叫队长，可队长还跟排长一般大，排长不站岗。他清楚在部队排长官衔最小刚够提干给你吊四个兜。他在部队上锻炼了五年，应该四年又积极了一年也没有吊上四个兜给打发回来当老乡了。叫自家老婆给吊上四个兜也还是没户口吃不上商品粮，老婆不给你关饷。他想当排长领导二队老乡，不过他清楚你农村排长打发不了他这一辈子，也清楚他当不了红太阳。因此他本来不应该站岗还是去站岗了。

工作员老米就很高兴，吐了一口干痰说：“好得很，万银，你又自愿站，好得很，我怕影响你家二队工程，太好得很了，政治任务，万银你当过兵今黑夜好赖给咱逮住一两个，不好交代也不是图交代，恶恶地批他一两个，真有了鬼了？民兵连长跟你一搭去，不用？好得很。”

老米又吐了一口干痰，脸皮很红。

他清楚老米在开会前又灌过几口酒。老米在老乡家吃饭的时候不敢要酒喝，老乡给他预备了酒也不敢喝，吃完派饭回到房东屋里才从炕洞里偷偷摸摸摸出酒瓶灌几口。给他撞上过几回都见老米又慌又羞一副狗孙样。他问过老米：“你想喝爱喝就光明正大喝吧怕尿甚？老乡没人报告你！”老米说：“我不是怕报告领导是怕老婆。”扯淡吧，你老婆会远路风尘跑来调查你？因此他听老米说好得很他心里也真觉得好得很，给你逮住一两个你能提拔我当连长吗？不是民兵连长是相当于连长的支书主任。

“老米，多逮几个行不行？”

“好得很呀！”

他想笑没有笑。

“老米，逮住贫农行不行？”

“好得很！你家野庄连个地富也不出产，贫农也好得很。”

老米吃了多年商品粮，就学会一句好得很，还说得像吆驴腔调。叫他看老米也是一个老乡。老米说还要研究生产。他清楚再研究也生产不出“地富”来，就说他得准备站岗逮人，先走了。

后晌的阳婆还高呢离黑夜还早，阳婆晒着满街不卫生，猪粪羊粪人粪不是人屎是人尿，一股尿臊气一股土腥气，土路土墙土圪梁土里土气。你看你，不由也土里土气啦，后晌的阳婆该说下午的太阳，下午的太阳你才说了两年不到又想说后晌的阳婆，你也真成了老乡了。太阳是男人的太阳，红太阳是男是女老乡们可能不清楚，也可能农村的男老乡娶婆姨太难就把太阳看成女人叫她阳婆。你娶了婆姨了是农村的傻婆姨，想叫她爱人不行顶多叫老婆，老乡配老婆正合适，可你不是老乡也不是红太阳。太阳是男人的太阳，该说下午的太阳照着满街不卫生，男人的太阳也照着那棵大松树，黑夜还早。

他瞅了瞅那棵大松树。

上野庄太小,在这小农村不管站到街上院里都能瞅见这棵大松树。从平川回上野庄,在一片连一片的黄土圪梁上远远就瞭见这棵大松树了。想瞭望风景也没有只有这一棵绿森森的大松树,一年四季都是绿,老乡们说它是野庄的风水,是一棵神树。老乡的神树,他想笑没有笑。他不是老乡他是无神论者。老乡不清楚无神论者是说甚么,问过他:“甚是无神论咱?”他说:“你们说得对呀,无神论咱,咱就是我。”老乡赶紧说:“万银,你不会破坏四旧吧?你不敢破坏它,它是咱村风水!”他说:“不一定。”那时他只想吓唬老乡,老乡们给他一吓唬都不把他当老乡了,他很高兴。

男人的太阳照着大松树,它真是够高大够伟大。不过黑夜还早,也用不着准备甚么,他只想去看看它仍然高大伟大。

一个小老乡抱住步枪靠住松树在丢盹。狗日的,老乡才说狗日的你该说他他妈的,他朝老乡屁股蛋上踢了一脚。

老乡醒了只慌了一下不慌了,仍坐着靠住松树眨巴眼。

“嗐,你知道是给谁站岗?”

“大白天阳婆没落,没屎事。”

“你卧倒是哪国站岗法,站起来!”

“万银,没屎事。”

他正要再给他一脚,才想起自家刚够排长拉倒吧,小老乡还不知道是在给谁站岗,先饶了你。

它真够高大伟大,笔挺站在土圪梁上,绿森森使他想起了四个兜还有呢子的很厚很重的绿颜色,还想到招手和瞭望远处就像瞭望全世界。远处是平川一马绿庄稼,还有平川的大村,还有河像一条蛇似的闪亮呢,还有路,平川后头是山脉,山脉很细小。

他瞅见有个老乡正往土圪梁上爬过来,没有在意,等瞭望山脉和河流又回头来瞅时,发现又不很像老乡。

谁呀,县上的团级主任书记是坐吉普车,公社的营级主任书记是坐拖拉机,他清楚这一套,可能还是老乡。是外村来给神树磕头上供献的老乡吧，这个来崇拜他的老乡穿了身干净衣裳，他兴奋起来了。前几天崇拜他的都是女老乡今天来了一个男老乡，是怕婆姨给抓了经不住批斗呀？

他想笑没有笑，兴奋地等着崇拜他的老乡，老乡越近越不像老乡，衣裳干净讲卫生，不是黑脸是白脸，白脸上有心事正瞭望松树呢，是来磕头上供献的老乡。他认出来了：是唐玉环的男人河头村一个民办教员，民办也是老乡。

他爬上来做甚，应该是他老婆回来住娘家，看他一脸心事准是跟老婆打了架，打了架她更应该回来住娘家。

"嗐，四丑你上来瞭你老丈母呀？"他清楚老乡才叫他四丑，他应该叫他世俊，可世俊还不如叫世美呢，他知道世俊是这货自家改的名字。

他看见世俊给他吓了一跳又慌又羞像老米那种狗孙样，只对他嗯哼不敢多说话多瞅他。

"世俊你是跟你婆姨打架来？"

"没有呀？没有，你听谁说来？"

"我看你脸上不对劲，死灰一片，像！"

"没有没有，甚么事也没有，我来给她娘家送东西。"

"曹老师你不敢走，我看你脸上不对劲！没打架是你婆姨病了吧？"

"没有！万银你听谁说来？她没病，还是以前那样好头疼，没病。"

"她还是好头疼？好得很有好得很的办法，你们河头听说了没听说了吧不能不听说！"

"没听说，我甚么也没听说到，万银你知道我成天钻在学校教书甚么也不知道。"

"我知道，曹老师还不知道那我先告诉你吧，好得很——"

他见曹老师还是又慌又羞脸上不对劲，就朝卧岗的老乡说了一句话："嗐，太阳早偏了也没屎事你回家下沟担水去吧，今黑夜轮我站岗你回吧。"

"那我就回呀枪给你撂下啦。"

"撂下吧。"

老乡走了以后他就对曹老师说："真不知道呀曹老师你们消息太不灵通，就是它呀它又显灵啦，老乡老婆们说是甚么神又转悠过来了住进它身上给它做灵魂，谁有心事求它它都灵通，头疼脚疼都给治，你不看有民兵站岗呀？"

"迷信，农村讲迷信哩。"

"我还不知道是迷信？不是迷信能派民兵给神仙站岗呀？不过曹老师你没听老乡们说吗迷信就是可信可不信不能全信也不能不信，我看管屌它迷信不迷信你也给你婆姨试试怕甚，今黑夜我站岗你来吧我掩护你不用害怕，怎么样曹老师你说？"

"不行不行，我是教员。"

"教员也扯淡你还是民办挣工分怕屌它甚，再说我站岗掩护你鬼也不知道谁能逮住你？再说你看天天有民兵站岗还是天天有人磕头上供献，只要一跪倒，那站岗的眼再尖加上手电照加上刺刀捅，就是寻不见你的人影！要不说是神树呢真日了怪了我亲自经验过几回啦，不能不信你不能不信！再说我跟玉环关系不赖，我还能不掩护你？"

"不行，万银。"

"你看你曹老师还是不相信咱是不是？你去跟你丈母丈人商量商量，来吧，错过今黑夜你准得后悔！你跪倒以后当然有神掩护你，可没我接应你不好往它跟前爬呀！这两天上级着急了刚开过会，县委书记在电话里训了公社书记公社书记又训了工作员工作员又训了村上的支书主任，说是再止不住就砍树啦。我说你还是赶紧来吧，你想形势不紧能派我出来站岗我是队长你知道吧？"

"知道。"

"你来不来？"

"她早就好头痛。"

"你说你来不来吧？"

"不一定，看吧，我赶天黑还得回河头，看吧，不一定。"

“那你回去叫她来吧!”

“更不行她头疼,头疼得厉害。”

“那你来吧!”

“不一定,再说吧。”

他见这货终于也没有吐出一句响亮话就慌慌张张扭脸进了村,真恨不得追上去薅住他的小分头按倒强迫他给松树磕个头。唐玉环唐玉环你真瞎了眼了寻下这么个不伟大的老汉!可惜她嫁人的时候他还小,刚不念书了只知道吃饭,只听见响了一挂鞭炮她就给一头灰色驴驮下川去了。当兵走以前他爹妈给他娶婆姨,他才清楚上野庄甚么也没有只有两样宝,一样是大松树,一样就是嫁走的唐玉环。可惜他爹妈没早生他五六年,他只能娶回一个老乡家的傻婆姨。拉倒吧,娶不成她还不能叫她老汉给他来磕一回头?她给毛驴驮走了,大松树还在谁也驮不走,他就不信他是白动员了一场,说不定他真要来,娶下她那么一个婆姨给了谁也要来,除了像曹四丑那么一个不伟大的憨老乡。他当了五年兵回来,发现上野庄除了老乡依旧是甚么也没有,只有两样宝,一样是大松树一样是唐玉环。你嫁到河头还回娘家,你真把野庄的风水拔尽了只剩下一群傻婆姨。

他很兴奋。他觉得今天忽然又想来站岗真是想对了,又觉得这很奇怪。怎么偏偏他要来站岗,玉环老汉就来磕头啦,松树你真是神树呀真能灵通了咱的心事?他亲热地拍了拍它,真够高大伟大,只可惜树皮给抠掐得斑斑点点够辛苦,你不会白辛苦。

他又瞭望了一回远处的河流和山脉,然后把那杆步枪拾起靠住大树干,想笑没有笑,只脱下绿军帽甩打了甩打只吊着两个兜的绿上衣,就回家下沟担水去了。

那时,男人的太阳还没有落。

他担了水走到半路上碰见正下坡的宋万银。万银对他说:“你家女婿来了!”他只哼了一声没敢停脚,走完一里了还有一里又正是爬坡他不敢站。万银又对他说了一句:“今黑夜我站岗二叔!”他又哼了一声继续往前走,不再听万银还跟他喊甚么。悠着劲快把剩下的一里路走完时就又听见万银在身后对他喊:“二叔今黑夜我站岗!”他只是想到底是后生走得快这就撵上他了,又想沟底泉口担水的人正多,人不多也得半天才能舀满一担水,是有人巴结他吧叫他打劫了现成的两桶水他是队长。因此他没有记住他追撵上来又跟他说了些甚么话,只想幸亏没有在半路上给他打劫了这一担水。

走进自家街门刚放下一担水,就见女婿和老婆从屋里走出来,他才想起半路上有人给他说过你女婿来了,来就来吧。

“嗯,你来了。”

“刚来。”

“你看看你听听你叫你女婿给你说说你闺女疯了你闺女你看看……”

“嗯,你说吧——你说甚?”

“不一定,还不厉害。”

“还不厉害你闺女赤身露肉绕村跑你看看你闺女,老天爷,你们快进屋说呀还怕全村听不见是想咋呀!”

他跟着女婿,女婿跟着丈母走进土窑里去了。窑里比院里黑暗,半天他没有听清老婆和女婿在给他说甚么,直到觉得窑里也不黑暗了,才听清他们是说他闺女赤身露肉绕世界跑。

“狗日的你咋不拿镰把敲她!”

那时候他能想到的就是这样一句话。老婆比女婿说的话多,女婿又比他说的话多,他没有说几句话,想多说就是只想到这样一句话,他只能把这一句话一遍又一遍多说了几遍。是闺女赤身露肉绕世界跑,他不知道老婆为甚么只知道一哇声埋怨他,是他调教闺女这样不要脸来?他想了又想没有呀,她也是你闺女不光是我闺女,他也应该埋怨老婆只是不知该怎样埋怨她。他说应该拿镰把敲她!他想了又想觉得也应该骂自己。他想起她小时候住在城里杜家也不要脸过那时她也不小啦。是杜大夫叫她到城里上学但不能怨杜大夫杜太太。她是在学校不要脸来不是在杜家,该怨学校那个教员,但教员该打该罚早都挨了想再埋怨早寻不见人了。那你们就怨我吧也拿镰把敲我!女婿没有埋怨他只问敢不敢去拜神树求点药,说是他娘叫他来的他不知道顶事不顶事敢不敢。老婆说咋能不顶事就是有民兵站岗,她也去磕过头险些给逮住不知道今黑夜是谁站岗,问他知道不知道他说他不知道。女婿说他知道是宋万银站岗,不知这人靠住靠不住。他就说他也听人说是二队的万银今黑夜站岗。老婆说他不知道咋又知道了,知道咋又说不知道这是因为甚,他说不出是因为甚所以更觉得应该拿镰把敲自己。

“宋万银这人可靠不可靠?”

他说:“后生家走得快。”

“鬼!”

“他家成分没问题吧?”

他说:“咱家也是贫农。”

“女婿是问你老宋家谁问你老唐家神经货,要不你闺女赤身露肉绕世界跑,万银他五爷下河滩砸死过人你记得吧?”

他想了想说:“听人说过。”

“宋万银五爷真砸死过人?”

“真有的事,一石头下去脸面就砸扁了,又憨又凶他五爷。”

“是他亲五爷吗?”

他说:“听说是叔伯五爷到万银这一辈出了四服了。”

“出了四服他老宋家的人也是又憨又凶,不敢托靠他!”

“我看万银也精干聪明呀?”

他说:“我看也不憨后生走得快。”

“鬼!”

“那你们说不敢去磕头是吧?”

“你不去咋办呀还叫她赤身露肉绕世界跑?”

"那你们说敢去是吧?"

"你不去是想咋呀?"

他说:"要不我去吧?"

"你去做甚你去咋张口说她赤身露肉绕世界跑,还是叫她女婿去吧他比你精明有文化!"

他说:"那你就去吧。"

他看已经商量妥帖了就走出窑来,院里还是比窑里明亮,他想还能下沟再担一担水,就把桶里的泉水倒进瓷瓮里担起空桶走了。

快走到村口时候他又想起杜大夫杜太太来了,才觉得与其去给神树磕头还不如引上闺女寻杜大夫,接着又想起城里杜家早没人在了,才又觉得还不如先到村里红医站问一问朱先。朱先和他在村里能跌一个平交,早年全野庄的男人就只有他和朱辛丑在城里住过。朱先在中药铺给掌柜抓药,他在留洋西医杜大夫家喂奶牛。朱先没有住到解放,中药铺买卖就塌了只好卷铺盖回村。他一直住到解放,是杜大夫怕他耽误下土改分地亩才劝他回村的,这就不一样。回了村他和朱先也一样养种过庄稼。他是早就当上饲养员了,朱先是这二年才在红医站当上先生,幸亏村里众人只叫他朱先不叫朱先生,朱先能算甚么先生,论工分跟他挣的也差不多。他这么一想就不由担了空桶折回村上的红医站,好像又来了兴头忍不住想再跟朱辛丑跌一个平交。

他见了朱先以后果然又给朱先红润的脸皮激发起很大的兴头,不由还是疑心这人早年喝过人参汤。他问了朱先多少年了,朱先就是愣说只见过人参没喝过人参汤。喝过就说喝过吧又怕甚,他喝过牛奶是早给他说了,只可惜他喝不惯所以如今脸皮没有朱先红润。脸皮红润就敢当先生?他就问他:"女人疯了你有办法给治没有?"

朱先问他:"你女人疯了?"

他说:"你女人才疯了!"

朱先又问:"那你说谁家女人疯了?"

他说:“谁也没疯呢!”

朱先说:“那是你疯了?”

他说:“你才疯了!”

这时候他才醒悟到今天寻上门来这不是想输给朱辛丑一交吗?他自家闺女疯了可还没有听说朱家子孙有谁疯了。他有一个闺女嫁了河头教员已经多年了,朱家至今还没有一个教员女婿,直到这二年他朱家才有一个小子当上本村的电工,可惜野庄还不通电只管各家的纸喇叭,他闺女女婿的河头村已经通了电。狗日的她偏偏就给他疯了不拿镰把敲她还等甚!

他跟朱先只笑了几声就赶紧又折出来下沟担水去了,一路上心里疙疙瘩瘩很后怕:刚才怎么就自家寻上了门险些输给朱先一交。他想了又想觉得是受了老婆的埋怨,埋怨是该埋怨也不能那样埋怨吧。担完水吃完饭他还是得回饲养院去睡觉,在饲养院睡觉挣工分又能不听老婆埋怨。他都想妥帖了可心里还是疙疙瘩瘩很后怕。

他等太阳全落了又等天色全黑了到该点灯时候,才去村头松树底下来站岗。太阳没落他还没来的时候就只有一杆步枪在站岗,他知道没屌事无人敢来磕头上供献,老乡们太胆小。不知道曹四丑胆大胆小,看他也不是个胆大鬼伟大货。这个胆小货今黑夜要是不敢来,那他可就败兴啦。临出村他几乎就忍耐不住了想拐进老唐家再动员一回,幸亏伶俐了一下怕他们起疑心拉倒了。

天很黑看不见河流山脉,村里没有电灯,老乡们这时候也没有几家点灯。天上应该有星星,这时候他只瞅见了几颗,知道天上有云彩。有云彩遮住半夜的月亮,拱来趴下磕头的老乡就会更多,趴下磕头的老乡越多他越希望天上没有云彩,月亮明明亮亮照清一片崇拜他的老乡,这是一个矛盾。矛盾就矛盾吧。甚么也看不见,甚么也听不见,只能瞅见松树高大伟大的黑影,没有风因此白天像一朵绿云彩似的树盖这时候也没有响声。野庄的风水真给她全拔尽了,可惜那时候他还小只知道吃饭又赶上吃不饱的时候。

他捏亮手电筒照了一下，没照见人，在树根底下照见了三个花馍五块饼干一个锅盔三个槟果。

这是老乡的供献，他甚么响声也没听见就有老乡来磕过头上了供献，老乡的本事还真大。他估计了一下这些供献至少是三个老乡供献的。本事都不小，可惜本事这么大谁也猜不出他就是神。咱就是神，这没错只可惜你们猜不出认不出水平太低有眼不识泰山。是我宋万银在九天以前天不亮带头给你们的神树先上了供献，供献的也不多就有一个锅盔三块饼干，不过没有磕头，我是神不能磕头只想叫你们来给我磕头！在村里我也没说过你们快去磕头吧，只说过你们谁也不能去磕头，那是迷信，可你们都愿意来磕头越说不能去越是轰轰烈烈不带一点响都来了。都来磕头拜神谁是神呀我是神。我吃不了你们这么多供献，供献越来越多，一天一夜拣一粪筐加到一担两粪筐，又加到两担加到三担还在加。老乡们不用这样客气只给我磕个头不用上供献也行啦，我知道你们都挺恓惶，你们不知道我一口也不吃你们的供献。可能都不相信因为你们都是老乡，其实我真不是贪图吃你们的锅盔饼干，只希图你们崇拜，也不是无限崇拜，只崇拜这么几天就行啦。要是这样机灵地制造了神当上了神，只图吃老乡的锅盔饼干槟果花馍，那我不也成了老乡了？他这样一想就觉得自家也真有些高大了，因此心上身上像格外兴奋格外熨帖格外满足。

他来熬夜站岗就是图了这一种享受呀不能白站，其他民兵站岗挣工分他不要工分。曹四丑还不见来，真不来了吗？天黑得看不见他，真来了也不会给你喊报告，你也像个傻老乡了。可天不黑他不敢来吧？狗孙你放心吧。看曹四丑也不是机灵货伟大货，绝没有老乡们那么本事大不带一点响声。但好像有风了。风不大，树那很大很沉的树盖已有了呼飒声云彩也把能瞅见的几颗星星遮住了，村里点着的几盏煤油灯也给老乡吹灭了，不过放心吧不用怕。

那时候他还是老乡所以很憨傻扛了一杆步枪给松树站岗，风很大松树盖呼呼响得很重很闷，天上有星星没有月亮很冷，他害怕得浑身稀软，那时他还没有去当兵。那时候他真心想逮住一个磕头上供献的老乡交给工作队,可终于逮不住,只逮了一顿训骂。那时候他也真心相信是松树里驻了神他还没有娶媳妇生娃,还不知道能制造神更不敢当几天神。九天以前他也不是想当几天神,只是害怕又复员成老乡埋没在一片连一片的黄土圪梁中间,黄土圪梁上的农村真是太憨傻了没有风景也没有马路没有自来水没有大风大浪没有武斗。因此他机灵了一下就给高大伟大松树制造了一个神。当时他没有想享受老乡们的崇拜,只想背了步枪天天站岗一个不剩把爬来磕头上供献的老乡全逮住。当时老米工作员还没来,他不是想逮住迷信的老乡希图立功提干,他已经给提成队长相当于排长再提连长有困难,他只是不相信老乡能有那么大本事,拜神磕头不带一点声响蒙过站岗民兵。他想亮出自家的本事镇倒老乡们,叫他们看看叫他们记住他不是老乡。他没有想到他造神会造得那么顺当那么成功,老乡们真轰轰烈烈拱来磕头上供献了,先本村后外村先女人后男人连村上连级干部公社营级干部县上团级干部都一级挨一级给惊动了。他没有着急亮自家本事动手逮老乡是想多笑几天,后来才知道只贪图笑太傻又像老乡了,这才开始享受老乡们的崇拜。享受几天吧怕㞞甚,野庄没有风景没有马路没有自来水没有大风大浪只有傻老乡傻老婆。不过老乡也真还本事大,真能轰轰烈烈又不带一点响声,幸亏他改变计划不逮老乡啦,也幸亏老乡们本事大他能多享受几天崇拜。

黑天没有月亮有风还好说,有月亮没风又明亮又安静他们怎就能不带出一点响声?老乡们还是本事大。

他仿佛听到了一种响声,但觉得又不是风吹松树的呼飒声像是扑通一声很沉闷。崇拜他的老乡都不会这样呆笨地趴倒磕头,从来不带出这么大的响声,不知是哪个没本事货活该给他逮住了。

他捏亮了手电筒,手电筒不很明亮。因为大队太小气不等到电筒不亮不给买新电池。不过手电筒不很明亮也照见了,果然是一个老乡趴倒在土地上但离松树还远。他想起来这货是给绊马石绊倒啦,那是民兵营长设置的绊马石，谁也没给绊倒就绊倒这样一个笨货，活该逮住你上缴老米工作员。

等他再一细看，狗日的心里不由高兴了十二分。原来是你呀你到底来了可你也到底够憨笨连老乡还不如，没磕头就先趴倒了，不是咱不掩护你，是你自家太笨先暴露了。

“是四丑吧快站起来！”

四丑爬起来了很慌张但没有忘记拍打干净衣裳上的黄土，没拍打几下又猫下腰寻找甚么。寻见了是很鼓的一个书包，搂住书包就呆站住忘记了继续拍打衣裳上的黄土。

他知道曹四丑搂住的书包里就是给他的供献。

“你不用害怕这枪打不死你枪筒早锈了崩不了你。”

这时候他忽然真想把这个比老乡还笨的教员解押回村上缴给工作员老米，老米不知又要说多少声好得很。他不是想听老米多说几声好得很像吆驴似的，只是想把他上缴了拉倒，看你那㞞样吧也敢把野庄的风水娶走放到你家炕上。想了想觉得还是先叫他给他磕完头再说。

“老曹你不用害怕崩不了你，趁这阵没人你快磕头上供献拜神求药吧我掩护你，快呀你快机灵些有人来了我就不好掩护你啦快些吧还傻愣着做甚？今黑夜天黑没月亮形势又紧，都怕砍了树来的人多。你看才前半夜十来点钟供献就摆上一摊啦还不快些行动，小心再绊倒我给你用手电筒照住不用怕，有电筒光亮别人就不敢来了你快些吧！你看你不能先磕头得先上供献，先起来先站起来，把书包解开，对！两盒饼干供献不小，是供销社买的吧你比老乡们大方，是得大方拜神呢还能那么小气。你到南头，南头好南头灵从南朝北磕头灵得很，对，就把供献摆在那里吧，磕头得诚心诚意忠字当头知道吧，那就快些磕吧磕三头起码得磕三头多磕几头也好得很，那你快开始吧我给你照住你磕头不用害怕谁也不敢来放宽心磕头吧，我不说话了你都懂了吧？”

一头两头三头四头五头真还不少磕，只是那磕头的模样仍然很笨不大好看,但还是诚心诚意。他心里欣喜极了几乎忍不住笑出声来。不敢笑这是很严肃的事呀他得严肃地接受人家诚心诚意的崇拜。在这时候他真是体验到了一种被崇拜的滋味了狗孙真不赖嘛。虽然他已经被崇拜了九天了可真还没有这么当面享受崇拜呢。因此到这时他已经忘记了押这人上缴的念头只觉好得很。

他没有数清曹世俊给他磕了几个头反正很不少满意极了。等这人爬起来又拍打裤腿上的黄土时他甚至去替他抠下很不小的一块松树皮,有核桃那么大。

“曹老师给你药快装好走吧,别人只抠指甲那么大了不得了,你看我给你抠了多大一块快走吧,小心再绊倒。”

“万银,真是,万银……”

“不用客气快走吧!”

“那就走啦真是万银……”

“快走吧小心绊倒。”

“真是……我走啦。”

曹四丑正要走,他忽然又机灵一下,忙捏亮手电筒说:“老曹你站住!”

老曹吓了一跳站住了。

“我跟你说,要想给她除头疼病根,还是叫她就是你婆姨玉环她亲自来磕一回头,谁有病谁来都挺灵,灵得很!”

“怕她不来呀!”

“能治病她还不来她又不傻,你动员她来,她来我还给她做掩护工作!”

“我回去跟她说就怕她不来。”

“你动员呀动员她来!”

“我动员我走啦!”

“走吧她来得赶紧来形势紧啦!”

“我动员我走啦!”

“走吧走吧!”

他很高兴真高兴极了，好得很！今黑夜又成功了一切都如他所希望的设想的，狗日的你还真不简单，真叫唐玉环老汉给你磕了头，还是用手电筒照着当面接受崇拜，他是替她来崇拜你！他还答应了动员她亲自来崇拜一回你！在很高兴很成功的心情下他觉得她也一定会来给他磕几个头。这样一想他是更高兴了狗日的真是好得很。

因此，他打算在后半夜不睡觉了要一直接受老乡们的拜崇，他甚至盼望月亮能钻出云彩来在一片明亮里享受拜崇。可惜没等多久他还是靠住松树睡着了连梦也没做。

直到黎明时候的露气才把他潮湿醒了，睁眼看了看松树四周摆下一摊供献，估计了一下只能放满二担四粪筐比前两天减产了。等发现了那两盒饼干，于是又高兴起来真是好得很。高兴了一阵又望了望朦胧的河流山脉，才又想起怎么给老米交代。可能因为很高兴只想了一想便想妥帖了：他赶紧得把这一摊二担供献收拾回家去，不过他可不吃供献他家里的人也不能吃，他要把这些供献分发给他领导的二队的五保户老乡，只挑出那两盒饼干再挑几斤槟果上缴老米。

老米见他时也是刚睡醒可能还没有来得及偷偷灌几口酒，因为问他的声调很生硬不像灌了酒以后那么有味儿："万银，你的任务完成没有逮住个人没有？"

他说："逮是逮住了你看老米。"

他把两盒饼干几斤槟果摊给老米看。

"逮住了？好得很，人呢是谁？"

"供献逮住留下啦，人逮住没敢留下捆住押来上缴你。"

"不像话万银你！"

"逮住了我不敢留下捆住呀？"

"逮住谁了？"

他趴到老米耳朵根下很低声很神奇地说："是书记老婆。"

"哪个书记？"

“领导你的公社书记呀!”

“不能吧?”

“老米我哄你做甚,你看这都是她上的供献,一般老乡谁舍得供献这么多这么高级你说是吧? 书记老婆我认得头发梳得很光溜你说是吧,她说书记腰疼她是替书记求点药顶事不顶事试一试,书记不叫她去她是悄悄背了书记去的还跟着个后生陪伴她,你说我还敢逮她捆她呀我赶紧替她磕了头,你说能叫书记老婆磕头呀影响不好吧?”

老米一边听他说一边在屋地上转悠像是寻找甚么东西,他清楚老米可能想灌几口酒了。

“老米你是想喝几口酒吗你就喝吧我不会报告你,我看书记老婆也拉倒吧,不用报告谁啦影响不尿好!”

“真是她呀?”

“真是老米我认得,我替她磕了头又给她抠了树皮她包好我送她出了村,跟着的后生骑车带上她走啦,这后生是她小子不是我没见过不认得,你认得吧老米?”

老米不说话还在寻找甚么东西似的东瞅西看。他本来就很高兴这时候更高兴了,愣想笑但坚决忍住不能笑,一笑就糟了他清楚。

“不过老米,除了书记老婆今天黑夜我可看得紧,一夜没有丢盹不断捏开手电筒四处巡逻,除了她谁也没有敢磕头上供献。”

“你说怎么交代逮不住人老得站岗,你挺负责别人不负责,又给你摆下一摊供献你说不是让等着吃家伙吗? 你们上野庄连尿个地富也不出产不逮住个人你去批斗谁?”

这时候很可能因为他很高兴所以忽然就又灵机一动想出一个主意来,这主意又很叫他高兴,他没有细想就在高兴再加高兴中把这主意说给老米了。老米正犯愁得叫他想笑,因此也可能他是怕忍耐不住笑出声来坏了事,才急忙把那主意说出来了。

“老米我说你也不敢太发愁了小心愁病了身体,身体给愁病了你也不能去磕头求药吧？我一黑夜不敢丢盹负责是负责也真狗日的够辛苦，心想老是这么辛苦也不是长久之计吧能不能想个办法？我就想了一夜真想见一个办法！”

“万银你说你想见个甚么办法？不是砍树吧？”

“砍树太笨我不同意砍树，树砍了老乡的迷信思想砍不了呀你说是不是，我想出的办法是因势利导也可以说是以毒攻毒也可以说是将计就计也可以说是走为上计……”

“快说甚么办法吧你是说叫我走？我往哪儿走呀！”

“老米不是你走是叫神走你不用着急我给你说，你叫干部们寻几个积极婆姨，再叫她们到各家串门告诉老婆姨们说，神已经走了已经转移走了快不用去磕头上供献啦，磕头也是白磕，供献也是白供献，求下的药也不治病，这么一说一传老米你看吧不出两天磕头拜神的风就止啦，懂不懂？”

“哦，这倒是个办法。”

“不错你就照我的意见办，主要得寻几个积极婆姨，主要叫她们去串门不是去开妇女会，主要叫她们说家常话说悄悄话不是传达上级精神，懂不懂？”

“懂，我懂啦万银，你还真行真聪明真能干真有水平呀！”

他当然更高兴了，一边觉得老米真是个老乡真没有水平，便又继续给老米做指示，一边体验自己的机智和水平狗日的狗日的不断亲热地骂自己，却一直没有发现他已经犯了一个严重错误：他不是还在等待唐玉环来拜神吗，怎么就忽然把神打发走了呢？

直到这天下午他才猛然发现这个错误，他骂自己祖宗却已经晚了，连他自己也在他领导的二队挑了几个积极傻婆姨给做了指示。狗日的却是因为高兴，可这高兴是因为甚么呀？因为她主要是她，神也走了她还会来呀她不来他还高兴个鬼！真是有了鬼了，没鬼是有神吧神树真有神吗？

他真的又想了一夜，但终于没有再想出一个更聪明机智的办法来留住神，他想也许神树真有神吧。

第四章

她喝了男人用砂锅熬好的松树皮汤药,忽然就觉得身上心上头上脚上都轻快了许多,有一种像万金油似的又麻又凉的药劲儿开始在血脉里传流开来,清凉败火很熨帖。因此她就很熨帖地吐了一口气,对男人笑了一笑。

男人慌忙问她:“药不太苦吧就一味松树皮,玉环你漱漱口给你凉水不太苦吧?”

她说:“不苦很熨帖。”

“喝了药你睡吧不敢出去小心给风吹着了又头疼。”

“我头不疼身上心上很熨帖!”

“刚喝了药你睡吧小心养病。”

“药真顶事我头不疼身上心上很凉快脚上也很熨帖!”

“玉环是真的呀?你还是上炕睡吧先养病当紧,药顶事就好。”

“真顶事了我浑身都轻快我不睡我想做活计想上工下地挣工分。”

“玉环不用你劳动你养病吧!”

她看出他是不相信药汤已经顶了事,你不相信药顶事还叫我喝药做甚你是还想叫我再给你疯下去再叫我丢人是不是？她真疯过吗？喝下汤药之后她不相信自家真疯过了，为甚要疯怎样能想疯就疯哪会那么容易是做过一个梦吧。

“我有甚病我很熨帖浑身都轻快你说我有甚病？”

“你——吭吭你不是说你头疼吗？”

“我头不疼头上很凉快药顶事了，你说我还有甚病叫我上炕睡倒养甚病？”

“你——吭吭吭你玉环，吭吭吭你没病就好，你没病谁说你有病？你上炕休息吧不用你劳动。”

不劳动就得上炕睡觉真还不如给他疯了，不过她现在觉得很熨帖不想跟他吵闹，他不相信药顶事拉倒但不能叫他把她锁住，因此又对他笑了笑。

她这一笑使他忽然想起教员们与他研究过的一个问题：她对你笑来没有？现在她是千真万确对他笑来，那么她是问题不大啦人疯了不见得就不会笑，他们的研究有问题有矛盾，嗐，她不是喝了神药病情见轻了吧？她笑得挺耐看不像是病笑，比平素笑得还耐看不像是农村老婆的傻笑，比不疯时候笑得还优美不像是自家婆姨的笑，真是神药顶了事了？

“玉环你——吭吭真是不头疼了？”

“真是。”

“那你——吭吭你心上心口也不难活吗？”

“不难活头上脚上都熨帖你不信是不是？是想叫我还有病？”

“我相信我信，那你记得你吭吭你去过学校不记得？”

“不记得我哪儿也没去呀！”

“真不记得？”

“真不记得你是梦见我去学校来吧？我去学校做甚怕你跌进茅坑淹死呀淹死我也不会去捞你你放心！”

他听了这话很高兴，她平素就是这样说话他知道。不过还不敢太高兴，得观察几天，也不敢给教员们说更不敢给支书说得保密。

他又问了她许多话她都说记不得了，越说记不得他越问得来劲叫她几乎又想疯了。幸亏因为身上心上又麻又凉很熨帖又因为害怕他锁住她，她忍耐住了。他没有锁住她走了说是去学校。

他走后她就梳了梳头发，很轻快地走出屋走出院走到自家街门口坐在那块圆滑的石头上。

后街的坐街女人们立刻就一齐瞪住她像瞅见鬼似的惊奇不已，她喝了药了所以不怕她们。她们瞪住她很久不说话，她想先跟她们说话又一时想不起该说甚么，不能因为喝了药甚么都忘记了吧。后来是对门老婆先叫了她一声玉环，她答应得很快很响亮。她们立刻就围上来开始说话，先说吃饭没有头疼不疼许多闲话，她答应得也很明白，她们就问她正经事情了问得真详细。她都说她不记得了甚么也不记得只记得这几天就在家里院里做饭吃饭睡觉还在街门口坐街来。没有去过学校没有耍过篮球没有光脚露肉在街上走没有往头上插过花还是一朵真花。没有，她都说没有。她们问的这些事情她好像很熟悉很明白，可能是梦见过吧她说全都不记得了。她们到底比自家男人精明伶俐不住地惊叹全都相信了，不再问她这些事情转而问她求药喝药的事，也问得很仔细特别对药的味道问得更仔细。她很高兴地给她们说，她们很高兴地听她说，她和她们一样高兴一样只注意着药，她们跟她一样也把她的事情全忘记了。

这时候她更觉得有股万金油似的又凉又麻的药劲儿在血脉里流传，身上心上从头到脚都清凉熨帖，看见围住她的坐街老婆们一个个头发都蘸了凉水梳得光光明明也叫人心里熨帖。这时候她才忽然觉得自家男人也真够聪明机灵，她疯了疯得丢了人正发愁害怕没法出门只好同意叫他锁住她，他就给她想出了好办法求来神药给她喝。到底是神药刚喝进肚肠里浑身就清凉熨帖把发疯的情形全忘记了，他也真够聪明。她高兴地对她们说药的味道又麻又凉没有苦味没有松香味，她们不住地惊叹全都相信。

她们都想去求药。她问她们你们也都有病吗？她们都说有。她问她们也都疯过吗？她们说你才疯过而不说自己疯过没有，又说起她疯时的情形说得很详细很高兴。她不害怕也不害羞了，很高兴地问她们那时的情形，也问得很详细，她真的是赤身露肉绕村走，男人抱了她的衣裳鞋袜追撵她吗？那时她是甚么表情笑脸还是哭脸，赤脚走路跟穿鞋走路一样不一样？她问，她们给她说，都很高兴。她们给她说的情形她真是记得不很清楚了。他真够聪明，难怪能当教员呢，这时候她想起他来也觉得清凉熨帖了。

她们后来说药这么灵她为甚不求一副生养儿女的药喝呀？她们也真够聪明机灵，她很同意她们的主意。

晌午，她给男人说了她们的主意，他吃了一惊她不知道他为甚么吃惊，他很害怕似的瞅住她发愣。

“咋啦你是咋啦，不能求生养儿女的药呀你说？”

他吭了一声没说出话来只是吃惊发愣。

“咋啦你是不想生养后人还是咋啦？”

他还是只吭吭说不出话来。

“你说你去不去求药想不想生养儿孙你说话！”

“玉环你还是先养病吧病当紧。”

“我有甚病你说我有甚病？”

“你——吭吭玉环，你不是时常头疼……”

“呸——我不头疼了我只想生养！”

他的白脸顿时给吓得雪白，她当然不知这是因为甚么而他知道又说不出来。她说她只想生养，这更叫他觉得公办教员老刘判断得不差：老曹你老婆怕是色疯呀你得冷静。当时他不够冷静就问老刘甚么是色疯，老刘和其他民办教员都知道甚么是色疯给他一说，他那时脸就吓得雪白了。但他仍不冷静又问他们怎样就得这种病，老刘严肃地笑了笑没说甚么，其他民办教员却粗野地说：“准是因为你不屌行吧还能因为甚，跟你婆姨睡了多少年了还没生养下个娃不是你不屌行还能是甚！”他更不冷静啦一慌一出汗就给他们说了求下神药的事，他们正激动倒是没有在乎迷信不迷信只是更粗野地对他说："鬼药也不顶事你还是鼓足干劲生产吧，不敢怕辛苦你婆姨劲大呢不劲大疯不了，你不想想她跑出来追撵到学校脱衣裳是为甚？神药鬼药都不顶事你给她生产一颗肚她的病就好啦，不敢怕辛苦。"老刘说要吃药得你吃你去医院检查一下吧。他有甚么病呀？他很爱见她一心想把她变成爱人他对她真有爱情。他刚说他有爱情，他们就说："鬼，生养个娃甚也有啦，你那爱情不顶尿事！"公办教员老刘也没有反对他们说的话。他一进家门，她就证明了他们说的话很对，她又追撵到学校偷听了他和他们讨论的问题了吗？

他只好说："玉环可以呀我去给你求药。"

"看你那尿架吧不用你去我去我也能去！"

她骂他的这一句话他早已听惯了可今天听见真叫他心惊肉跳。他真有病吗？她去求药也给他求一副吧又那么跟她说。这时候他想起宋万银的话了，他叫她亲自去求一回药，她去就去吧，她可能还病呢，可他们也病了吗他们说她是色疯，她说药已经顶事了他难道真不顶事？

后晌他拒绝跟他们讨论她的问题，也仍然叫学生们上自习拒绝听他们叫喊赤脚医生棉花。入夜，他要给她洗脚，她又骂了他一句看你那尿架吧没叫他洗，她自己也没洗就上炕脱衣睡下了。他心惊肉跳呆坐着心想她插花的那一天他给她洗了脚她没反对可第二天她就赤脚满村跑，难道这中间有甚么问题值得研究，他愿意男女平等同工同酬他也不怕辛苦呀！

"快吹灯上炕吧你还想记账是不是？"

他已经有几天没记账了，上一篇记了沤绿肥战果，下一篇计划写批判妇女坐街实行同工同酬，他又想起后晌支书叫他写批判迷信不许到上野庄求药说是上级的精神，当时他真害怕，幸亏支书问他去过上野庄没有就走了。可她叫他吹灯上炕是甚么意思？他想起她平素也是天天这么喝骂他就更心惊肉跳了。他不能害怕辛苦。

他慌忙洗了脸洗了脚拉灭灯上炕脱了衣裳，但他发现她已经睡着了，只能听见她的出气声看不见她的一身雪白。他躺下没敢碰她，知道一碰她她就会发狠踢他一脚，难道她是真的嫌他不顶事呀？他真想试一试他不怕辛苦，但还是不敢碰醒她，知道她踢他的劲很大。就叫她去求药吧，他不怕辛苦。

又这样过了两天，她又喝了两回药汤，他仍然心惊肉跳准备好要辛苦但终于没有辛苦成，账也没记成。她下河洗了一天衣裳，又在家铰头发洗脖子穿戴打扮了一天，第三天早早吃罢饭就回娘家去了。他不知道她为甚么要这么梳洗打扮难道是因为敬神求药吗他没敢问她，她头上没有插花也穿着衣裳鞋袜看不出问题来。他要送她她瞪了他一眼不叫送，他松了一口气。

闺女回来，怎么看都怎么像是疯了，她穿的汗衫洗得很白裤子很蓝新鞋新袜，头发梳得很光俊脸也洗得很白眉毛很黑，一会儿笑一会儿不笑，说话音调很高话又很多，她吃了一惊。她原想闺女会披头散发赤身露肉没想到会这么干净光俊像个新媳妇似的，她早不是新媳妇了又不是过节赶会不是办喜宴打扮这么光俊做甚不要皮脸的货！她想起疯婆姨也不全是披头散发也有干净光俊的货，自己娘家村里就出过那样的疯婆姨，疯了比不疯还爱打扮。人很胖是肥富人家，疯了专好戴眼镜。把闺女嫁到河头老曹家也是好村好人家呀不知道闺女还为甚要疯，她嫁到上野庄这么个恓惶村几十年了也没疯了不要皮脸的货，只能怨她那死老子，他就是个不要皮脸的货。这时候她又想起来了，河头亲家老曹家也出过疯婆姨是她女婿的四奶，也曾赤身露肉绕世界跑，那时她就疑心他老曹家风水不好。她女婿的四爷娶了大小婆姨他四奶就病了风水不好，亲家母说他四奶是色疯她闺女也是色疯吧不要皮脸的货。

“妈，听说咱村的松树又灵验了，我进村时咋见树下没人冷冷清清？”

“神早走了，你女婿不是给你求下药了你没喝呀？”

“我喝了挺顶事浑身都熨帖，还想再求一副能生养的药呀神咋就走了?”

“那药甚病也能治不用再求第二副,你真觉得顶事了吗?”

“真顶事了我身上心上都熨帖,可他没求生养呀神咋就走了?”

“神能等你呀你觉着顶事就顶事了,你想生养就快生养呀你也早该生养了。”

“他没求生养呀神为甚就不等我是不想叫我生养吗?”

她越听越觉得闺女不像是好人在说话,不要皮脸的货还说喝了药顶事了叫她看是没顶事。村里喝过药的都说顶事了,她喝了药也觉得心口不咋疼了,怎么就这不要皮脸的货不顶事,准是太赖神也不爱见她。她怎么就生养了这么一个不要皮脸的货呀全怨她老子他就不是个东西。

“妈,我不信神就不等我松树也没走呀我去寻它。”

“你疯了村里正查谁去磕过头呢你去做鬼!”

“我不怕,查住我说我疯了。妈我没疯只想生养。”

她没有拦住她,她很高兴地走了。她看她高兴的样儿和走跑的架势都不像是好人,怎么就生养了这么一个不要皮脸的货,不过闺女也是早该生养了,不生养好不了。

她想了想,慌忙到饲养院寻老汉去了。

“你快去吧你那疯闺女回来了一回来就跑出去给松树磕头去了你看看!”

“她穿衣裳没穿?”

“她穿戴得干净光俊像个新媳妇似的,你看她甚时干净过打扮过三十岁的婆姨了打扮这么光俊做甚,你快去吧把她撵回来!”

“她穿了衣裳就不怕。”

“都是不要皮脸的货,她女婿的四奶就是色疯他曹家风水不好你还不怕,你还不快去?”

“她女婿不是给她求回药去了她没喝呀?”

“神仙也不爱见她这不要皮脸的货,色疯都好打扮好脱衣裳曹家他四奶就是赤身露肉绕村跑!”

“拿镰把敲她!”

“都是不要皮脸的货你生养的好闺女!”

他蹲到牲口槽下闭住眼不再说话了,知道她又要不停地埋怨又要揭他的短,因为这时候饲养室里没有旁人只有院里卧着的两头牛,牛听不懂她的话。自从女婿来求药那天起她就开始埋怨他揭他的短,他没有跟她吵也没有揭她的短,白天闭了眼听她说黑夜就在饲养院睡。因为有许多年了她没有再埋怨他没有再揭他的短,日子过得很安生很太平一直是饲养牲口吃饭睡觉跟牲口没多少话说跟她也没有多少话说,跟儿孙们也没有多少话说。她终于有了话说就叫她说吧。她说他在城里给杜大夫喂奶牛时候跟杜太太有,有没有他现在早记不得了,她说有就是有吧。他也听说他住在城里给杜家喂奶牛时候她在村里也有,有没有她说没有,他要拿镰把敲她她也说没有。他也给她说没有,那时他刚从城里杜家回来刚分了地亩他记得他没有,她埋怨吵架他也说没有。那一年闺女出了事他从城里把她接回来,她又对他埋怨揭短,他仍然说没有。平安了许多年了她又说他有,她说有或许也能有。杜大夫出诊有时一走就是几天回不来,杜家有一儿一女都在大地方念书,那不小的宅院里就只丢下杜太太和他,那时候他还年轻。可杜太太强壮得像个男人,杜大夫很文雅,已经几十年了他甚么也记不得了。他只记得杜大夫为甚么要喂奶牛,杜太太说卖给病人喝,吃药加喝奶病才好得快。杜太太就强壮得像个男人她也会打针接生,个头比杜大夫还高,高头大马。他不记得有没有,她说有或许也能有吧几十年了,那时他一月挣两块大洋除了吃饭,可惜那时他喝不惯牛奶如今脸色比不上朱先红润。由她说吧她说得很上劲,她也想叫他揭她的短呀他不揭她。那时他常年不在家在外一月挣两块大洋除了吃饭,杜大夫留过洋有一只眼是假眼可看不出来像真眼似的,她有没有他不问她了。

“你也不要皮脸!”

“你说谁?”

“狗日的拿镰把敲她!”

“你没有听见吗还卧着等甚?”

他仍然没有睁开眼,只闻见牛粪味跟几十年前杜家奶牛圈里的牛粪味很一样。

她忽然甚么也不说了,奇怪了一阵才听见有脚步声,他睁开眼看见是工作员老米游串来了。

老婆慌忙要走给老米挡住。

“你不要走我问问你,还有老计官,你们没有去给松树磕头吧?”

“没去没去米同志!”

“我也没去牲口离不开。”

“好得很,你知道村里谁去来?不敢顾虑这里没旁人说了谁也不知道,老计官你是好成分嘛是不是?”

“我没去牲口离不开,白天黑夜离不开你知道我白天黑夜挣工分呢。”

“说得对,闲人都爱往你饲养室钻,没听见他们说磕头的事吗,老计官你没有顾虑吧?”

“没有顾虑,他们来了就是说女人狗日的们都不嫌牲口粪臭。”

“那你听说没有?”

“这一向正赶上我河头的闺女病呢甚也顾不上米同志真着急人呀!”

“你闺女病了?病了没有去磕头?都说磕头治病嘛是不是?”

他已经替老婆着急了真是妇道人家你说闺女有病做甚。

“米同志你知道吧我河头女婿是教员他不讲迷信,还有他我家老汉以前是给城里西医当长工不信中医你问他!”

“那好得很。”

她还真厉害没给查住。这时候他忽然就想对老米工作员报告她,说她去磕过头,她再厉害也有人能治她。想了想还是忍住了。

“米同志那我先走闺女病了着急人呢不知队上能不能给支点钱?”

“好得很。”

"那你给队上说吧支点钱我先走啦,米同志快轮到我家吃派饭了吧?"

她先走了,老米又盘查了他一阵,他谁也没有报告只想报告自家老婆还是忍住了。老米叫他没事就仔细想想,想起来再报告,他只想报告老婆但不能报告,他说想能想没说不能报告老婆,老米早走了。

他闻了一阵牛粪看了一阵院里卧着的两条黄牛又想了一阵黑白花奶牛,没有闻见老米留下的酒腥味也没有看见蓝天太阳和村东头那棵高大的松树,没有想起自家闺女来了疯了,想起了朱先那红润的脸色。在宁静的日子里,他只觉得跟朱先有话想说,但朱先不想跟他跌交论高低真像一个先生似的,你能算一个先生吗?他们在饲养室说,全村只有朱家没人去给松树磕过头。

他从他的工地往回走的一路上没有再想唐玉环会不会回娘家来,只想着他领导的二队老乡太懒,不踢他们一脚就不给他劳动。老乡都说是给他劳动真是老乡,他说把坡地切齐铲平,地堰整齐地面平坦,那黄土圪梁坡地不就有了些水平吗?老乡们说给他整这么平他有水来浇地吗?没水坡地平地一屎样,七八月别队都挂了锄钩了有平没水顶着阳婆出汗还得多喝几桶水,他只好踢他们一脚。挨了他一脚老乡们就劳动起来了。歇茬的麦地都得赶在种麦前修整出水平来,他不是老乡不要和别的队比。老乡们想有水这不用你们发愁我给你们水,他见过水见过大河大湖还见过自来水,见过游泳见过洗澡还见过女大学生们武斗。老乡只想挂了锄钩发懒,女人坐街男人钻进饲养院鬼说,全武斗不起来。老乡们劳动起来,他也劳动了一阵在太阳下出了汗才离开工地往回走。他想回村办公但生产队没有办公室只有一处饲养院,夏天在院里冬天在牲口棚里给老乡开会都一样充满牲口粪味讲不好话。大队有办公室支书主任不办公只有会计记账,小队都没有办公室他想盖几间办公室不是在黄土圪梁上掏几眼土窑,狗日的还有电灯电话怎么办?大队有一部电话时常打不通全村都没有电。他夹在当间拉架脊背后头的军装全湿透了,女大学生们也穿着绿军装脊背上也给汗洇湿了一片。她们喊叫红太阳对骂他妈的滚蛋,脸面部很红火气旺盛力气很大塑料凉鞋踩得他很疼,那时她们手里拿着木棍和砖头还不是钢筋,他的嗓子也喊哑了不过很激动血脉里涨着旺盛的力气。他记得大学像公园似的有湖有很稠的树风景挺美有楼有电灯电话。庄稼是绿的天是蓝的太阳是白的不是红的,甚么声音也没有,他决定盖几间办公室挂一张地图。

他进了村瞅见唐玉环时很意外了一阵,那真是她吗都说她疯了不穿鞋袜不穿衣裳满村跑,她穿着衣裳鞋袜挺干净整齐呀走路也正常不是东倒西歪。他只看见她的脊背可全野庄早没有这种脊背了不是她是谁呢。

"玉环嫂你回来啦甚么时候回来的?"

她扭回头来果然是她白脸白牙黑眼黑眉毛没老没丑只是像农村婆姨似的不像女大学生了。

"是万银吧?"

"是呀你不认得我了?"

她能不认得他吧他可没忘了她。记得她穿过白球鞋那时他还在村里的学校念书。她刚从城里回村时他看她就像女大学生,还记得她骑了毛驴嫁到河头去了那时他只知道吃饭又吃不饱。那时他比她小现在他已经不小了当然还不太伟大,她是不是真疯了?

他赶紧追撵到她跟前。

"哪能不认得你呀你当了兵又当队长说不定还能当县长万银。"

"县长相当于团长叫我当我也敢当就是没人叫我当呀!"

"万银我叫你当!"

她咯咯咯笑了。她笑得不像农村婆姨也不像疯了,很有水平呀。可惜他当了五年兵只跟团长握过一回手,团长的手很细绵没有跟女大学生握过手,那时她们的手里拿着木棍砖头,她们脸很红都不够俊没有她俊。

"玉环嫂你回来住娘家吧多住些时候!"

"我是回来求药听说神走啦不能吧?"

这时候他才终于想起来了她是他招引回来的呀,可他犯了错误一高兴就把神打发走了他就是神。他停止了老乡对他的崇拜,老乡们真的就把他忘记了,他们只说药怎么灵验只说他们求药怎么本事大谁也不说神怎么伟大,这叫他很扫兴。只有老米还夸奖他好得很,还想叫他出主意调查谁去磕过头。他觉得好戏已经散了调查没多大意思,全村都去给他磕头这还用调查吗真没有意思。后来就听说她疯了,这比调查磕头有意思,但他不知道她是喝了他的药以后才疯了还是先疯了她老汉才来磕头求药。都说她是色疯可他看不出来,她穿着衣裳鞋袜也不老不丑还很俊。他想对她说他就是神。

“你男人不是给你求回药了吗你没喝吗?”

“喝来喝了挺顶事浑身都熨帖他说多亏你掩护,他求的药不是生养的药是治头疼治疯,他们说我疯了万银你看我像疯了吗?”

“不像我看不像。”

“我看你能当县长万银!”

他觉得跟她说话挺对劲,她不像农村婆姨也不像疯了像女大学生。他想对她说他就是神。

“万银你说神真走了吗我想求生养的药!”

这时候他才听清她说想生养他有些扫兴,生养生养农村婆姨才会生养,她不像农村婆姨是真疯了吗?

“神是真走啦他太劳累给他磕头的老乡太多,你多住些时候吧。”

“万银你再掩护我一回我磕头试试神走不走谁知道?”

他真想接受她的崇拜在太阳下,可惜她是为了生养不是因为崇拜他,她是河头的婆姨不会跟他生养了。

“玉环嫂正查得紧呢你不敢磕头,公家也不提倡生养你不用着急多住些时候吧。”

“呸,万银你也想叫我当晚生模范呀我不怕查,查住我我说我疯了能把我锁住吗?你看我像疯了不像?”

“不像呀!”

“你能当县长我想生养。”

他想对她说他就是神，他也够聪明查住就说她疯了她是真疯假疯？农村婆姨不敢这样说话只会磕头不带响声，她像武斗的女大学生涨满一脸血色对骂他妈的滚蛋。她脸上没有血色只有雪白，牙也雪白黑眼黑眉毛头发梳得很光俊，没有穿塑料凉鞋穿着老乡的鞋袜衣裳，不像色疯。

“玉环嫂真走啦磕头白磕吃药白吃，老乡老婆试验过不灵验啦你不用试多住些时候吧。”

“真走了，不是你们干部哄骗人吧？”

她这一句话真说得他有些心惊肉跳，她真是不一般比老米聪明得多比农村婆姨也聪明得多。

“我掩护过你男人还能哄骗你呀，真走了不信你去问老乡。”

“万银你说老乡老乡谁是老乡你不是老乡？”

“我看你也不像老乡。”

“像甚？像疯了？”

“不像，反正不像老乡。”

“呸，不像老乡像你老婆！”

她这一句更说得他心惊肉跳。她扭身走了还是朝村东松树走去了。他想跟她去接受她的崇拜，这时候老米游串过来叫住了他。他真想把老米煮得吃了不过他得缠住他掩护她。

老米说甚么也调查不出来看他有没有办法。他说你调几百斤麦子来谁磕过头给谁发二斤麦子你试试，老米几乎说出好得很来。他望着村东的松树见它在太阳下又高大又翠绿，心想上野庄就只有这一处风景也只有一个不像老乡的女人，她想生养还说像你老婆，真够胆大不像老乡。他说要不你给各家都发二两高粱烧酒也行不用你再调查，老米笑了一半不敢笑了红了脸皮。从她身上他好像闻见一股香气，从武斗的女大学生身上他也闻见过香气，那时说大城市里有点香风臭气，她们身上脸上可能是香皂的香气，她身上脸上也是香皂的香气吧河头有水，他记得她身上的香气又像是一股万金油气味。都说她是色疯,他看又像又不像,早看出她那河头的老汉不屖行她早该疯了。她真疯了真是色疯见男人就爱不管老乡不老乡伟大不伟大那也不屖行,全野庄就她一个女人不能疯。他不知道她是该疯不该疯,又问了老米一句:“你能调来水不能?”他没有听清老米回答甚么来。

第五章

心里念着生养磕了三个头爬起来抠了核桃大一块树皮,只有太阳晒着她没有人看见她,她回家去了。

一路上她碰见的男人女人都是很兴奋地仔细看她,跟她说话不是太胆大就是太胆小。她知道他们都听说她疯了,你看我像疯了吗他们都不回答,好像她是公家的人是县长太太。

她又用砂锅熬了树皮喝汤,觉得果然没有甚么味道,身上心上不麻也不凉真是白磕了头了吗?她想回河头婆家试试到底灵不灵,但见她亲妈对她回来很不高兴,就决定不走了想叫亲妈更不高兴。她说喝了药不疯了亲妈亲爹不相信。你们不相信是还想叫我疯吧我就给你们疯一回,我疯了你们不高兴我好了你们又不相信,我再疯一回你们就相信了高兴了是吧。她知道她在娘家村发疯亲妈亲爹会更不高兴,她就是想叫他们更不高兴。

就这样她想发疯的念头忍不住又像涨水似的顽强起来了。她对亲妈说她不回河头婆家了。

亲妈说:“你不想回就住着吧你没事不用靠住街门站着满街瞅,你不会去帮你兄弟媳妇们拆洗棉衣裳呀满街瞅甚?”

我想站就站想坐就坐想瞅甚就瞅甚不用你管，我不站街你也要坐街，我占住街门你没法坐街了你不高兴倒说我站街给你们丢人，想丢人我就再给你们丢一回人，你怕丢人我不怕你不是说我疯了吗？

除了吃饭睡觉她就靠住街门满街瞅，街也不平是一道斜坡不能走车马更不走外村人，满街瞅吧又能瞅见谁。坐街女人们也蘸了凉水梳过头梳得见了亮她们衣裳不干净，她知道野庄没河没井只有一眼细泉像狗鸡儿尿尿似的离村又远担水不容易。河头有河有井她也不是天天洗衣裳，穿那么干净的衣裳给谁看呀，河头村大人多后街也走车马外村人，她不想给他们看。她穿了干净衣裳回野庄也不是为了给亲妈亲爹看是为了给自己看，她自己很高兴。坐街老婆们对她说玉环你再生养几个娃就更熨帖了她就相信了她们的话。神走了她还咋生养，她们一定知道神已经走了才叫她跑来求药她是上了她们的当。她们说坐街熨帖听说你疯了就锁住你，她也相信了她们的这些话上了当，又跑出来坐街还高兴得下河洗了一天衣裳。她明明不想坐街已经坐了许多天许多年街门口的石头都给坐得发亮了，她上了她们的当。她没有疯心里一直明明白白。疯是她自己想疯喜欢疯不是给别人疯再不能上她们的当了。也不能再上亲妈亲爹的当！亲妈不叫她站街，她不上她的当。

她天天靠住街门站了叫她们看，她们还是看得愣仔细，她知道她们想看甚么。

“你们看我像疯了吗？”

她们谁也不敢说像也不敢说不像，她真想再往头上插上一朵西番莲给她们看，她明白野庄更没人家种花。

她们又问她：“听说你婆家他四奶也疯过是真有过的事？”

她给她们说过她不知道，她猜不出她们问这事是做甚她不能上她们的当。他四奶早死了死的那天想吃月饼十一月没月饼那天夜里就死了嘴里还剩一颗牙，那时她刚嫁过去还没听说她疯过，只听说他小三奶还活着戴着地主帽他大三奶死宁没赶上戴帽。第三年才听说他四奶年轻时候疯过是色疯，那时候她不知道甚么叫色疯。挨刀货们，她们一定疑心她也是色疯吧想男人想疯了，鬼！看他那屎架吧她下辈子也不想他，她从此再不回河头去了见也不想见他鬼想他。

她问她们："你们看我像色疯吗？"

她们吓得吐舌头谁也不敢说她像，她也拿这话问过她亲妈，她也没敢说她像。她站在街门口总能听见亲妈和亲爹对吵对骂，她妈说他四奶就疯过，她爹说不会拿镰把敲她，她听得脑仁疼不由得往太阳穴上抹万金油。她听了几天终于听明白了，他们是想把她的色疯推给河头他四奶，他四奶传给了她色疯不是她想疯，他们也真够聪明。她色疯丢人是丢河头曹家的人不是丢他们野庄唐家的人，可惜她不会再上当了。那一回曹家怕丢人就说她插花是疯了，可惜她不怕疯还正想疯，他们见她不上当就机灵地给她求了药，她上了一回当白欢喜了一场还洗了一天衣裳。这一回唐家又想推给他四奶，我不会上当了你们怕丢人我正想给你们丢人！我不姓曹不姓唐是姓杨跟皇帝婆姨一个姓，我疯跟谁也没关系不是先人传给我是我想疯谁也不能管！

那一天前晌她站在街门口正给她们说河头他四奶死的情形这时候一个男人跑来给她们说："快去吧二队万银正活埋他三伯！"

她们一听就起身往村外跑，她靠住街门想了想，想起是说在坟地也不由一高兴就跟着跑了去。

从西头出了村爬坡又下坡又爬坡，她早把她们丢在后头了。村西不是坡就是沟一直接住山，山上没树有草还有荆条酸枣醋溜圪针，她想起她上山背过柴火没害怕。太阳很热她知道她有一张晒不黑的脸，坡上沟里都有庄稼不像平行的庄稼又高又密，不过也能藏住狼也能藏住人。她见过活埋人吗？想不起来了可能还没见过，宋万银他真敢活埋人呀她不信，这后生天天来见她好像她真是皇帝婆姨似的，她看出他天天洗脸穿着一身绿衣裳，呸。

先听见人们的吵嚷声才看见一片没长庄稼的歇茬地，地堰铲得很齐楚，地里刨出了生土像是搜寻着刨金银。

“三伯你上来吧。”

“狗日的叫他先埋了我！”

“队长拉屎倒吧！”

她挤到人堆跟前看清了，一个老汉站在一个土坑里，土坑不深不浅正好齐住老汉的脖子她有些扫兴。往土坑里填满土吧老汉还能露出一颗头来出气，这就叫活埋呀埋了还活着，她没有见过活埋人不知道这埋法对不对。站在坑里的老汉真是宋万银他三伯，不是他亲三伯是叔伯三伯往上数三辈就已不是亲兄弟了她也很扫兴。他叫三伯又不亲算是本家吧埋了还活着，白热闹。宋万银那后生在哪呀？

他正蹲在坑边抽烟呢绿衣裳脱了穿着红背心露着黑肉，一脸不在乎皱住眉毛却像在笑。她猛觉得好像见过这种笑，谁也是这么皱住眉笑呢她怎么也想不起来了。是河头的支书吗不是，河头支书皱住眉毛很正经她不知道那是真正经假正经，他捏住她的下巴看过她的牙口。野庄的支书正站在万银脊背后头一颗干瘦的脑袋又小，他脸面给憋红了她听不清他在说甚么。还有公社下村来的米工作员也在，他叫众人散开谁也不散，他不嫌辛苦还是吼叫散开散开，叫喊的声调倒好听。

“三伯你快上来吧！”

“狗日的叫他先埋了我！”

“队长拉屎倒吧！”

万银还蹲着抽烟抽得很有滋味，呸，要埋就埋不埋就早散，她知道这是白热闹。围成一堆的众人里有男也有女，他们都有耐心仍然很激动，有人说坟不能移有人说坟能移，但她知道众人都想着活埋人。想着你们就动手填土呀铁锹生土都现成，想看不想动手还不如早散了好，她真想替他们动手只可惜不是她本家不姓唐不姓曹也不姓杨。她越看越憋气真想藏到庄稼地里躺倒看一阵太阳去。

这时候，宋万银终于在生土里摁灭了烟头从嘴里吐出长长一道烟来，跟着从容站了起来从旁人手里夺过一把铁锹又往手心里吐了两口唾沫才说:“三伯你是上来不上来吧?”

“狗日的你先埋了我!”

她只见那后生没再说话弯腰蹬了一铁锹生土扔到土坑里去了。众人立刻就叫嚷起来她听不清他们是因为高兴还是惊奇,干瘦的支书和声调好听的米工作员也叫喊起来了叫喊声混进众人的声音里,她更听不清是高兴还是害怕,但她听见了坑里的老汉在叫喊狗日的你埋吧。

她没有叫喊不过她觉得她是高兴。

宋万银没有停下来还在一铁锹一铁锹往坑里填土。有人去拦他他一挣甩开了。支书也去拉他他朝支书说了一句甚么话支书就后退了。老米没去拉只在叫喊,一头朝宋万银喊一头朝他三伯喊,她听不见喊叫甚么心里猜疑是在给两头加油。

扔下坑的生土已经埋住了他三伯的脚面,老汉更有劲了似的叫喊狗日的你埋吧埋吧。众人的嚷叫声也有了劲像河头的河发大水似的,她觉得众人是因为高兴不是惊奇。

她觉得她自己也是因为高兴。

宋万银一铁锹一铁锹往坑里扔土扔得很从容,铲起的生土很满一锹顶一锹。

扔下坑的生土埋住他三伯的小腿时,众人的嚷叫开始减弱了可能他们叫嚷得乏累了。老汉不见累还在喊狗日的你埋吧埋吧。支书和老米也不累仍在喊叫她仍听不清。

她觉得她也不累。

宋万银不但不见累,一锹一锹扔土扔得更快了真是后生。

生土埋住老汉的大腿时,众人的嚷叫完全停止了,谁也不出声了一片安静。

支书的嗓音哑了只能咳嗽。

老米原来是在喊停止停止,声调仍然很好听。

老汉说:“狗日的你埋吧!”

她觉得太阳很刺眼身上的血脉也热起来了,她应该是高兴。

宋万银像捣蒜似的在往坑里填土,背心很红肉很黑到底是后生他不累。

当土掩过肚脐时候,老汉也停止叫喊了,他闭住了眼流下一道鼻涕来。

老米也停止喊叫了。

一片寂静只有太阳很刺眼只有宋万银这后生还在急风暴雨似的填生土。

她忽然疑心自己一声没喊或许是因为害怕吧,又疑心她只是害怕这一片寂静。

在这一片寂静中生土已经埋到老汉的胸口了,这时候老汉忽然睁开了眼明白地说:“狗日的我算服了你了。”

于是,宋万银也最终停止了。

那是一阵真正的寂静。

就在这一天,宋万银对她说:“你说你是我老婆?”

她说:“呸,除非你当了支书!”

他给宋贵亭号了一会儿脉,对他说:“贵亭,没甚,不要紧,你身体不软差,时候也不长吧? 没甚。”

“朱先埋到心口了狗日的!”

“真没甚,贵亭你听我的,身体没伤病,就怕你有心火,火攻心要出毛病,没甚,你心里不敢上火,听我的。”

“狗日的土都埋到我心口了,腿脚埋住倒没甚只觉着给捂得闷热,肚肠给埋住觉着憋胀也没甚,土埋住心口我心慌得直想出汗又出不来汗,捂得闷热出不来汗能没毛病吗? 朱先你再号号脉不敢哄我!”

“贵亭,你听我的,没出毛病,你脉上没毛病,来,你想号,我再给你号一会儿。”

他闭住了眼又给宋贵亭号脉。

“贵亭,你心里甚也不用想,心上一乱,脉号不准。”

他闭住眼,心里就一片宁静,他从宋贵亭的脉跳中知道他心上还很乱。

“贵享,没甚,真没出毛病,只是心上有火。”

“狗日的他真要活埋我呀!”

“不怕,我清楚,你的寿数还长呢,贵亭。看你的脉、气血、脸相,都是有寿的人,不怕。”

“狗日的咋就出了他这么一个日恶的子孙!”

“贵亭,你听我的,不怕,一场虚惊。我清楚,你家万银也不是恶相。”

“鬼,我不是寿数未到狗日的今日前晌真给他活埋啦,土都埋住心口了明年今日我就过周年呀还不日恶!”

“我清楚,他不是恶相。”

“鬼!”

“贵亭你上炕躺一躺吧,我给你抓一服药。”

“狗日的我算服了他了。”

草药都在纸箱里,纸箱堆得很整齐,都堆放在门板上,门板架在青砖上,门板上铺了报纸,土墙上糊满了报纸。他知道草药喜欢干净害怕受潮,他也喜欢干净害怕受潮,所以尽管在夏天他也三天烧一回炕。大队不再供应柴火他自己拾,红医站建起来大队只供应了两个半月柴火他没有见怪。炕席是大队供应的,铺盖是他自家的,炕桌也是他自家的。公家的自家的他都收拾得很干净,他喜欢干净。除了回家吃饭,他白天黑夜都在站上,公家因此表扬过他说他够好,他没有见怪,心里清楚自己还是因为喜欢干净,家里不干净。宋贵亭上炕躺倒了没有脱鞋,他不见怪,踩肮脏了炕席还能擦抹干净。埋他的土都拍打干净了吧,他看不出他衣裳上还沾着地里的土,有土也不怕。

“贵亭,是谁把你刨出来的?”

“头一个跳下坑的是老米,二一个跳进来的是支书,跟着跳下不少人来没记住是些谁我憋闷得厉害直心慌想出汗出不来汗,狗日的!”

“你憋闷是跳进坟坑里的人太多了,万银填下去的是虚土,众人跳进去一踩虚土给踩瓷实了,幸亏你不软差,不怕,我清楚。”

“幸亏是老米也清楚他吼喊众人停止停止,众人不清楚一听说停止就停止了刨土站在坑里憨屎似的戳着不出来,支书也发了一阵憨才对众人说快上去先上来不敢下来的人多了看把老汉挤死,狗日的!”

“我清楚,贵亭。”

“狗日的我算服了他了。”

“万银要移坟没跟你说吗?”

“说是说来朱先你说坟能移呀?”

“我清楚。”

“我说先人的坟关乎后人的风水不能移,他说可以移坟移穴不移就平坟啦,不只坟头得平骨头也得平出来他说那块麦地要铲平,我说你狗日的敢!”

“我清楚,贵亭,他说是移风俗,移风易俗。”

“你说风俗往哪儿移他说那块坡地要见水平我不信他能平出水来我说你敢!”

“贵亭,那是他五爷的坟吧。”

“朱先你知道他五爷没成家没后是孤鬼他狗日的欺负他做甚真够日恶!”

“我清楚。”

“他是孤鬼也是我亲叔我得护他呀,听我爹说崩他时候他才三十七,本家都怕不干净不叫进祖坟,我爷这一门花了银钱才把他埋到这块地里,那时候地亩是东家的东家心善。”

“崩他的时候,我见来,药铺那时候还没塌,我住在城里,他插了亡命旗游街,从南街游过西街来,我站在字号的台阶上,见他眨眼,不害怕,东瞅西看,气色没变。”

宋贵亭起来盘了腿坐在干净的炕席上，鞋底的泥土落下一片像月牙形状。他想，用笤帚扫进簸箕里倒到院里就行。宋贵亭的气色也不赖，可能心火也弱了吧。

“我听我爹说他骨头很硬崩他他不在乎，没哭也没笑只说想吃月饼。我爹给他买了三斤月饼他都吃了没喝一口水，临崩他给他喝酒他喝了一口嫌辣吐了到底没喝一口，朱先他算好汉了是我爹去给他收的尸，可惜头给枪子炸了个稀烂。收尸时才知道预先花点银钱也能不炸烂只穿个窟窿免做没头孤鬼，我爹说那时没经验。”

“我清楚。听说他也把刘家老七的头脸砸了个稀烂。”

“他们下河滩是我叔先说咱们谁先躺倒吧？他刘家老七不吭声我叔就说那我先躺倒你先砸吧。说罢我叔就仰面朝天给他躺到河滩上。刘家老七搬起一块石头举过头顶，听说那块石头有锅盖大要给砸下去我叔的头脸也稀烂啦，可他举起石头胆虚了没敢往下砸，听说我叔仰面朝天没闭眼没恼没笑，是他刘家老七胆虚了。”

“我听说，你五叔那时候是在瞅太阳，不怕刺眼。”

“他是好汉，他见刘家老七不敢砸就说你要不敢砸我我就起来啦，刘家老七就把石头扔到河滩上了。我叔爬起来说那你躺倒吧，他才仰面朝天躺倒，我叔从河滩拣起一块小得多的石头听说只有西瓜大没费甚劲就举过头顶，狗日的他没胆虚对准老七的头脸就砸下去了，听说老七一躺倒就闭住眼了。石头不大也不愁砸个稀烂我叔让他先砸他不敢砸呀！”

“都稀烂了，都没吃亏，都没得了便宜。贵亭，你今年五十六吧？我早给你说过吧，你今年有灾，能过去，你没记住吗？你家五叔跟刘家老七有仇有冤吗？没有吧，都稀烂了。”

“冤仇是没有，听说只为一句话，不过我叔到底够好汉狗日的。”

“冤仇也不过是一股心火，贵亭，我给你抓了一服药，喝了再说。”

“朱先我得歇几天吧？”

“不用，该劳动还劳动，没甚。”

“狗日的总不能叫他白活埋一回吧还不能白挣他几天工分吗?”

“拉倒吧贵亭,我早给你说过,你今年有灾,能过去,你还能长寿。城里我们东家的药铺原是多大的字号,该塌也塌了,东家和掌柜也回村为农桑了,听说也天天去拾粪,后来也都得了高寿。”

“朱先你说得也是,便宜了狗日的。要说万银这后生也够精明今日咋就做下这万恶的事?朱先你说不会是他五爷那没头孤鬼跟上万银了吧?”

“不是。男人都气盛火旺,谁也跟不了谁,万银不是恶相,他五爷也不是恶相。贵亭我早十来年就给你说过吧,你今年有灾,能过去,你不用害怕,也说过今年的灾要应在土字上。”

“那是我五叔在土里恼怒我吧?这几年也没叫子孙们多给他烧钱怕挨公家训。”

“我看不是,都稀烂了,他早没心火了。”

“朱先那我走了,狗日的我算服了他了。”

宋贵亭走后,他把炕席扫干净又扫了地,看见公家供应的白布门帘又肮脏了,心想还不到半月又得叫闺女给他洗门帘。他洗了手,静坐在炕席上,闭住了眼,一片安静。

他给他们说,枪崩宋家老五那天他见来。

他们问他真是使了一颗炸子儿把老五的头给炸得稀烂吗?

他给他们说听说是炸得稀烂,他没有去法场他是上街去给东家买菜来,在南街碰见游街,东家爱吃菜是鲜菜。那天他出门迟了也幸亏迟了碰见游街南街两厢挤的都是人,他一问才知道那天枪崩宋家老五。他早听说老五毁了人给押回城里来了,老五他亲哥还来寻过他借钱,但不知道那天就枪崩老五。

他们问他借钱给他哥没有?

他说借来借给他一块大洋他说他兄弟想吃月饼,东家还留他吃了一顿饭。

他们说听说老五没歇气一连吃了三斤月饼没喝一口水，他想吃咋不给他多买几斤临死的人啦一块大洋只够买三斤月饼呀！

他觉得他们都没有见过大洋就给他们说，那时候一块大洋能买一袋洋面，那时候他一月挣两块大洋能买两袋面东家是留过洋的西医大夫够开通不打不骂他。他正想给他们说他回村不是给东家撵回来是怕误了分地，他回了村东家还叫他闺女玉环进城住在东家杜大夫家上学念书，可一想到闺女是不要皮脸的货做下过丢人的事现在又像疯了似的他不说了。多少回他一说到这里就不能往下说了不要皮脸的货。那天他进城去领不要皮脸的闺女回村，杜大夫嘱咐他回村就不要再说她的事千万不能给外人说他听了东家的话回村没说怕她寻死，她没皮脸才不会寻死。

他们问他也没攒几块大洋留到现在花吗？

他对他们说没攒下那时攒了点不多刚够买下一块坟地。他忽然想起借给宋家的那块大洋至今也没还他，他也忘了要了，这事给他们说不说呢？宋家老五早给崩了他老大也死了跟谁去要，不说了按辈分他也得管宋家老大叫叔，不要了，枪崩老五那天他见来，在南街碰见游街。

他给他们说，他见宋家老五脖子上插了亡命旗刚剃过头看着比平时胖了，不断眨眼东瞅西看不害怕，没有哭没有笑，没有慌没有叫，狗日的还瞅了他一眼没认出来。

他们问他听说老五临上法场没喝酒喝了一口嫌辣吐了再没喝，是真的呀？

他说他没亲眼见不过崩了他两天后他就听说了是没喝一口酒。

他们又问当时他见老五的脸色红不红？要喝了酒脸色会红。

他说不红。

他们又问白不白。

他说不白还是那张给阳婆晒黑的脸，头刚剃过倒有些发白发亮。

他们说听说是没花银钱狗腿们没给他喝酒是端了一碗鲜姜水因此他嫌辣没喝。

他说他没听说这情况。

他们又说听说老五就不会喝酒，临挨枪崩不喝酒也不害怕够好汉，可惜一颗头给崩了个稀烂。

“听说他把刘家老七的一颗头也砸了个稀烂。”

“听说是老五先躺倒的，先让老七砸他，老七从河滩挑了一块石头有碌碡大，举起来了没敢往下砸。”

“听说老五仰面朝天瞅住老七笑，老七才没敢砸。”

“听说老五那时没笑已经闭住眼了就等他砸。”

“听说没闭眼是在瞅太阳。”

“等轮到老七砸倒他也能笑呀，他不笑胆虚了脸都没朝天，老五挑了一块小石头没费劲就把老七的头脸砸扁了，狗日的。”

他们不再问他了，也轮不上他再说话就去给牲口添草料。马灯挂在饲养室门口，牲口厩里一片黑暗，他几乎给铡草刀绊倒狗日的。平常时候他半夜起来给牲口添草料也不点马灯从没给绊过磕过，今日可能真有些特别。有甚特别呀，细想也不特别还是照旧出圈垫圈铡草担水喂牲口回家吃三顿饭，听老婆骂他不要皮脸，见闺女住下不走靠住街门站街看不清她是真疯假疯，一天一天过去了。今天听说二队的宋万银活埋他三伯，为的是建设地亩要移他五爷的坟。他知道活埋也不是真活埋，村里婆姨常说要寻死也没见谁真寻死，男人们常说敲死你也没见敲死谁。都说土真埋到胸口了他知道也不是真活埋，他五爷是真把刘家七爷砸死了不过这事也说了多少遍了，他们还在说也不嫌麻烦争吵石头大小，但他今天也奇怪得想说话。枪崩宋家老五那天他见来，他还没有细说那天的情形他们就不听了狗日们。刚剃过头头顶发白显得脸面更黑，不断眨眼东瞅西看不害怕，他清楚地记得老五还瞅了他一眼只是没有特别的表示可能没认出他来。老五知道那时候全野庄能在城里做事的就只有他和朱先两个人，他老大还找他借了一块大洋给他买月饼，他怎的就没认出他来，临死前甚么都忘了吗？他们说老五是好汉，他见他插了亡命旗也不害怕。那时候他自己害怕来没有？没有害怕，只顾了瞅老五。他能算好汉不能？狗日的时常受老婆咒骂能算甚么好汉，他还没有给他们说那时候他也没有害怕。

“老五跟老七也没仇没冤吧？”

“老宋家跟老刘家如今也没仇没冤呀都是贫农。”

“咱上野庄谁不是贫下中农连屌个上中农也没有，东家都在河头。”

“老五老七都没后两颗头也都稀烂了谁给谁记仇？”

“都是光棍汉。”

“听说为了一句话。”

“为一句话下河滩砸烂头也除非是光棍汉。”

“我看老五够好汉，你不也是光棍汉吗你有那刚性那胆吗？”

“可惜没人给咱说那一句话呀！”

“你想听一句甚么话？”

“那就看你的本事了，能说出来看我不敢砸烂你的狗头才日怪！”

“你们听说他们是为了一句甚么话？”

“管屌它一句甚么话反正够好汉！”

他们说全野庄都是贫下中农，他以为他们还会说除了他老唐和朱先二人，可他们没说狗日的，因此他还是插不进嘴说话。他只能听他们说话自己不能说，心里忍不住起火了血脉里热胀得开始有些憋燥。他虽然也是好成分可跟他们不一样，跟朱先也不一样，中医跟西医不一样，谁说一样他真敢下河滩，他也能做好汉可惜是老了。已经老了还得挨老婆的骂真不够好汉，他也骂她。已经有些年头了他不挨老婆的骂也不骂老婆，光景过得很平安，是闺女搅乱了这一份平安。她疯了又回来住娘家住下不走，老婆就忽然又有了骂他的劲气了，她也想疯呀！心里起火血脉里憋燥只想说话，他觉得今天的确是有些特别。特别甚么呀，仍然不过是一片牲灵粪味。

他对他们说：“都快回家睡吧我没叫你们来开会熬眼，小心婆姨们把你们关到街门外头！”

他们说:“她敢,只要不怕一把火烧了那三间窑!”

“我看二队万银也够好汉。”

“他三伯那老汉也不软。”

“到底是老汉先软了。”

“我看那阵万银也直喘气出汗。”

“鬼,都埋住老汉的心口啦你想那得填多少土,给了谁不得喘气出汗!”

“反正我看万银也有些手软了。”

“鬼,是老汉先软了说了服输的软话!”

“我看老汉不说软话他万银也不敢再填土啦,你们想土都埋到心口了!”

“我看万银不会停止,你们没见呀那阵万银一脸杀气!”

“屎,一脸杀气还算好汉,那阵万银是一脸不在乎,我站得近看得清楚!”

“你们说万银他也不怕挨枪崩?本家三伯给活埋了也是一条人命。”

“怕枪崩还能算好汉?”

“这二年正时兴砸烂狗头。”

“是活埋,谁砸谁的狗头来?”

“我是说万银他五爷!”

“你是说这二年时兴砸狗头!”

“谁说这二年来?”

“不是你说来是鬼说来?”

“我又没说砸烂你的狗头?”

“你要说过我砸烂你的猪头!”

“看你那屎架吧!”

“看你那屎架吧!”

“你们有本事也下河滩去。”

“屎架!”

“屎架!”

“都拉屎倒吧。”

“我看万银是知道他三伯要说软话,他比鬼还精。”

“不见得吧,他三伯也是咬硬老汉,在他们老宋家也是有脸面的人,要是稀松货能跳进坟坑硬顶呀?”

“万银也不是软茬,蹲在坟坑边没多吭声抽够烟憋足劲气二话没说填开土一口气埋住老汉的心口了。”

“看你那屎架!”

“看你那屎架!”

“你俩真得下河滩。”

“不用管屎他们。我看万银他不敢真活埋了他三伯!”

“我看不见得,那阵一脸不在乎够好汉。”

他仍然寻不见插嘴说话的机会,心里的火更盛了血脉里热胀得憋燥难忍,狗日的们还要在他的饲养院里打架见血呀。

他不由对他们吼了声:“狗日的们,还不走是等老子拿鞭子抽你们呀?”

他们显然吃了一惊,但很快就说老计官今天也想当好汉呀说完又咯咕咯咕地笑。

他又对他们吼了一声:“走,都走,狗日的们!”他们不走又说起话来。

他扑过去摘下马灯摁灭了,又吼:“走,都走!”

在一片黑暗中,他们又说又争了几句,终于散去了。他在他们远去的声音里听到了呵欠声和争吵声,还有那俩人对骂屎架的声音,但他没记住那俩人是谁。

人散夜静只有一片牲灵粪味了,他仍火燥憋胀很久安静不下来。他觉得今天真有些特别。

第六章

他以为活埋本家三伯够得上伟大,这算是他回农村两年来所做的最伟大的一件事了,无论是气魄无论是意义无论是轰动程度无论是活埋的深浅都很伟大。他坚决彻底把土填到老乡的胸口了,他妈的那是生死线生死关头他没有害怕老乡害怕了。本家三伯也是老乡,一个又落后又迷信又顽固不化的老乡,顽固不化也到底给他化开了软成一摊稀泥了。老乡再顽固不化他就不客气啦会坚决冲过生死线。那时候也的确准备冲过去了心里起了怒火血脉里热胀得憋燥难忍,不用说是本家三伯一个又落后又迷信又顽固不化的老乡,就是当权派县长省长他也不管了。那时候他也不知道从哪里涌出那么强烈的怒火和那么伟大的胆量,在生死关头你心里想甚么他记得连长说你要想世界革命,那时候他忘记了连长的话甚么也没有想只觉得心里起了怒火血脉里热胀得憋燥难忍,自己都不知道就涌出那么伟大的胆量和力量来。那时候连唐玉环也从村里跑来参观他的伟大行动了他都没有发现,在那生死关头他是甚么也看不见了甚么也不想甚么也不怕。所以他觉得这一回最伟大比给松树造神那一回伟大。那一回好像也是心里有火血脉里热燥,但那一回不关生死,老乡吃了神药只会生不会死。而且那一回他只能在心里在黑天打洞的夜里接受老乡们的崇拜,这一回可是在太阳下给众人看他的伟大,听说全村老乡差不多都跑去参观了连她也去了,彻底的轰动。

但他怎么也没有想到,在发生过这个伟大事件之后全村却忽然开始大谈他本家五爷,狗日的们都几乎忘了他的伟大行动了。男人女人村里地里松树下泉眼旁都在说他本家五爷,还有不少老乡问他:“万银你见过你五爷没有?”他对他们说:“我就是你五爷!”他们知道他那本家五爷早八辈子就给枪毙了,他连他的鬼影也没见过,是故意问他想扰乱他的伟大。他领导二队老乡把坟坑挖到底,没寻见棺木没寻见骨头连沤烂的木头渣骨头渣也没有寻见一星半点,只有几片细瓷碗片,除了黄土甚么也没见着。年轻老乡说是没挖到正经地方吧,老汉们说没差坟穴能看出来,都是黄土,黄土跟黄土不一样。后生们说是当初就没有往回领尸只堆了个空墓堆吧,老汉们说是他老大进城领的尸就下葬在这里没差。他说甚也没有更利索,推平拉倒吧,老汉们说还是移走平安。本家也抬来一副新棺材装殓了黄土,细瓷碗片装殓不装殓本家叔伯争吵了半天,有说当初不会陪葬细瓷碗有说不是陪葬是从哪儿来的。他说想装走就装争吵甚,他们听了他的话便装进棺材了。可这几片细瓷碗片老乡们还是在全村说了又说,没人说他活埋本家三伯怎样伟大。

狗日的活人没埋成,刨出来的死人倒活了,他真是扫兴。

奇怪的是他自己也忍耐不住跟老乡们说起本家五爷来了,虽然不是说他五爷怎样好汉只是调查他跟刘家七爷下河滩决斗是因为一句甚么话,但一觉悟起来就很恼怒自己,你这不是在灭自己的威风长老乡们的志气么?可到底还是忍耐不住想知道他们是因为一句甚么话下河滩决斗,他敢肯定那就是决斗。生死决斗准是为一句重要的话呀,他找很多老乡做了调查,本家老乡外姓老乡本队外队特别是上年纪的老汉老婆还找了支书主任下台干部们,他妈的不是不知道就是不记得了。这样关键的一个问题居然全村都不知道不记得真是老乡,他们是不是知道故意不告诉他呀?他找亲爹亲妈亲奶奶都调查过也是不知道。他很扫兴，终于决定不调查了，管㞞它是一句甚么话，他本来就不该调查，骨头渣也沤成黄土了。可他记得坟坑里的生土也不是怎样潮湿呀就会沤得那样彻底，到底埋了没有到底决斗来没有到底有这样一位本家五爷没有那几片细瓷碗片到底是不是陪葬，现在连他还不是用细瓷碗吃饭，拉倒吧不调查了。

过了七天，那些关键问题还是断不了要来缠绕他，而且他发现唐玉环已经回河头婆家去了，他心里不由又起了怒火。当晚他给二队老乡开了大会禁止他们再谈他本家五爷，然后安排了工地建设。第八天一早他下了河头。至河头村口桥上碰见一辆进城的拖拉机，他拦住爬上拖斗。

在拖斗里他很快就睡着了。醒来时已进了城过了晌午，这时候他才想起不知道为甚进城来。本来只想去河头怎么进了城？管㞞它呢，肚饥了。他想买半斤月饼吃，但一想不能吃月饼。老乡们天天说他本家五爷临枪崩前只想吃月饼他可不想挨枪崩，就买了两个锅盔吃了。吃锅盔的时候，他才想妥不再去县上安置办了就去一趟水利局。

他说他们上野庄村后黄土圪梁上有泉眼，他们刚挖过的一个古墓里，木头渣骨头渣全沤成黄土了只有细瓷碗不怕沤肯定有泉眼！

田技术员不相信直打呵欠。

他知道田技术员准是刚午休起来不相信就不相信吧，他也觉得自已说错了，鬼，还是丢不开他本家五爷，在县上水利局又说那坟坑做甚你还想伟大，伟大个鬼。他心里不由又起了火改口就对田技术员说，他们上野庄村前有一棵大松树是坐在一口泉眼上！

田技术员还是不相信又打了一个呵欠。

他觉得这一回改了口是说对了，松树跟他本家五爷不相干肯定是坐在一口泉眼上，他就对田技术员说："你要不相信我就不走啦非等你相信了才走！"

田技术员又打了一个呵欠不过打完就笑了笑："看你这个憨后生！"说完居然站起来伸手很响地摸了一下他的脑袋。

他心里立刻就火塌了,你又不是农村老乡怎么也用这种摸尿姿势侮辱人你当我也是农村老乡呀,他真想扑过去照样摸一下这货的脑袋。这时候他才忽然发现自家浑身尘土,那是拖拉机给他染的染成个土老乡了。他慌忙跳到院里甩打了一阵,又在田技术员的办公室啊扑啊扑地洗干净了手脸头发,只可惜公家没给他预备香皂那种女人气味的香皂。

他又对田技术员说:“老田我们上野庄村前有棵大松树真是坐在一口泉眼上!”

田技术员还是不相信。

“你真不信我就真不走啦!”

“看你这个憨后生!”

“我看你也是憨货!”

田技术员咧开大嘴笑了好像很快活终于睡醒了。

他正要扑过去摸这憨货的脑袋就一眼发现这人的衬衫也不干净领口更肮脏得出了油,心想这货也是老乡不知道娶下怎样一个老婆肯定不如唐玉环。

他就说:“老田,你去咱野庄瞅瞅呀!方圆几十里全是一片黄土圪梁,就它,那棵大松树终年绿森森的,绿得冒水呢,粗得两个后生搂不住高得狗日的像座大楼,你说有多少年啦怎么旱不死不是坐在泉眼上才是跟上鬼啦!”

“憨后生,你们野庄我去过。”

“甚么时候去过?”

“去过不止一回了,后生。”.

“那你说说,我们野庄的闺女媳妇哪个最漂亮了?”

“漂亮?哈哈,你还会用名词呢,不简单呀!”

甚么话,连漂亮也不懂真是把他当作憨货了狗日的,当上个烂技术员就以为只有他自家懂得女人漂亮,好像他们野庄人就只懂得分公母不知道分漂亮不漂亮,鬼。难怪不肯下功夫去给他们看水脉准是以为他们野庄老乡有水没水也没事,他真是火塌了血脉里热胀得憋燥难忍。

“伙计,我看你也不简单娶媳妇大概还知道娶母的吧?”

“看你这个赖鬼!”

田技术员给他斗草了拉长了脸眉眼恼悻悻的,还抬手捋起耷拉下来的一缕头发,先前那一股要笑人的派头是给斗掉了,只顾急了来跟他计较不知真人已露了本相。他得意起来,心里来了胆量和力量。

“老田同志我还学了一个名词儿是玩笑,咱开了个玩笑可惜我们农村老乡水平不高想玩笑也玩得不够水平凑合笑笑吧,玩笑这名词儿发明得挺科学,玩笑玩笑笑完就拉倒啦,水平不高将就笑笑完了就完了。”

“行啦行啦,你走吧。”

“你还没笑呀?咱一个农村老乡鼓足干劲开了一个玩笑不能白开吧?水平不高你就凑合笑笑吧。”

“赖鬼。我看野庄还是不旱,怎么没把你这个后生旱着?”

“我说是有泉眼呀,你看我们野庄不光是那棵大松树终年绿森森村里的闺女也比别处的水色吧?你笑甚么,水利技术员还不懂闺女们脸面上的水色?水色就是水灵就是漂亮,泉眼你看不准,水色该能看准。”

“没看出,你倒长了一张好嘴。”

“农村老乡水平不高鼓足干劲将就说哩,不敢笑话。”

“好啦,还有别的事吗?”

“有呀,请你去看水。”

“我说了,去过,去看过了,没甚么希望,你们人畜吃水也没问题。”

“我不信,去过不能再去一回呀?看完水稍带也看看我们的水色不会白跑。”

“今天碰了你这么个难缠的鬼,好吧,过一段时间,我再去看看。”

“说个时候我们好准备迎接你呀!好家伙你田技术员的名声哩,我们得准备准备叫全村一片欢腾!”

“你可真是好嘴,不过,今年怕去不成了,明年开春吧。”

“太迟了太迟了，明天，明天吧明天跟我厮跟上去。”

“明天，哈哈，明天你准备不了全村欢腾吧？好吧，争取今年冬天去，可以了吧？”

“还是太迟！”

“看你这后生，讹人来了？”

“不敢讹你全县有名的田技术员我们农村老乡敢吗？我是怕，不瞒你说怕你去迟了我就当上支书啦！当了支书咋能引你去看水色呀？”

“你当支书？别扯淡啦，你狗日的。”

“笑甚么，又没再给你开玩笑是真的，我很担心怕很快当上支书，当上就坏啦。”

“那你现在当的是甚么？”

“小官儿，上野庄大队第二小队的小队长相当于部队上的排长刚够吊四个兜儿，支书相当于连长公社书记主任相当于营长县上的书记主任相当于团长，这没差错我研究过。你相当于团里的参谋水利参谋，参谋也给吊四个兜儿可参谋不带长放屁也不响。不过伙计别误会千万不敢误会，你老田是参谋带水定音一锤全村欢腾喊你万岁万岁不敢喊你千岁吧怎么样？”

“看你这张烂嘴，还想当支书？”

“我没想呀？我怕当哩不信吧？等你去了野庄就问呀谁是你们支书，谁都会告诉你宋万银呀那狗日的正不好活呢。为甚么不好活？我跟你老田说吧咱宋万银是当兵出身，叫咱当个连长团长不愁，可咱给农村老乡当支书有甚么劲头？”

“你还当过兵？”

“你没瞅见我穿的是甚么衣裳呀？正经军装伙计。”

“谁知道，现在谁都弄一件绿衣裳穿，我那六岁的女子，也穿了一身绿。”

“你老婆穿了没有？女人怀上娃娃肚大了穿上这衣裳才美呢！”

“你像甚么当兵的，赖鬼一个！”

“连这你也不信，你去你们安置办查查呀？绿衣裳都叫老乡给穿得不值钱了连你老婆也穿上了，穿了遮盖那颗女人的大肚皮，你说我不倒霉还等甚么？”

“谁说我爱人穿上绿军装啦，谁说我爱人怀孕肚大啦？”

“刚才不是你说的呀？不是你说的就是我啦。是我吗？我的记性赖塌了。是我老婆肚大了是我老婆穿了咱一件绿军装，穿坏啦不倒霉还等甚么！不给安置个县长当吧连个工人也不给安置，就叫咱复员成农村老乡，穿绿衣裳的人太多啦，你老婆——是我老婆也穿上绿衣裳倒运啦。我说老田，你不想要一件绿衣裳吗给你老婆穿？你穿也行水利参谋，咱还有一身正经货不收你布票怎么样？”

“不要，不要，还是留给你老婆穿吧。”

“嫌是两个兜呀？你不会叫你老婆再给吊两个！你老田是县上的水利参谋级别够上啦。你是叫爱人不叫老婆，爱人这个名词发明得也挺科学，你爱见她才是你的人。咱给复员成农村老乡连爱人也没啦只给你安置了个老婆，老乡配老婆都是姓老，谁爱见？你说得多来劲我爱人我爱人，听着也丁零零响，我说老田你真不想要一件绿军装呀？”

“不要不要。”

“那你想不想生一个男娃呀？女人怀上肚以后穿一件绿军装准能生个男娃，你不用笑灵验得很但必须是正经绿军装老乡们自造的假货不顶事，不信？你不信可以实践一下呀，谁发明的？我发明得挺科学你试一下吧。”

痛快，他感到很痛快地出了一回火心里真是美塌了，血脉里熨帖得多了好像放出了一股血不再那么憋燥，他知道没有放血只是放出了许多鬼话。公母水色当支书穿绿军装生男娃，他知道这都是鬼话老乡才说的鬼话，可这些鬼话真够精彩，他张嘴就倒出来了不用费劲不用费脑筋一句比一句精彩。他觉得田技术员后来已经开始相信他的鬼话了只是不好意思改口吧，因为他说得太精彩了鬼也不得不相信，够痛快。今天这一趟城没有白来，没有费劲费脑筋就斗败了全县有名的一个水利参谋，像老乡就像老乡吧他看田参谋也像一个老乡，只可惜没跟到田技术员家里去看看这个老乡到底娶了怎么样一个爱人。

还有这位马王爷到底明天跟他去不去野庄看泉眼呀？狗日的只顾了精彩了忘了正经事，你看你又犯了错误！他已经离开水利局走在大街上，脸相像马王爷似的田参谋已经回家见爱人去了，他忘了打听老田家住哪里，真是又犯了错误。老田是天生脸长下巴颏又像粪勺似的吊在长脸下一副马王爷相，可人还不赖很有兴趣地欣赏他说鬼话。他要是明天能把这位马王爷请回野庄那就更精彩啦，可惜他只顾精彩又犯了错误。他知道他不是上野庄的红太阳，村里的水利化也没人叫他解决，可那棵松树坐的泉眼真要喷突出大水来那才会更痛快。真要喷突出大泉水来，他建设的水平地真就有水了，只是往村后坡梁上引水狗日的还是个问题，爬坡过沟好几里地他还得建设一道红旗渠吧？管屎它呢他真当了支书了吗？引水不引水先喷突出大泉水来也够痛快！这趟城他是没有白进，说了许多鬼话但松树坐在一口泉眼上不是鬼话，他相信这是真的，这是今天进城他发现的一个真理。老乡们不清楚真理这个名词，他得给他们讲解清楚，讲清楚了老乡们也会相信吧？相信不相信反正是真理，他没有给田参谋说真理这个名词说了他准会相信，只说了玩笑和漂亮两个名词他都相信了。

真是坏了事了时候已经不早，搭不上回村的汽车拖拉机了，活该住一回旅店。他摸了摸衣兜，我的先人住鬼吧，只给吊了两个兜钱也没给装满。不过他心里还装着些痛快呢不用着急，没有钱也难不倒他宋万银，不能牺牲了自己的肚肠先买半斤月饼吃了再说吧。鬼，又想吃月饼，痛快了这么一场又发现了真理他本家五爷的孤魂还跟着他呀？他又买了两个锅盔吃下肚了，还想再吃两个可惜钱没给装满，他五爷一口吃了三斤月饼真够好汉，决斗得也够英勇死得也够好汉脸没变色心没跳只眨了眨眼。鬼，管他好汉不好汉呢，至今调查不出他们是因为一句甚么话。甚么也不想了抓紧时间遛一遛马路，农村没有马路也没风景只有黄土圪梁还埋着好汉的孤魂，鬼，管他好汉不好汉，现在只可惜没个爱人厮跟上遛马路。她小时候在城里住过也不知早早回农村去图甚，回了野庄也不等他长大就又着急地嫁到河头，是嫌野庄水色不好又没有喷出大泉水吗？田参谋是相信了野庄的闺女有水色，这也不全是鬼话水色都叫她一个女人拔尽了，真该跟去看看这位马王爷到底娶了怎么样一个爱人。爱人爱人，鬼。他只相信松树坐在一个大泉眼上，这是真理。

他混进电影院看了半场电影，我的先人，电影上也尽是穿绿军装的男人还有农村老乡。他想起在部队下农村时连长说不要总想瞅老乡的闺女，还想起在部队五年只跟团长握过一回手，团长还没有看他正扭头跟连长说话，只握见团长的手很细软。他很扫兴就钻进火车站的候车室蹲了一夜，候车室里也尽是老乡。

第二天后晌他回到了野庄。在村口，他瞅见那棵大松树果然绿森森像憋胀着一身活水，连洒在黄土地上的树影也像是一摊泥水。

就在这天夜里，老米把他叫去了问他："万银同志，公社想换你当支书，怎样？"

还怎么样，干啦，干啦。

老米说："现在的支书是好人就是太软，闹迷信上级生了气，你敢干不讲情面亲戚本家也不留情面，你带头建设样板田，怎么样？"

他没听清老米说甚么只想干啦，干啦。

他还想起昨天在城里给田技术员说的鬼话，也许那不是鬼话他张嘴就说出来了他怕当支书。

活埋本家三伯那天，她也对他说过一句话："除非你当了支书。"她也会预言他的今天呀？

他发现了松树是坐在泉眼上，村里老乡们说那松树是神树是全村的风水。他没有得罪它是叫众人崇拜它，它真是一棵神树吗？

他可能也是好汉。

还怎么样，干啦，干啦。

她终于从娘家回来了，他正想松一口气却见她的神色有些不对劲像挨了霜打似的软蔫耷拉不像平常又厉害又粗野，心里就更紧张起来不敢松气。

“玉环，你在你娘家住得日子不短了还好吧？”

“你看我像不好吗？”

“不像挺好。”

“不像好是像赖吗？”

“不是，我是说你挺好不像不好，你头不疼了吧？”

“还疼呢疼得更厉害脑仁里是有虫就是求不下打虫药。”

他记得她回娘家是求生养的药怎么又成了打虫药，平常她叫喊要打虫药是又暴躁又厉害现在却软蔫耷拉的不知到底是咋啦，是不是去求药给民兵逮住啦挨了批斗，他一直在担心会出这种事。

“玉环，你去求药来？”

“求来，可神不等我先走了不知顶事不顶事。”

她走后他就听说野庄盘查得很紧担心她给盘查住，他妈说不用担心查住了就会捎讯来，他不放心又没听说野庄批斗谁，但她神色不对劲软蔫耷拉像挨了批斗。

“玉环你去求药没给人看见吧？”

“没见人只见有太阳。”

“你白天去求的药？”

“快到晌午了，都说神走了松树跟前冷冷清清没人只有太阳。”

“真是白天？”

“还不到晌午呀！”

他吓了一跳，但她说得不慌张只是软蔫耷拉，难道她在野庄真是又犯了疯吗？他一直在担心会出这种事。她白天去磕头求药准是又犯病了，不知穿衣裳没有，老天爷。他记得那回她跑到学校犯病之后就变得软蔫耷拉了，老天爷。

“玉环你没事吧？”

“我没事，是万银他本家三伯给活埋了。”

“你说甚？”

“活埋人呀。”

“活埋谁？”

“野庄万银他本家三伯。”

“谁敢活埋他？”

“万银呀二队的宋万银。”

“因为甚？成分不好？”

“不为甚，想挨一回活埋又没死土刚埋到心口还没埋到脖子就停止了，你不想活埋我吧？”

“玉环看你说甚！”

他更紧张了，老天爷，她肯定犯过病犯得不轻，他记得那回犯病以后她就说你把我锁住吧这回又说活埋她，现在哪能活埋人宋万银是队长又是民兵，还掩护过他磕头求药哪会活埋人，老天爷。

她走后第三天他就担心会出这种事，可他妈说不用担心吃了药了有事娘家就会来送信。他问过他妈，他本家四奶真的疯过吗？他妈说，哪有这事不用听村里婆姨们鬼说，你四奶活的时候就是嘴馋临死还想吃月饼，十一月哪有月饼，就是有她嘴里只剩一颗牙了也咬不动，不用听婆姨们鬼说。但他不是听婆姨们说的是听学校的教员们说的，连公办教员老刘也说你本家四奶就色疯过。他们说她疯的时候也是三十多岁也是不爱穿鞋袜只爱往头发上乱插野花，不疯的时候跟好人一般，疯起来就爱往街上跑见人围住她就要脱衣裳。他说他四奶也有儿孙呀为甚疯呢？老刘说女人色疯不一定都是因为想生养，懂不懂？他说他懂是懂可他四奶为甚会疯呀？老刘说听你们村的老婆们说是因为你四奶没有裹脚，她要裹了脚不穿鞋袜还能往出跑吗，她们说得恐怕也有些道理，所以解放妇女就先废除裹脚啦。本村的民办教员们问老刘,你又不是我们河头人你是从哪个老婆那里听说的?老刘只笑不答。他想他的女人玉环也没裹脚呀为甚么也色疯了,但这个问题不能再问他们,他们说这问题得问你自家。他也问过他妈,他本家四爷是怎样一个人,他妈说你四爷能是甚么人一个庄稼人呀,年轻时出外学过买卖没学成就回来种地,置下十几亩地都是下湿地怕涝不怕旱,成分定的中农比你四奶死得早。他又问他四爷厉害不厉害,他妈说平常不厉害话也不多说,犟起来跟牛似的端起锅能摔到院里,一个庄稼人吧你老子不也是这样。他发现他亲妈也没有裹过脚更没有听说她病过,他还想过玉环的嘴也不馋,队里分甚吃甚又不爱细做茶饭。他对她也爱说话想说亲密的话只是她不爱听一声挨刀货就把他的话堵住了。他对她也不厉害,不是不会厉害不会拧她的耳朵不会端起一锅没滋味的茶饭摔到院里,他是不想厉害只想把她变成爱人,因此他也不犟无论她怎样厉害他也能忍让,可她怎么就忽然想叫他活埋她?他更没有逼她生养呀,他愿意解放妇女同意男女同工同酬都记一样的工分,不愿意把女人变成生娃的机器愿意把她变成爱人,她有很优良的条件是她自己总愿意厉害愿意粗野愿意生养,他没有逼过她。

她忽然软蔫耷拉的,真叫他害怕。

这天夜里,她仍然软蔫耷拉的早早上炕睡了,但不叫他再记账。自从她回了娘家之后他也没记成几回账,只有支书催他记的两篇账不能不记,一篇是反对迷信神鬼,一篇是反对偷盗嫩玉茭,他觉得这两篇文章都没有写好。今夜他是这样害怕更不能写文章了,可她不叫他记账的口气也很软蔫,他越发害怕起来。

她对他说,你也快上炕来睡吧试试吃了生养的药到底顶事不顶事。

他更给吓愣了,难道她真是色疯呀他记得她从来没对他说过你快来睡吧只是说挨刀货白熬油记账,口气更不是这么软蔫。明明白白是说明叫他来试验生养却一点也不羞竟像说你快来吃饭一样不当一回事说得软蔫耷拉,老天爷。

“玉环你不是头疼呀？”

“头疼不碍事我不怕疼你快上炕来睡吧试试顶事不顶事都说神走了我不信我不怕疼。”

“玉环还是等你头不疼了吧？”

“我不怕疼你快上炕来吧活埋我我也不怕。”

“玉环看你说甚谁活埋来谁敢活埋你？”

“我是说活埋他本家三伯呀，活埋也不疼也死不了你不用怕快上炕来吧！”

他越听越害怕真想赶快去叫他妈看看该咋办，但又怕她明天疯得更厉害再跑到街上脱衣裳，只得吹灭灯心惊肉跳地爬上炕。这时候他又想起教员们给他说的你叫她怀上肚她的病就好啦，他们还说恐怕是你不尿行。他知道自己能行就是她厌烦他，现在她主动叫他来他就用功来试验吧，但一想到多年来总是他先愿意她不愿意就还是很害怕。

她又说：“你快来试呀看顶事不顶事我不怕疼。”

一片黑暗看不清只能听见她软蔫耷拉的话说得不低不亲密也不厉害粗野就像叫他快吃饭吧一样不当一回事，他还是不能不害怕。他心惊肉跳地挨她的热肉之后猛然间想起了她到学校发疯时他看见的一片雪白，就觉得有一股粗野的力量涌上来了。

一片黑暗，甚么也没有，只有一股粗野的力量。

但试验完后，她说还是不顶事一点也不疼痛。

他慌忙问她是头不疼了吗？

她说她不是说头疼，不顶事还是不疼不痛。

他问是哪里疼痛，心想他太粗野了。

她说她是想疼痛，不疼不痛不顶事，药白吃了，神真走了。

他还是问到底哪里疼痛，但终于没有问清就在一片害怕中瞌睡了。

她睡不着仍在渴望一种彻心的疼痛。在一片黑暗中她更加明白了，原来她是在渴望着一种彻心的疼痛。在野庄看过宋万银活埋他本家三伯以后她就明白了原来她不是想疯是想疼痛。那几天她心里又起了火血脉里热胀得憋燥难忍，正想再疯一回给他们看，没有想到宋万银这个挨刀后生就抢先活埋了他三伯，活埋又不是真活埋。可从那天起全野庄都在说他五爷他三伯还有他这个挨刀后生，谁也不再仔细看她了不再管她疯不疯，连她亲妈亲爹那么仇恨她也不再管她了。她终于明白了她也给他们活埋一回他们才会说她好。她发疯自家也不疼痛旁人更不疼痛，他们和她们还高兴地观看她，但没有说她是好汉。她听见她亲爹说咋不拿镰把敲她，他也是只说不敲，爹你就敲呀嫌镰把敲得不疼就拿锹把敲呀我不怕疼正想疼呢我一声不吭叫你们也说我是好汉。我不是想男人是想疼痛。他真是不顶事多少年叫她不疼不痒，不疼不痒还想叫她给他生养后人呀？

她更头疼得睡不着觉，头疼多年了可头疼能算好汉吗？她头疼是脑仁里生了虫，谁能拿镰把敲她的头脑把脑虫敲死才算好汉，红医白医谁敢？

一片黑暗，甚么也没有，没有瞌睡，没有疼痛，只有一种明白了又不明白的渴望。

第七章

一切都停止了,这是一阵真正的寂静。玉茭叶不动不响连风也没有,只有太阳从玉茭叶中间晒下来很耀眼,玉茭叶是绿的天是蓝的。

她终于躺在玉茭地里看太阳了,正是晌午太阳正高正热她等待着的也正是一个晌午。她终于想起来了那时候晌午是叫午休不是叫歇晌,头疼了多年一直就想不起来叫午休在这个晌午才终于想起来了,可她仍然没有感觉到疼痛。

他说快起来吧。

她说你不要说话。

他却又说你听见有人来了吗?

她听出他有些惊慌心里就不由有些失望,她是嫌他扰乱了这一阵真正的寂静可他却以为她害怕有人来了,这个挨刀后生也是这么不顶事,她才不怕有人来呢有人来了会拿镰把敲她吗她不怕疼痛正想疼痛。所以她对他的惊慌又开始感到高兴。

她就说你没有听见?

他更慌了说甚么也没有听见呀!

她说你仔细听。

他没有仔细听就慌张地说那还不快起来穿衣裳!

她躺着没有动只想叫他惊慌,他的衣裳和她的衣裳全都压在她的身下,他惊慌得吃不住了会站起来踢她一脚吗?都说他当队长就爱踢社员她还亲眼见他活埋他三伯,能踢她一脚她就会疼痛一回了。可他没有踢她仍坐在她的脚后伸直了脖子在听。听甚呀鬼也没有一片真正的寂静只有太阳。

她开始后悔跟着他一直走到这么遥远这么僻静的一块玉茭地里来,那时她没有细想只渴望着疼痛。他说今黑夜,她说不要黑夜要白天要晌午那时还没想起来歇晌曾经叫午休。他说明天歇晌时候,她说只要是晌午不管哪一天,他说晌午就到地里,她说她不怕太阳晒。那时她也没有想起来她很早就对另一个男人说过她不怕太阳晒因为那时候她天天喝杜家的牛奶。她只想到是晌午有太阳就跟他一直走到了这么遥远僻静的玉茭地里,看见山都不蓝了看不见有人来,只有一片寂静和太阳。她又不愿意叫他扰乱了这一种寂静,因为她终于想起来了那时候就没有守住这一种寂静,每到这时他也是有些慌张很匆忙地跳到地上同时很匆忙地催她快起来。那时她也很慌张不用他催她早跳起来了,没有守住这一种寂静一切都匆忙过去了,他匆忙打开了屋门。屋门外是过道她终于想起来了,去校长室教导处都得从这个过道走,但那时并没有人走,因为那时正是午休夏天长长的午休她终于想起来了那时管歇晌曾经叫午休。校长不许学生们午休时候去学校,但她还是去了没有害怕因为他喜爱她去。她不知道他为甚么又喜爱她去又要慌张,后来知道了但那时不知道只是见他慌张她就觉得应该慌张所以也不由跟着他慌张起来。可他为甚么也要慌张他不是已经当了支书了吗?

他又说快起来吧。

她说你听见有人来了呀?

他说没听出有人来。

她说那你不要说话。

他却又说你听见甚么响动了？

她就忍不住大声说鬼也没有你是慌甚怕甚！

他就更慌张地说你不能小声些呀？

见他是真慌张不是假慌张她就又高兴起来，她仍然躺着不动从玉茭叶中间看着天上的太阳看不见他。她不记得他是甚么模样好像从来还没有仔细看过他，只知道他是一个后生活埋过人还喜爱踢人已经当了支书，也没有听他说过他喜爱她。可那时候他说过他喜爱她她终于想起来了，那正是晌午时候那时曾经叫午休，他对她说考中学你岁数大了上体校打球吧，她就说你说上体校就上体校我喜爱打篮球，他跟着又说你也喜爱我吗，那时她还不知道喜爱是甚么意思就很爽快地张口说了一声喜爱。等她知道了喜爱就是又沉重又疼痛以后，也问过他你喜爱我吗，他就说喜爱。他说过他喜爱她她也说过她喜爱他，可那时候她也没有看清他的模样只记得他会唱歌会打篮球教她们音乐又教她们体育。她就没有仔细看过他吗？终于把甚么都想起来了就只是想不起来那时候曾经仔细看过他。她终于想起来了那时候也正是晌午她终于感到了沉重和疼痛，这时候也正是晌午还能看见太阳却没有沉重更没有疼痛。他为甚么不对她说他喜爱踢人喜爱活埋人也喜爱她，她没有对他说她喜爱他可她喜爱给人踢给人活埋因为她喜爱沉重和疼痛不像那时候只是因为喜爱打球。

他又说快起来吧。

她问你听见甚么响动了吗？

他说没有听见可地垄里冰凉野地里有风看受凉着风快起来穿衣裳吧。

她说我不怕你看见甚么了吗？

他说甚也没看见快起来吧。

仍然是一片寂静，玉茭叶不动不响连风也没有，可他却说野地里有风看着风受凉，地垄里不湿不凉她只觉得很热，可他却说地垄里冰凉，她也不是躺在地垄上是躺在她和他脱下来的衣裳上，她甚么也没有穿躺在他眼前可他却说他甚么也没看见，他连她的一身雪白也没有看见难道他也从来没有仔细看过她不知道她的模样吗？那时候他是看清了她的雪白曾经问过她你天天打篮球给太阳晒怎么就晒不黑皮肤还是那么白，她说她天天喝牛奶。他看不见她难道连太阳也看不见呀，正是歇晌时候太阳从玉茭叶中间晒下来这么耀眼他看不见。她也没有看见他，她知道她只仔细看过一个男人那就是她的男人他也是教员他的脸面也很白，可他说他没有喝过牛奶他只喜爱记账也没听他说过他喜爱她，他只喜爱在黑夜里看她所以他也看不见她挨刀货。全不看她踢她活埋她她还这么躺着做甚，你们不是都说我是色疯吗？喜爱脱衣裳喜爱赤身露肉绕世界跑，我相信你们的话全把衣裳给你们脱了赤身露肉躺在太阳下还跟你们的这个挨刀后生色疯了一回，可你们又不看我踢我敲我活埋我不叫我沉重一回疼痛一回，难道又上了你们的当吗？

她突然跳了起来，把他的衣裳甩给了他，她也急速穿上了自己的衣裳鞋袜。玉茭叶终于高兴地又响又动，但仍然没有风只有太阳。

“我说你是慌甚怕甚你不是已经当了支书你咋不过来踢我一脚？”

他听她这样说惊慌得不知所措。

他叫她快走吧快回村吧，她说她不走不想回村除非他踢她一脚。他怎么能踢她她是野庄一宝他刚得了她正不知该怎样高兴呢，她不是落后的老乡他为甚要踢她难道她真是疯了呀？

他说快回村吧快起晌了。

她说她不怕她永不想回村去了。

他听不懂她说的是甚么话难道真是疯话呀？是老乡们说她疯了她不是老乡，也许她是不好意思再和他厮跟上往村里走吧。

他说那他就先走了你也赶紧回来吧。

她说紧赶回去救火呀？

他说庄稼正高你不敢在野地里独自钻着快回来吧。

她就又大声说你再不走她就回村喊啦你在野地里欺负了人。

他又说了句你一定赶紧回来就先钻出了玉茭地。

坡上的小路空无一人，四野里一片寂静只有太阳很耀眼，后山不很蓝了但也不很绿，他发现玉茭叶也不很绿想起有些天没有下雨啦又浇不上水，可要是浇了水他跟她还怎么躺到地垄里的泥水上呀？现在他简直不相信他已经得了她正像他还不完全相信他已经当上了支书一样，他还只相信支书相当于连长她不像老乡。但他分明是刚从那一片玉茭地里钻出来弄得玉茭叶又动又响，现在玉茭叶已经不动不响了在太阳下显得不很绿是受了旱了，太阳也是真太阳男人的太阳。

他没有想到她会那么快就又回到野庄，回来就问他你真当了支书了呀？

他已经开了群众会干部会天天给老乡开会却仍然不相信他真当了支书只相信支书相当于连长，但他没有多想就对她说这还能假吗？

她就盯住他死瞅了一阵才说好你个挨刀后生。

那时他没有顾上注意她说的这句话只是想起了她曾经说过的那句话除非你当了支书，那时也只注意了她死瞅他的神态不笑不恼很庄严就像他阻拦武斗时所看见的女大学生那种神态，很英勇很庄重不像老乡。

他就张嘴问了她你还记得你说过的那句话吗？

她说是你本家五爷说过的那一句话？

他说不是是你说过的那一句话！

她问他说过一句甚么话？

他就说你说除非你当了支书。

她瞪了眼说我说过吗？

他说你说过这还能假吗？

当时他已经开始怀疑她到底说过这句话没有，因为他记得她说这句话是在他活埋他本家三伯那天，那天他心里有火血脉里热胀得憋燥难忍很可能记错了，也许真是他本家五爷说过的那一句话不是她说的。但他清楚地记得在狂躁难忍的那一天他是听人说过这句话，不是她说的难道真会是他五爷说的？他五爷连骨头渣都沤成黄土了怎么可能预言他会当支书！可这么重要的一句话她说过怎么能记不得呢，她不像老乡。

他越想越不对劲不由又狂躁起来了。就在这时她却很严厉地问他："我说过你想咋吧？"

他就狂躁地说："今黑夜。"

她似乎也是狂躁地说："我不要黑夜我只要白天只要晌午。"

他说："明天歇晌时候？"

她说："只要晌午不管哪一天。"

"晌午就到野地里！"

"我不怕太阳晒！"

现在想起来她在那时就有些不对劲狂躁得像是又疯了，可他那时也狂躁不已他并没有疯。今天到了歇晌时候她果然跟着他走出来了，她并没有披头散发赤身露肉吃屎吃土，她头发梳得很光俊衣裳穿戴得干净齐楚脸面很白净眉毛很黑眼很亮，神情很庄严没恼没笑没喊没叫一路没说寡淡的话就像参加武斗的女大学生一样。钻进玉茭地里她也仍然一句话没有说只有玉茭叶又动又响肃静得使他不由想起他本家五爷跟刘家七爷下河滩决斗时的情景来。他忽然疑心起来她不是把他诓到这野地里来决斗吧，她严肃得真像是要参加武斗。但她在忽然之间就先把衣裳脱了全脱了。

他已经走了几十步远了，回头看看仍不见她钻出玉茭地来，不知她还在等待甚么会不会出事呀，他还是忍不住惊慌站住了，想喊叫她又怕声音太大。站住回头看了一阵才想到那块玉茭地里没树没井也没有石头更没有河，如果有狼她一定会叫喊可甚么动静也没有，只有一片寂静只有太阳她说她不怕太阳晒。他又继续往回走心想她是怕羞吧要等他走回村她才肯钻出玉茭地来。

但那时她却没有害羞没有厌烦没有咒他骂他没有趁那时说许多平时不能说的咒骂话就像他的傻婆姨那样，她不是老乡。那时他只是充满了狂躁甚么也看不见甚么也听不见甚么也忘记了,她没有哭叫咒骂挣扎吧好像没有她一身冰凉。他自已也丢不下那一种惊慌因为她不是老乡,可她怎么会是一身冰凉?太阳是真的她却一声没吭一动不动一身冰凉,她一动不动躺在那冰凉的地垄里不起来,她还说了不少奇怪的话,他分不清那是疯话还是女大学生的话只知道全不是老乡的话。幸亏坡地沟地全浇不上水地垄里不泥不湿受了旱。他给老乡们讲话说他要给他们搞来水,现在他更相信村前那棵松树是坐在一口泉眼上,因为他刚发现了这个真理就叫他当了支书,刚当了支书就又叫他得了她。野庄的两个宝都叫他得了,难道它真是一棵神树吗?全野庄都叫他得了,它可能真是野庄的风水,她把野庄的水色拔尽了她也叫他给得了。他已经给他们讲了坡地沟地全都要建设成水平地,然后他给他们搞水。老乡们光靠沟里那一股小鸡儿尿尿似的泉水你们说够做甚,刚够做饭洗脸饮牲口你们连衣裳也不洗脚也不洗对不对,老乡们这不屎行!我给你们搞水,地亩都要浇水你们也都得给我洗澡知道甚叫洗澡吧,就是把衣裳全脱了跳进水里给我洗那历史上积攒下来的黑泥,不知道甚么叫历史吧历史就是百年千年八辈子懂不懂。他不知道老乡们懂了没懂,她应该懂可惜他给老乡讲话那天她没有参加开会还在河头婆家,他讲得够精彩。她应该懂甚么叫历史甚么叫洗澡,她应该洗过澡那时闻见她身上有一股香气是香皂的香气吧没闻出是甚么香皂只觉得像是万金油气味似的,有檀香香皂还有万金油香皂呀。

他已经又走了几十步远,回头望望仍不见她的影踪,只有一片寂静一个太阳满眼受了旱的庄稼,没有听见她的叫喊。他真想叫喊不是因为狂躁是因为痛快,可想想觉得不对劲她怎么还不出来?

他决定蹲到庄稼地里等她,现在他不再慌张不再害怕碰见人了,全野庄他都得了还怕甚呀?他想起她刚才就说你不是已经当了支书了吗还慌甚怕甚,她说得对她觉悟不低她应该参加他的建设。可惜她早早就嫁到河头去了是因为那村有水有河有肥地呀。野庄的闺女都往河头嫁,她能不能带头迁回来呢?他已经得了她了怎么不能把她调回来,把她老汉也一齐调过来他是教员有用处。刚才就没有想到跟她说这件事光顾了慌张了，她也没说一句话，她靠了他怎么能不说一句话？她只说他怎么不踢她一脚呀，这是甚么话他分不清，他记得女大学生是爱说再踏上他一只脚可她却说咋不踢上她一脚，真是疯话呀？

等了很久仍然等不来她，他觉得一切都不对劲了，终于又忍不住慌张起来匆忙返身折回到那块玉茭地里，把玉茭叶碰撞得很响可那里甚么也没有了。他慌张地喊叫她，仍是一片寂静。难道是寻错地垄了？他看了看似乎没有错，地垄里有脚印有躺压过的印坑还有那几棵碰折了的玉茭棵弯着腰那时他狂躁她一动不动，可现在甚么也没有了。是见了鬼吗她一身冰凉一声不吭，可太阳是真的他一定是寻错地垄了！他又喊叫她仍然是一片寂静。一定是寻错地块了，他钻出来又喊叫她，依旧是一片寂静。

他终于相信了一切都不对劲一切都可能是假的，她跟他做这样的事怎么可能这么突然又这么严肃，这么爽快又这么古怪？那他当了支书也可能是假的吧？满眼的庄稼是真的可这庄稼能都是他的吗，太阳也是真的太阳也会是他的？可能都是假的。

他必须赶紧回村里去。

他又喊叫她，仍旧是甚么也没有。

他匆忙赶回村里去了。

在村口他碰见了朱先，朱先说："支书，你没歇晌呀？"

他的心落下来了太阳是真的她也是真的，只是他觉得朱先红润的脸色也寂静得出奇，不像是真的又像是已经知道了他的一切。

她究竟到哪里去了？那里没有树没有井没有石头没有河可能会有狼但没有听见她叫喊。

"支书，热红晌午，你下地去了？"

"鬼。"

他更觉得朱先已经知道了一切，他知道她哪里去了吗？

他瞅见了那棵松树它也寂静得出奇不像是真的又像是早已知道了

一切。

他走出玉茭地之后晌午是更加寂静了,没有响声没有风没有人只有稠密的玉茭叶只有天上的太阳只有她,她也不由慌张起来了。

她不相信这是晌午这是野庄的玉茭地不相信她就坐在这里,她不相信刚才发生的一切。

祖宗,这是真有的事呀?

她不相信这是真有的事不知道怎样就发生了这样的事可她知道是真有了这样的事。

她不是已经回了婆家了吗,她已经想一心生养,生养下一个后人她就跟她们一样了。她们都生养了她还没有生养她不算女人只是个神经货。神经货就神经货她听她们的,真神经一回真疯一回,要不一样就真不一样她就是皇帝婆姨!可她们不说她像皇帝婆姨,只说她像他四奶到头来嘴里只剩一颗牙的庄稼老婆。她不想听她们的鬼话了。她已经回到河头婆家了不明白怎么又跑回野庄来,难道她又疯了?

但她知道她心里明明白白。是听说神又回来了吗?只记得听说宋万银那个后生当了野庄的支书。他当了支书跟她有甚么相干,怎么就又跑回野庄跟他这个挨刀后生有了这种事,她想不明白。她喜爱支书吗?河头也有支书,河头的孟支书也够聪明也够厉害说话一句顶一句,他捏住她的下巴看过她的牙口能看出她疯时心里仍明白。要喜爱她就喜爱河头的这个支书,他天天熬眼开会怪辛苦的,一脸胡碴也顾不上剃他家后院还能种西番莲,她也喜爱西番莲也喜爱孟支书。她们说孟支书也有相好女人她不信,他很严肃很聪明天天开会熬眼,她见他挨公家干部的训骂怪可怜,又见他训骂戴帽分子怪厉害,要喜爱她就喜爱这个支书了。

她真不知道他怎么能当上支书,一个挨刀后生喜爱踢人喜爱活埋人。他说她说过除非你当上支书,她不记得她说过这句话,他当上支书她就能做皇帝婆姨呀,鬼。她是真跟他有了这种事,她想不明白仿佛是谁早已谋划好了的。

她盯住看了看地垄他和她踩下的脚印还有那几株给碰折了的玉茭棵，又抬头望了望玉茭叶中间的太阳，忽然就站起来朝玉茭地更深处钻去了。

玉茭叶又动又响使这个晌午显得更加寂静更加热燥更加古怪，她朝玉茭地深处走了很远只想一直走下去永远也不再出来。可惜她感到很累很渴嘴里又苦又涩想喝水想让天下一场雨，她又在地垄里坐下来了。

地垄里只有她一个人踩下的脚印，玉茭棵也都好好地长着，玉茭穗已经很大吐出了一团红缨，这里也能望见太阳。但她还是忘不了她跟他真有了那种事。她真会喜爱他呀？鬼，她还没有看清他的模样只知道他是个后生喜爱踢人活埋人刚当了支书没有几天。她不是喜爱他只是听信了她们的话吧，她们都说她是色疯都说她喜爱脱衣裳喜爱男人，她知道她们是想叫她色疯因为她们坐街时就最喜爱说男人女人。她一定是又听信了她们的话你们说色疯就色疯吧真跑回野庄来给他脱了衣裳真跟他色疯了一回有了那种她们最喜爱说的事，祖宗。是这样一定是这样只有这样她才能想明白。可她们还说她色疯是因为想男人喜爱男人，她真喜爱男人呀？鬼，她只喜爱他们挨刀挨枪崩挨活埋，她只喜爱支书不是这个后生是河头的支书老汉，喜爱他是因为他说话顶事又辛苦又可怜又厉害又聪明，他一个挨刀后生不像支书，他只会记账不是她的男人。她真喜爱男人吗？喜爱喜爱现在她敢对自己说了她是喜爱，只是想不起来她是喜爱怎样的男人了，不知道他是甚么模样他现在在哪儿做甚么不会已经死了吧不会。

她忽然听见那个挨刀后生在喊叫她。

她还没有死他是在喊叫鬼魂呢。

她从四周围稠密的玉茭叶中间望着太阳，猛然就想起了这个挨刀后生活埋人的那个情景，她也很像给活埋了全身都给埋住了只留出一颗头来能看见天上的太阳。那一天她就那样喜爱全身都给埋住只留出一颗头来出气看太阳，今天终于盼到了。今天跑回野庄来原来只是为了这样，她明白了是这样就是这样只有这样她才能完全想明白。现在她完全想明白了，真高兴。

她又听见他在喊叫她，叫得很慌张。

喊叫吧慌张吧都由你，她已经不能答应不想答应只能露出头来出气看太阳了。

她在不知不觉中躺到地垄里了，知觉到的只是给埋得更深更厚很熨帖很高兴。

又听见他喊叫了几声，声音很闷很远。

她仍能看见太阳仍能出气，她很高兴。

他喊魂的声音消失了，又是一片真正的寂静又是晌午，她仍然很高兴觉得一切都明白了。

她心里明明白白能望见太阳能出气只想这样很熨帖很高兴地一直躺下去，但慢慢又觉得仿佛有些事情终于想不起来不由又慢慢焦急起来了。她还能出气心里明明白白，玉茭叶埋住了她她躺在地垄里地垄不湿也感到有些发凉了，已是旧历七月二十几眼看就进八月了，八月要过十五要吃月饼她没有想吃月饼只想喝水，到八月天气就要凉了不再会口渴不再会这样热燥，她也再不能给埋在又绿又稠的玉茭叶深处了玉茭到八月就快收割了。到了八月就再也不会有七月她是为这着急呀？那时她终于想起了许多事情，那时她没有穿衣裳。

她越想越觉得今天就是最后一天了她能不穿衣裳躺在太阳下的玉茭叶中间，是最后一天最后一个晌午她一定是为此着急。她们都说她就喜爱脱衣裳，喜爱就喜爱，她又开始脱衣裳但没有着急只是一件一件都扔得很远仿佛对它们都有冤仇似的。

她脱净了就安静地躺在地垄的松土上了，这时她甚么都不想回想了也不再着急只想守住这一片真正的安静一直躺到八月九月，等玉茭收割了她们和他们才发现她死了，叫她们和他们说她死的时候也不爱穿衣裳。

但她还是想起来了那年已是快进冬天时候，天气已经冷了已经在刮西北风庄稼都已经全收割了，她也早已经从城里杜家回到野庄。她穿回来的白球鞋也早已经叫她亲妈给了她兄弟穿了穿得恶臭，打篮球时她穿的白颜色短裤白颜色短袖汗衫也已经洗不很白了但还是她的。她记得那天天气很冷又刮风村里的男人女人都穿上棉袄了她就只穿了这身白颜色短裤和白颜色短袖汗衫旁的衣裳她远远地扔在了地头。地头还放着一堆玉茭面干粮一把竹皮暖壶，她记得这把竹皮暖壶是从朱先家借的，壶里的热水是从村里的大食堂灌的。她也记得因为她这一身打扮惊动了全村也惊动了公社的公家干部，都跑来围住她看过一阵，她亲爹亲妈更受了惊好几回跑下沟想抽她敲她可惜都不敢。她是在放卫星不是在色疯，在那天她要深翻完一亩五分沟坝地，她听村干部说平川最大一颗卫星是一亩三分还是男人放的所以她要放一颗一亩五分大的卫星赛过男人。村干部很支持她她不记得那时支书是谁了。只记得那天她下沟很早天还不亮吧很冷又刮风，她先做了预备活动就把外头的衣裳脱了只穿着那一身白颜色的短裤短汗衫，天气真是够冷可心里很热燥血脉里也热胀得厉害。只是觉得脚上穿的家做布鞋又笨又丑太难看心里很怨恨她亲妈可怜她那双白球鞋给她兄弟穿得恶臭了。她记得那时这双白球鞋还没有给她兄弟扔了还没有给她亲爹拿镰刀割开，她深翻使的那把铁锹背上也还没有套上她的白球鞋底，它还没有给戳了窟窿套进锹把上，还没有。天气真够冷又刮风，可她很快就出汗了，血脉里热胀心里热燥不像在篮球场上跑跳时那样能奔放出一身的快活，不过她仍觉得很有劲心里血里都憋有劲气。太阳出来的时候村干部下沟来看过她，她不记得谁是支书了。太阳有一竿高的时候村里的男人女人跑来围住看过她，她也不记得人们说了甚么只记得他们很激动。太阳又高了的时候她亲爹亲妈跑来咒骂过她，她记得她没有理爹妈。太阳升到头顶的时候公社的公家干部也来看过她，那时她就不知道那个公家干部是甚么官姓甚么，但她记得他也是男人，记得他问过她你多大了。她说她十九了；他说你不冷呀？她说不冷；他说你不累呀？她说不累；他说你是穆桂英，她说她叫唐玉环；他说你身体真好，她说她喜爱打篮球；他说你皮肤真白，她说她不怕太阳晒。那时候她就不记得他是甚么模样还是一个流鼻涕的憨娃吧现在就能当支书。那时候她更不知道河头有个他,不知道他的脸面也很白,后来媒人说过他脸面很白净她也没记住只听见媒人说他是教员她就愿意了,那是后来她说她愿意。但在那天她喝了四暖壶水吃了十四个玉茭面干粮一直深翻到太阳落了又出了满天星星又出了月亮,月亮不圆又不亮她还得靠马灯照亮,是她爹把饲养院的马灯给她送来了是她兄弟给她灌了四回热水送下沟来,她亲妈只来咒骂了她三回。那天她也出了四暖壶汗吧白颜色的短裤短袖汗衫早就湿透了,风吹上来她却又觉得冷只觉得全都是水。深翻了三尺的沟地全变成了水柔软地在翻滚,脚踩住的硬土也变成了水柔软得不知深浅,连她自己的身骨也成了一团柔软的水,冷风也像水一样柔软地涌来。土地、她和风全都要化成一片柔软的水了。但她血脉里仍然热胀心里仍然热燥奔放不出一身快活,她真想停止下来躺进那一片柔软的水里去。她不记得那天最后她放了一颗多大的卫星只记得最后全是柔软的水。

她爹对她说城里杜大夫也给戴上帽了他又不是地富。

那时她还不知道戴帽是甚么意思,野庄没有地富没有人戴帽,后来嫁到河头才知道了是甚么意思可仍然不知道为甚么要给杜大夫戴帽。

她爹说杜大夫家的奶牛也没啦。

她问奶牛都死啦?

她爹说不清楚。

她真想问她爹听说他了没有还在不在城里是不是还做教员,不能问就是问了她爹也不会给她说实话,她再也没有见过他。自从那天晌午给戴校长踢开房门以后她就再也没有见过他了,那时她害怕他会住法院。

媒人说他家早先有房有地。

她没有听清楚。

媒人说他家如今也是好成分。

她记得他不是本县人。

媒人说他的脸面白净。

她想不出他的模样。

媒人说他在村里当教员。

她说她愿意。

她记得那时她亲妈就松了一口气。那年她二十一岁了她觉得自己已经老了,村里的婆姨老婆们也认为她已经太老了,她就骑了一头驴嫁到河头。那时她已经不热燥只是很饿也想吃月饼。

已经快进八月了到八月人人都要吃月饼,她不想吃月饼她还有满口的牙雪白的牙,河头的孟支书就捏住下巴看过她的牙口。她感到身下的松土有些发凉但很柔软像水一样,玉茭叶也像柔软的绿水,她的身骨也像一团柔软的水,又全要化成一片柔软的水了。现在是热天不是那个冷天,是白天是晌午不是那个黑夜,是太阳不是那个不圆又不亮的月牙,她甚么也没有穿只是一团柔软的水,就这么躺着一直躺到死,很熨帖很高兴很安静。

她们一定会说,她连死的时候也不爱穿衣裳,不要皮脸的货。

由她们说吧,因为她疯了不怕。

还是疯了好疯了才自由,想说甚能说甚,想回娘家回娘家想回婆家回婆家,想戴花就戴花想吵架就吵架,想打篮球就打篮球想脱衣裳就脱衣裳,想这样躺在玉茭叶深处死就这样死了,她愿意这样。

第八章

她说是她愿意。

秃顶的戴校长立刻就皱紧了眉头。

她瞅见戴校长是皱紧眉头笑了，校长平时笑的时候总是先皱紧了眉头，她曾想戴校长是怕笑得太好看因此学生不再怕他吧。可他这种很特别的笑法却更叫学生感到快乐无比，总是忍不住要笑起来笑得轻松愉快不会害怕他。他见学生不怕他就把眉头皱得更紧但仍然有人笑。不过这一回她没有敢轻松愉快地跟着校长笑。校长似乎也只是猛不防笑了那么一下很快就绷紧了脸皱着的眉头间堆出一股严厉。她想校长也许并没有笑，是她自已想笑幸亏没有敢笑出来，虽然没有敢笑出来她也仍然没有害怕。

校长说得很严厉。

她说真是她愿意，她没有害怕。

校长又说时皱着的眉头松展开了，可脸面绷得更紧使松展了皱纹的额头，同谢秃的额顶连成一片，闪着严厉的光。她想起篮球都挤在他的木板床下，她给他洗了床单，他那间体育室也洒了石炭酸，他说夏天屋里总有很重的霉味儿。她第一次在杜家闻见这股石炭酸气味觉得很像在村里闻过的驴粪气味似的,后来一想起来就觉得自己可笑。她真是愿意。

她说她要嫁给他。

校长说他去见过杜大夫了。

她问篮球队还会要她吗?

他说过很快就要同县中的女篮球队比赛一场,他说她比县中女篮的队员也不差,跳得高,投篮也有准头,体质好。她说她从小在村里就做活儿,背草背柴,现在在杜家又天天喝牛奶。她穿上球鞋短裤在球场上奔跑蹦跳叫喊出汗喘气就只觉得牛奶已化成了一种奔放的快乐。已经有好些天没有挨到篮球了,那一身的快乐也再没有机会奔放出来,他说她的肤色也真好看,晒不黑,她说她天天喝牛奶。

校长又皱紧了眉头。她注意到,校长的确没有笑。

她开始害怕了,问校长他会住法院吗?是她愿意她要嫁给他。

校长说他去见过杜大夫了,她可以不去上课啦。

她不知道校长说的是甚么意思,她说她没事还能去上课,她问校长白老师哪里去了她还能再见一见他吗她要嫁给他。

校长瞪了她一眼,是皱紧眉瞪她瞪得很吃力似的。她感觉有些可笑,要在平时她会愉快地笑出来现在她不敢笑了也顾不上笑了,她不知道他怎么样了。

她再也没有见过他,他平日住的那间体育室总是锁着门。那天就是戴校长敲开了这两扇门,从此她再也没有见到他,篮球队也再没有活动,体育课也换了老师换成了一个老老师。老老师有一口整齐白净的牙齿,比她的牙好看得多,只是她很快就明白那是满口假牙。老老师给她们上过地理课,说黄河长江说人参貂皮乌拉草,假牙总会掉下来得用手去扶一扶。老老师说他的真牙是因为过去吹号给吹掉了,不要笑他。学校的军乐队就是老老师训练的,铜号吹出的声音很硬,吹号的男生们却不怕把牙吹掉他们都很骄傲。她们这些打球的女生也很骄傲。可老老师只教立正稍息起步走不教打篮球,每喊一声口令老老师就用手去扶一回假牙,每扶一回假牙就总要很特别地看她一眼。她个儿高年岁大排在队尾,可她并没有走错步,她也没有笑过老老师的假牙。老老师上地理课时还说过,不要笑他小心笑掉了自家的大牙。“你们不知道有一句俗话么:叫人笑掉牙啦,这句俗话就是告诉人不该笑的就不能笑,不然牙也会掉得早跟我似的。”可大家还是更快乐地笑起来了。列队走步时,她真的没有笑,不知老老师为甚么总很特别地看她。新换了的音乐老师也是这样很特别地不断看她。她是女老师,鼻头很高很尖像外国鼻子可惜眼睛不很大看她时就有些像在偷看,女老师唱歌也没有他唱得好。她记得见过这位女老师的男人比她老比他更老,头发却很黑很密梳着背头穿着皮鞋,走路踩得很响。

老师们也都知道了她和他的事吗?

他会住法院吗?

她说她要嫁给他。她说是她自己愿意。她问校长她能再见见他吗?

她不知道他怎么样了,她多想再到篮球场上奔放出一身的快乐。

校长拍了拍自己聪明的秃顶皱紧眉没有笑,只说他去见过杜大夫了,她可以不去上课啦。

她仍然不知道校长说的是甚么意思,她仍然想上课仍然想打篮球。是她自己愿意她要嫁给他还要怎么样呢?没有他的事。

戴校长往日也常来见杜大夫,校长住得离杜家不远也订了杜家的牛奶喝。他不常闲坐,跟杜大夫有说不尽的话。他们很熟也会说到她和他的事吗?可这些天,杜大夫和杜太太并没有那么很特别地注意她,仍叫她挤奶,叫她做饭,叫她喝奶,叫她按时去上学。杜大夫的那只假眼也仍然是湿汪汪的像含着泪,不大说话,同杜太太也不大说话。只有校长去了才说许多话。杜太太也仍然是那么高大,那么整天急急忙忙停不下来,喂牛,挤奶,给针管针头消毒,上街买东西,还出去给女人们接生。对她仍然是不特别亲也不特别远,在不亲不远中她想怎样总能怎样。他们会叫她嫁给他吗?

她也要对他们说,是她愿意,她要嫁给他,没有他的事。

那天，是他叫她留在他住的体育室里洗的，洗那一身的汗。刚打完一场篮球打胜了，请来的附小队给她们打败啦奔放出一身的快乐，也出了一身的汗。她们跟他兴奋无比谈论这场比赛，她们都走了，她还想说不想走。她是主力进球最多也最兴奋，贴到身上的球衣也湿得最厉害，可汗还在奔放地流。

他就给她打来一盆水，叫她洗。

她说，她回去洗。

他说，她还这样封建。

她就洗了。她当时很兴奋很快乐很骄傲，所以也不想封建。也只洗了脸，擦了擦外露的胳膊和腿。她很想伸进湿衣里擦擦脊背上的汗，但闻到他的毛巾有种奇怪的气味没有敢擦。她还是有些封建吧。

他没有怎么看她，只顾把篮球踢到床下，说她本来还能多进几颗球。

他又打来一盆水，毫不在意地自己洗起来，脱去了背心，洗擦光脊背，还洗了脚。他说，她应该去考体育学校，上中学岁数大了。

他说她的肤色不像运动员。

他没有再说她封建。可她回到杜家，就总想自己还封建。杜家也不封建。有一回，她隔窗瞅见，杜大夫把杜太太背回了上房。那是晚上，他们在厢房洗完澡。她吓了一跳，不知怎么心都慌了。杜太太比杜大夫还高大也泼辣有力怎么会叫文雅的杜大夫背她呢？美国就是这样吗？听父亲说，杜大夫在美国留过洋，杜大夫的那只假眼就是在美国安上的，她瞅着和真眼差不到哪里，只是湿汪汪的。她问过杜大夫也跟真眼瞅得那么清吗？杜大夫说瞅不见。她有些替杜大夫伤心，美国的假眼也瞅不见东西难怪美国要侵略朝鲜呢。杜太太也叫她经常洗澡。打过篮球，汗腥气的厉害，不洗不行。回到村里，她妈就说她滋润得太水色了。她说她喝牛奶还时常洗澡。母亲说牛奶不腥吗洗澡不怕凉着呀还说要篮球做甚这么大闺女啦疯甚呀，有空还不如在城里拣点蓝炭叫你爹捎回来烧。父亲就说不用听你妈去丢人给杜大夫丢人。她妈封建父亲也有些封建，她不封建。可他说她还是这么封建。

是她愿意,是她不想封建。她是那样害怕,心慌得腿都软啦,还是愿意了。那天,她又去给他洗衣裳,是晌午,午休的时候。夏天午休时候,校长不叫学生早到校,更不许去耍水,怕淹死。她是去给白老师洗衣裳,没有害怕。

他说,太热,先不用洗了。她说她不怕热。他就坐在他的床上看她。她给他看得奇怪起来,他还是只看她不说话,她终于觉得心慌了,天气真的太热。

她说:"白老师你午休吧我到院里的井跟前去洗。"

他说:"都午休呢看扰乱了别人。"

她说:"那我去东寺庙外的水池里去洗吧又不远。"

他说:"水坑里中午有男生们耍水,你不要去。"

她说:"那就在你屋里洗吧我去打水我洗得快呢你午休吧我轻轻地洗。"

他说:"太热先不用洗,你还是考体校吧岁数大了。"

她说:"杜大夫说考初中也行。"

他说:"初中高中上出来你都二十好几了上体校打球还有希望。"

她说:"你说上体校行我也喜爱打篮球。"

"你也喜爱我吗?"

"喜爱呀!"

她还不知道他说的喜爱是甚么意思,就张口很痛快地说了一声喜爱,等她心慌得吓软了腿只觉得他浑身都是肌肉喷了她一脸又热又涩的粗气接着更害怕得甚么也不知道了只知道说不出来的沉重和疼痛又没有一点力气不知道是黑夜白天不知道是热天冷天不知道是在甚么地方不知道自家是谁了,直到很久了终于想起了叫唤和逃跑的那个时候,她才猛然间知道他说的喜爱是甚么意思,她再说不出喜爱也说不出不喜爱,她害怕得不敢出声不敢出气屋里很静院里也很静她才想起是午休时候,不敢睁眼看自己也不敢睁眼看他，知道了这时她和他都是难看的不能睁眼去看，只闻见了一股石炭酸气味又像马粪气味似的，又感到了他床上的床单有些发潮想起了床下堆的尽是篮球，又想起了还没有给他洗衣裳。等他像霜打了似的说他犯了错误，她张口说了一声我愿意，她没有明白他说的犯错误是甚么意思就张口说了这样一句。直到校长踢开了门，直到现在明白了他说犯错误是甚么意思，她也没有改口。她不能改口，她张口就先说了喜爱虽然还不知道喜爱是那样害怕那样沉重，那样疼痛那样难看，可她想了又想还是该说愿意，我愿意，我愿意穿上球鞋短裤在篮球场上奔跑蹦跳叫喊出汗喘气叫杜家的牛奶化成一种奔放的快乐，愿意叫球场里坐满一圈又一圈的人们都伸长了脖子观看我这一种奔放的快乐，还愿意听他夸我，听他弹着风琴唱歌，他会打球又会弹风琴唱歌教体育又教音乐，我还没见过这样一个人。在那个时候她就不记得他是怎样一个模样，他的长相，他的身材，他的口音，他的穿戴，她全都没记住，只记得他会打篮球又会弹风琴，还记得他有一身肌肉。她记得她说我愿意。她望着校长的秃头，怎么也记不起他的模样了。

校长说，是刚有的事吗？

她仍然没有听懂校长的意思，她说是早有的事了。

校长立刻就皱紧了眉头，脸色很可怕。她不由也跟着害怕起来，不过她又觉得校长的可怕不是那种训人时露出的可怕倒像是被甚么吓着了似的那种可怕。校长给她吓着了吗？她倒不害怕了。

她又说是早有的事了。

校长说都是在午休时间？

她就说都是。

说了才明白校长问的是甚么意思。不是，不是，不是午休时候都有也不是早有冬天春天还没有午休。但她没有改口冬天春天她打篮球，去年前年她也打篮球，打篮球是早有的事。她见到他这样一个人，也是早有的事。

她说还能再见见他吗?

校长不说话,脸色更可怕,真是给甚么吓着了。

真是我愿意,愿意喜爱他愿意叫他喜爱愿意给他洗衣裳愿意给他犯错误,愿意给他,全给他。他给了她打篮球的快乐,打篮球比喝牛奶还要快乐,比唱歌还要快乐,是世界上最快乐的事。他犯了错误,她那样害怕那样沉重那样疼痛那样难看,她还是愿意去,愿意在午休时候去。杜大夫很和善,一身石炭酸气味,没有训过她,可惜有一只假眼,总是湿汪汪的,也不和她多说话,似乎跟父亲也不多说话。父亲还是常来看杜大夫,送一车南瓜来,给房顶拔草。父亲肯定不会打篮球,她没有见过父亲奔跑,只记得父亲的腿不是那么舒展笔直。父亲常年就在杜大夫家喂牛,拔草,担水,做饭,父亲回村了,她又住到杜大夫家上学,也喂牛挤奶扫院做饭。叫我再见一见他吧我愿意嫁他,他还要叫我去考体育学校,校长你不用害怕,你不敢叫他住法院,要住叫我去住,是我先愿意,是我喜爱叫他犯错误。听人们说过是女人坏,我不知道是甚么意思现在知道了,是我坏我叫他犯错误。我愿意去给他洗衣裳,还不愿意封建,午休时候他没有叫我去是我想去我去了,他犯了错误错在我身上,我去住法院吧我不害怕。法院里也打篮球吗?校长你训我罚我站,不叫我住法院也行吧。他说还要叫我们去跟县中女队比赛一场篮球,没有我打不赢她们。我叫父亲也给你送一车南瓜,我们村南瓜甜呢,我给你天天早起送牛奶,不用来取了。你不知道我是多么愿意,多么喜爱多么离不开篮球。我也给你洗衣裳,我还能上课。再上两个月不就毕业么,他还叫我去考体育学校,我能上课。我真要嫁给他。

她哭了,不知道是因为喜爱和快乐,还是因为害怕。

她也记不得校长又说了甚么,她回杜家去了,没有再去上课。财主的旧院改做的校园很安静,她忘了老师学生都在上课,也没有想到去学校的甚么地方寻找他。校门外,东寺庙院外,长长的小巷里,也很安静。在一片安静中,很久才终于听到一种鼓乐声。她只觉得那是一种快乐的声音。

她就在这种快乐的声音中走出了长长的东寺小巷。一向热闹的南大街这时也很安静了,那样多的人安静地拥挤着呆立在大街两厢的店铺门面前,留下了空寂的街心。她只觉得仿佛是都在等待着叫她快乐地奔跑而去,就如同圈坐在灯光球场外那一圈又一圈的人们。她更觉得是有一种快乐的鼓乐声音飘荡在空寂的街心,只是在这快乐中似乎还有哭号声。是因为快乐而哭号,她也正想哭号呢为了她的快乐和喜爱。她相信了,她哭是因为快乐和喜爱。

不知谁低声说:“是二龙杠。”

她不知道甚么是二龙杠,就随着人们瞭望的方向望过去。在空寂的街心远远地有一列盛仪的队伍缓慢地移动过来,她没有辨认出高悬的引魂幡只觉得那是飘扬的旗帜,但她望见了两个银亮的龙头在从容而快乐地摇动,没有望到龙头之后蓝色的棺罩。她明白了那鼓乐和哭号是从这盛仪的队伍里传出的,仍然相信这鼓乐和哭号是因为快乐和喜爱,只是觉得这快乐的队伍走得太从容太缓慢了。正月里那闹红火的队伍也是行走得这样从容缓慢吧,那时还有鞭炮响着,人们拥来挤去,不像这样安静。她喜爱这样的安静,喜爱哭号着的快乐。她没有见过二龙杠,没有见过这种飘扬着的旗帜。她也跟人们一样安静下来了,耐心地挤在他们中间,瞭望那盛仪的队伍从容走过来。

“是二龙杠。”

“有几年不见二龙杠了。”

“是谁家?”

“刘先生。”

“扎针的刘二先生吗?”

“是。”

“二先生还结实得很呀!”

“寿数到了,八十三啦。”

“祖传的医道,不知度给谁了。”

“过继的儿子，不喜爱医道，只好武术。”

“万事难全，二先生还结实得很呀。”

“寿数到了。”

她听不懂他们说的是甚么，仍然安静地瞭望着，只觉得他们跟她一样，也没有见过二龙杠。不知他见过没有。给人们挤住，很热，又出了一身的汗。可二龙杠走得还是这样缓慢，等不等呢？等吧，她没有见过，人们也都在耐心地等待。杜大夫还有父亲会叫我嫁给他吗？会吧，他是个甚么都会的人，是跟杜大夫一样有文化的人，是父亲说的学校的先生。她已经记不起他的模样了，不知道校长把他藏到哪里去了，总不叫她见他。他也不会偷偷跑出来见见她吗？他一身肌肉，弹跳得很高，也不傻。见不着他，她不知道怎样去考体育学校。

飘扬的旗帜。

童男童女，她记得那就是童男童女，都很俊秀，肤色雪白。

银亮的龙头快乐地摇摆着，笔直的龙身也是银亮的。

热烈的鼓乐。鼓圆的两腮，不怕吹掉牙齿地在吹。

那么多人抬着，不是八抬，不是十六抬，还要多，没有数，已经过去了，竟忘记了数一数，抬的人很多。

一队哭号的男人。

一车又一车哭唱的女人，胶皮马车。

又是一队人，没有哭，都安静地在走，五路六路纵队，不够整齐，却很安静，手里都捧着香枝，封建的香枝，敬神的香枝，队伍很长，望不到尾。

她仍然觉得鼓乐和哭号是因为快乐。

这就是二龙杠吗？她见过了。

捧香的队伍走了很久，她一直耐心地等着看着，跟人们一样，甚至已经忘记了她是要回家去，忘记了校长跟她谈的话，更忘记了去回想他的模样，也忘了热和身上的汗。

“二先生有这么多人送，也可歇心了。”

“都是给他救过命的人。”

“我还当他结实呢，没有买把香送。”

“我也刚知道。”

“可惜殁在热天了，不能多停放。”

“也算有寿了。”

“殁得快，也是不该受罪。”

“可惜没度给后人。”

“也可歇心了，万事难全。”

她没有听见他们说甚么，只记住了自己已经见过二龙杠，前不见首后不见尾，从容缓慢地行走着，伴着快乐的鼓乐和哭号。

人们慢慢地散开填满了街心，满街又慢慢地热闹起来，听到了吆喊江米凉糕的叫卖声。但她没有看见那个戴老花眼镜和白布套袖的老汉，只瞅见了百货铺，然后是西药铺，然后是杂货铺打铁铺点心铺。人们再次散开，街心不再拥挤，却也更热闹了，听到了笑声和叫声。

“嗐——穿白鞋的你过来！”

但她没听见这个叫声，只想在热闹起来的大街上逛一阵。

“嗐——穿白鞋的你过来！”

在满街的笑声和叫声中，她还是没有听见这个声音。

“嗐——穿白鞋的说你哩过来！”

她终于听见了，但还是不明白不是在对她喊叫。

她发现了好些人站住在看她，好像很快乐似的。从她身上看见了甚么？她早已不哭了。

站住的人们除了看她，还看另一处，饭铺的门外。

“嗐——穿白鞋的你过来！”

她终于看见了饭铺外蹲着的这个人，是他在喊叫，对她喊叫。

是她和大家都熟悉的一个疯子。有人说他并不疯，只是喝了酒才疯。不疯的时候，他满城拾破烂，卖了破烂就去喝酒，喝了酒就疯。疯的时候，他只满街寻找穿白鞋的女人,寻见了就这样叫喊。给他喊叫的女人常就吓跑了。因为常穿打篮球的白球鞋,她也常给他喊叫,常吓得逃跑。这一回,她却忘记了害怕,没有给吓跑,只想他是又喝酒了又疯了,还想到刚才那一车又一车的戴孝女人,白衣白鞋,他为甚么没有对她们叫喊?她没有听见他叫喊,只听见了快乐的鼓乐和哭号。他不是真疯吧,又怎么能永远不洗脸不洗衣裳?

她忽然就对他笑了一笑。

她笑甚么呀?她还穿着白球鞋吗?还穿着呢,已经忘记了,她是那么想再打篮球,没有打成。

可这个疯子不再对她叫喊,甚至不再看她,似乎重新开始寻找穿白鞋的女人。吓不跑就不喊了,真是疯子,她觉得很有意思。站住看她的人也似乎觉得有意思,不过很快都走了。

她也不再想逛大街,弯进了小巷,回到杜家。

杜大夫在给人看病。

她见了杜太太,杜太太也没有问她为甚么就早早回来了,眉眼也没有甚么不同,还是那样不远不近,还是急急匆匆忙着停不下来,还是那么高大的身躯,很短的剪发头没有梳个鬏只有许多的白头发。

她就说她在大街上见到二龙杠了。

杜太太说她也上街去了也看见了二龙杠,人多太挤没能拥过市场去买菜,刘老先生可能是肺炎早打几针盘尼西林可能不会引起并发症。"玉环你打扫一下牛厩,算啦你休息吧,我去吧还得消毒,午饭也由我来做,要多炒几个菜,你休息一下,你没有不舒服吧吃饭还香吧?"

"没有不舒服,我去打扫吧!"

"不用你了,我去,还得消毒,天气热,你休息,收拾一下你的房子。"

"我去吧!"

"不用了。二龙杠我也没有见过几回。"

杜太太说着就急急匆匆去了后院。她回到自己住的东厢房,就又闻到了石炭酸气味像马粪气味似的。校长说他去见过杜大夫了,不知道是甚么意思。没有上课回来了,杜太太也没有说甚么。她该问一问考体育学校行不行,还该问一问嫁给他行不行,只是她嫁走了杜太太就更忙乱了,没有人帮她挤奶喂牛扫院做饭。再叫父亲来吧?父亲在村里分下地亩了得养种。离开杜家,她也喝不成牛奶了,肤色怕不会再这么白灵,一晒就黑啦。黑脸婆姨,他还会喜爱她吗?校长不叫她见他,难道也不叫杜大夫杜太太见一见他吗?杜太太说她也没有见过几回二龙杠,今天倒给她见到了,幸亏没有上课早早就回来,真巧。飘扬的旗帜,银亮的两条龙,快乐的鼓乐和哭号,还有望不见末尾的队伍。"嗐——穿白鞋的你过来!"那阵她已经忘记了自己穿着白球鞋,但她对疯子没有害怕。

"玉环回来了吗?"

她听见是杜大夫的声音,就慌忙走出屋,果然是,只是他很和善地望住她。

她跟了杜大夫走进他的诊疗室,那股石炭酸气味就浓烈地扑鼻而来,一片白色,她想起了那飘扬的旗帜也似乎是白颜色的,心里有些奇怪。

杜大夫说:"街上人很多?"

她说:"可不是人多,有二龙杠!"

杜大夫说:"刘先生也算高寿了,他不吃肉,也不喝牛奶。"

杜大夫的那只假眼湿汪汪的,头发一片白了。她忽然想到,喝牛奶是不是能把女人的头发给喝白了呀?

"玉环你今年十七岁了吧?"

"十七了。"

"是大姑娘了。可惜上学太迟,我早给你父亲说,可以把你带到城里上学,你父亲说女娃上学不上学不要紧,你看迟了,还跳了级,也迟。戴校长说你成绩还好,篮球也打得好。

"好,参加运动好,对身体好,对脑筋也好。我读书时候也喜欢打篮球。"

“杜大夫我还想打篮球。”

“好，打篮球好，你是一个大姑娘了。”

直到那天她才第一次觉得杜大夫真和善，平时他只是对病人和善，很和善地给病人们说不用害怕不用发愁，和善地劝病人说牛奶不腥也不比药贵，吃药加喝牛奶病好得快，那只假眼湿汪汪的好像有泪。那天他就是那样和善眼里像有泪，她也真想快乐地流泪了很后悔没有听他的话改一个名字，他说她一个女孩子家叫这个名字不好，历史就因为有个女孩儿叫这个名字败落了。那天她更觉得她的名字是一个妨主的名字了，妨得白老师犯了错误。杜大夫说打篮球好，她没有哭出来。

那天晌午杜家的饭真好吃是杜太太做的，杜大夫仍然很和善眼里湿汪汪像有泪，杜太太还像平时一样高大有白头发只是一直叫她多吃。她吃得很多。

后晌父亲就来了，拉来一驴车谷草，卸了谷草又装了一驴车牛粪，跟着把她和她的东西也装上了驴车。

杜太太叫他住一夜再走，说时候不早啦。

他一定要走。

杜大夫叫他不要生气。

他还是生着气一定要走。

杜太太还是叫他住一夜再走。

杜大夫也说时候不早啦，不要生气。

他还是吆着驴走了，驴车上装着牛粪和她的东西和她。

一出城她就闻见车上的牛粪有股石炭酸气味。

父亲一直在生气但没有骂她抽她只是一路在骂牲灵在拿鞭子抽打牲灵，他也没有坐车一路都跟着驴车走。

那天一直走了很久，走得太阳落了又出了满天星星了出了不圆也不亮的月亮，还是一直在走，走了很久。

天快黑的时候她发现自己还穿着白球鞋，想起了那个一喝酒就寻找穿白鞋女人的疯子嗐——穿白鞋的你过来，今天她第一次没有害怕还对他笑了笑把他笑败了，又想起杜大夫说那个叫她的名字的历史女孩儿在戏里也喝醉了酒，可惜她没有看过那个戏，她不喜爱看戏只喜爱打篮球，还喜爱听他唱歌，他唱的歌里说在那遥远的地方有一个好姑娘。她不是好姑娘，杜大夫说她已经是一个大姑娘了，他的假眼里总是湿汪汪像含着泪。

月亮出来的时候她才猜想到二龙杠也是出殡打发人吧，不过她仍然觉得那鼓乐和哭号是因为快乐。

那天一直走了很久很远，以前和以后她都没有走过那么久那么远的路，那天的路也像水一样柔软。

她记得那天她没有哭，从那天以后她再没有哭过。

第二部分

第九章

七月的月亮又残败成细弯的月牙了,他不能不记起八月的月亮。虽然他对人们把月亮叫成月爷儿而把太阳叫成阳婆曾经觉得很奇怪,可他还是相信八月的月亮是一年中最大最圆最明亮的月亮。小时候,当八月的月亮最大最圆最明亮的那一夜,他记得他曾经问过爹妈:为甚么只给月亮过节不给太阳过节,爹妈谁也不回答他好像听不懂听不见他的问话一样,但他还是永远记住了八月要给月亮过节。这是一个很重大的节日。他知道这个很重大的节日县上不会放假,现在不会放假,以前也没有放过假,除非八月十五那一天又是十月一日那一天;月亮节又是国庆节。可惜两个节日相碰到一天是很难遇到的,他还是不知道为甚么只给月亮过节不给太阳过节。那是因为太阳天天都能见到,天天都那样圆那样亮那样辉煌,月亮不是夜夜都有,不是夜夜都那样圆那样大那样明亮,从初一到十五刚刚长圆满了就又开始残缺起来,人们可怜它才给它过节吗?他只这样想过没有听谁这样说过,爹妈没有这样说过老师没有这样说过领导也没有这样说过。爹妈说月亮里有兔儿爷,老师说月亮里有嫦娥那是传说,领导说八月的月亮圆是要丰收月饼可以叫丰收饼。他知道报纸上也说过月饼应该改叫丰收饼。他想起了八月的月亮也想起了母亲叫他多买几斤月饼,她不知道月饼应该叫丰收饼。

七月尽了八月来了,这几天的黑夜才是真正的黑夜。从傍晚到黎明完全不见了月亮连细残如钩的月牙也没有了,只有满天的星星。他天天熬夜给领导写文章熬得很久,所以要一次又一次出来解手,越写得焦急越想解手,解手回数越多熬夜就熬得越久,一次又一次他只能看见满天的星星。他知道月亮已经给地球完全遮挡住了,太阳照不到它,可母亲像他一样焦急起来,已经不断托人捎来话了叫他多买几斤月饼,她仍然不知道月饼应该叫丰收饼。她应该知道城里的丰收饼早已经发号供应了不能随意多买。在城里有非农户口的一人供应一斤,农村社员由供销社一人供应一个。他在县委有户口已经从总务处领到一个号可以买一斤四个丰收饼,不过她也用不着那样焦急吧她应该知道他早已是给领导要笔杆的公家干部了。他已经找到食品公司的头儿能够多买三斤月饼的,除此之外县委总务处已经搞到白面胡油砂糖安排伙房自制丰收饼,他还能分到三斤,三三六再加一斤总共有七斤了。再加上他们在村里一人供应一个,差不多有九斤了,还得再加上母亲自制的月饼。他知道每年八月给月亮过节母亲都要自制月饼,他家里有一个细木刻成的月饼模子没有月亮大像月亮一样圆。所以,母亲自制的月饼也跟月亮一样圆,不过只有白面做皮红糖做馅没有胡油也没有青红玫瑰丝,只是把过年写对联的梅红纸洇湿了给月饼印一个红点。他知道母亲从夏天就开始节省白面为了八月制作月饼,他也曾经通过粮食局的头儿搞到二十斤八五粉白面送回家了,可她仍然要坚持节省。红糖和一片梅红纸他也搞到捎回去了,不知道母亲为甚么还要那样焦急不安。

他知道现在早已经不允许唱秧歌了,都说秧歌是淫词滥调。他相信秧歌净是淫词滥调。母亲是早已不唱秧歌了,从十几年以前就不唱了。八月给月爷儿过节也从来不唱秧歌。他记得从前只是在腊月和正月才唱秧歌,那时候临近腊月时候,母亲就急躁不安起来,等进了腊月她就跟上村里搭起的戏班走了，丢下奶奶和父亲和他们，一村挨一村去唱一直唱到正月尽了。那时候他还小还不知道秧歌是淫词滥调，只知道每年的腊月正月父亲和他们过得很冷清恓惶，知道临近腊月时母亲急躁不安对他们太粗暴。母亲早已不唱秧歌了他不知道她为甚么还那样焦急不安。

八月初五他终于写完了文章交给了领导。这是领导将要给全县民兵会议所做的一篇讲话，他觉得他没有写好，因为写的时候总安坐不下来，搁下笔出去解手的次数太多了。领导给民兵讲话一定要有力量，他觉得没有写出力量来，因为刚积攒起一点力量就跑出去解手了。领导一定不会满意，很可能会叫他返工重写，可他知道再重写一回一定更难以安坐下来，跑出去解手的次数一定会更多。领导又会说他这是懒驴上磨屎尿多，可他并不是想偷懒，倒是恨不能熬一个通宵给领导做完报告做一个有力量的好报告。他是忍耐不住控制不住有一种焦急不安，这是因为八月的月亮吗，还是因为母亲的不断催促？她又托村里进城的人捎来话了说只买七斤月饼仍然不多，还有奶妈，还有老舅还有媒人，还有村里的干部。他觉得她又像以前临近腊月时那样急躁那样粗暴了。他给领导讲完话以后，觉得应该回家走一趟，又很害怕她这时的粗暴有点不愿意回村去。

初三月儿细十五月儿圆，他记得这是小时候念书的语文课文。初六他没有熬夜很早就看见了八月又尖又细的月牙，似乎跟七月六月的月牙也没有甚么不同，只是他已经很久没有注意过八月之外的月亮了。在县委大院里以至整个县城里，他已经能够闻到瓜果的香气了。他知道总务处也已经从乡下搞到了一批黄梨和槟果，他能分到五斤黄梨五斤槟果。总务处还搞到了一些苹果和葡萄，他知道他分不到那是分给领导的，可母亲又托人捎来话了叫他一定得买几斤葡萄。她难道不知道他不是领导还是一个小干部所有的干部都叫他小杨连媳妇还没有娶吗？她真是太粗暴了，他不想回村去。

原来说初六就要给他们分黄梨和槟果，他想了想还是计划在分到梨果以后就去买回那四斤月饼然后一同送回家去。伙房制作的那三斤月饼说是在初十之后才分那就在过节前再送回去吧，他得回去对母亲说葡萄不要指望了他不是领导。但初六这一天总务处却没有分梨果，因为来了省上的棉花检查团，大院里从领导到总务处都忙乱成一团，他不由松了一口气。他可以不回家去了，他对民兵的讲话看来也不会返工了。他听办公室的头儿说，棉花检查团的人够厉害，带队的穿着军装脾气很大，县上的领导受了磕打了。因此，他就知道受了磕打的领导很可能没心思来审查他的讲话了。当然领导也有可能因为受了检查团的磕打而返回来磕打他，不过领导还受磕打呢他一个小干部受一点磕打也不委屈，反正到那时候叫他返工重写讲话是已经来不及啦。

初六这一天，领导陪了检查团下乡检查棉花去了，办公室的头儿带了总务处的人下乡搞苹果葡萄黄梨槟果鲜枣听说还有羊肉牛肉，他知道这很可能是给检查团搞的。所以，这一天他过得够轻松，还到大街上逛了一趟。满街的瓜果香气却又看不见几处在卖瓜果，满街的人都似乎一样匆忙急躁，他尽量不急躁而想轻松一天。中午，他不再节省细粮票吃了四两刀削面。入夜时，他看了一阵又尖又细的月亮，就想早早上床睡它一个解乏的长觉。临上床以前他给办公室头儿叫去了，他慌了一下以为是要叫他返工写讲话，那可就糟啦吓得他不由又想解手。结果虚惊了一场，原来是叫他给检查团洗葡萄，说检查团才检查回来又有些喝醉了正在喝茶解酒需要吃葡萄。他想头儿叫他洗葡萄很可能是因为信任他吧，他不会拌农药也不会偷吃只会忠心耿耿。

可惜等他洗完葡萄回来再上床时，却怎么也睡不着了。那时候又尖又细的月亮已经落了，他想很可能他是熬惯夜了不习惯早早上床睡觉吧。

他的单身小屋里已经一片黑暗了，室外的路灯投射进不大的一片光亮来。开始很昏黄也压不住一屋的黑暗，可不久这一小片爬在墙上的光亮就越来越明亮起来了，亮得很刺眼，完全挤走了一屋的黑暗使全屋都辉煌起来。在这刺眼的辉煌中那充满大院的瓜果香气和匆忙急躁的气氛分明也涌进了他的单身小屋将它填满了。他更睡不着觉了。

葡萄并没有多大的香气，刚才他洗葡萄的时候就没有闻见它有甚么气味，闻见的还是槟果的香气。这时候月亮虽然已经落了，他知道领导们头儿们还在给检查团解酒一定够忙乱急躁，他也许不该这么早就上床睡觉不该这么轻松。他们一定不知道他的单身小屋现在是这样辉煌拥挤，他不知道母亲为甚么一定也要吃葡萄。她不一定会吃可能是要请月爷儿吃给他上供献。他得给她说，葡萄你趁早不要指望了，领导才能吃葡萄，你不是领导，我不是领导，月爷儿也不是领导，你态度再粗暴也不顶事。他知道这样给她说不会顶事，在这八月的月牙已经一天天长大的时候她不会讲理，她会说你就是领导。他记得她曾经可笑地要求过他：你就不能给你老子也找个挣现成工钱吃净米净面的工作？那时他刚当了领导的笔杆儿，她以为他已经当上了领导。叫他给父亲找工作，他哪有那么大权力？父亲是个庄稼把式不识字又能干甚么工作？父亲居然也很认真地对他说："我可以下夜、扫院。"他只觉得可笑。但他已经记不得母亲向他提出这个可笑的要求是不是在八月或是腊月。

临近腊月的时候，她就变得粗暴狂躁起来了。她跟父亲吵架，父亲有时跟她吵有时忍耐住不跟她吵，但她总是火气十足地跟父亲吵。她还惹奶奶生气，奶奶从不忍耐所以总是给她气得不吃不喝说是要死，那时候奶奶还活着一直活到母亲不再唱秧歌以后才死了。但大姑二姑至今还一直认为奶奶是给母亲气死的，他记得母亲似乎只是在临近腊月时候才惹奶奶生气，平时还给奶奶梳头做鞋。平时母亲对他和弟妹们也够疼爱当然也打也骂只是那打那骂他觉得也是疼爱，但在临近腊月时候对他们的打骂就粗暴无理起来。所以每年一到那个时候他们就不愿意回家了，他记得每年那个时候天气总是异常的寒冷总是要刮风。有时他们在村里的学校玩耍到很晚不回家去，有时就逃学逃到姑家舅家去住，有时也逃到野地里去寻找野兔窝。野地里是真冷他们也拣了柴火拢过火，他记得柴火总是点不旺总是一团浓烟呛得他满眼流生泪。

就那样进了腊月了，村里的秧歌戏班也搭起来了，母亲就跟上戏班唱秧歌去了,一村挨一村一直唱到正月尽了。父亲说他也会走也要走他要去偷抢然后去住法院,奶奶说要去死,但母亲全都不听还是走了去唱秧歌。他和弟妹们的哭闹就更不顶事。他记得那一年妹妹还没有断奶,母亲仍然丢下她去唱秧歌,那年一腊月一正月妹妹都在啼哭。妹妹至今仍然瘦弱爱哭,奶奶大姑二姑还有父亲也至今认为妹妹瘦弱爱哭,就是因为那年母亲那样无情地给她断了奶。妹妹那年才三岁,一岁两岁的时候母亲是带着她去唱秧歌,他不知道他一岁两岁时候母亲是不是也曾经带着他去唱秧歌。只知道他从来不看秧歌更不唱秧歌。但妹妹却也学会了唱秧歌也喜爱上了唱秧歌。现在谁也不唱秧歌了秧歌净是淫词滥调,妹妹在去年也嫁人了,嫁了外村一个民兵连长,妹妹没有等待他给她在城里找工作。他觉得她也像母亲一样变得粗暴了,秧歌不是好东西。

他至今还没有结婚,父亲和大姑二姑一直认为这是因为母亲以前爱唱秧歌,所以正经人家不愿意把闺女嫁给他。母亲总是说,她唱秧歌干干净净,人们都爱看秧歌就是不爱见她唱秧歌真是够可恶,她很生气。他知道这事不能怨母亲,他没结婚不关秧歌的事,给他说媳妇的媒人不少,是他不想娶一个粗暴的女人。农村闺女无论喜爱不喜爱唱秧歌,他觉得她们都一样的粗暴。不管原先怎样绵善怕羞软弱,一结婚都一样变得粗暴了,他见得很多。妹妹是这样,村里的闺女们是这样,县上那些一头沉干部的老婆们也是这样。县委大院里那些妇联干部女打字员她们则是想嫁一个军官,军官够粗暴。棉花检查团里的军官连县委书记也敢磕打,她们就喜爱这一种粗暴。

母亲粗暴地走了以后,一腊月一正月他家里是怎样一种冷清恓惶啊,不送神迎神,不贴红对联,不放鞭炮,不熬夜守岁。初一能吃一顿饺子,那时奶奶还活着。他和弟妹们也能穿一身新衣裳,母亲很早就给他们做过年的新衣裳了。拿大人们的旧衣裳也要给他们改做一身衣裳,他记得的。可她还是粗暴地走了一直到正月尽了才回来,他忘不了那一种冷清恓惶。父亲在炕上蒙头睡觉,奶奶给祖宗们磕头,没有杀猪宰羊,他记得天气总是很寒冷总要刮风，灶火里也总是冒出一团浓烟呛得人直流生泪。

他的单身小屋里仍然是一片辉煌一团拥挤。他出去解手只看见满天的星星，还闻见了瓜果的香气，但大院里已是一片安静，只有路灯在安静中香气中似乎更加辉煌。省上的检查团和县上的领导头儿可能也已经休息去了，他想。这样一想，他再上床后很快就睡着了，虽然做了梦很奇怪地梦见了奶奶。

八月初七，棉花检查团和县上领导坐在一起开了一天会，他被派去做记录。他亲眼见到检查团里的那个军官很厉害很粗暴，亲眼见到县上的领导们受了磕打，这叫他不由又想起以前父亲受母亲磕打的情形来。父亲说他要去偷抢然后就去住法院，县上领导甚么也没有说只是给军官点头，点得多少有些急躁。父亲至今也没有去偷抢，只是很认真地说过他能下夜扫院，县上的领导都挨过批斗也扫过院扫过街游过街。中午，县上的领导给检查团摆了宴席，他被分配去端菜倒酒。他亲眼见到检查团也是爱喝酒不爱吃菜，酒后也是爱吃葡萄不爱吃黄梨。侍候检查团和领导一同吃起葡萄来，他才返回伙房吃宴席。他是不能喝酒只能吃菜吃饭，所以他觉得他当不了领导。

下午的会开得比较轻松，检查团和县领导都是一直在说敌我友和粮棉油以外的闲事，他知道不必用心用力做记录也知道还得装作在用心用力做记录。一直到散会时候，那位军官才说你们总得写个检查吧。那时候他一直在想大院里的女干部为甚么都想嫁一个这样粗暴这样肥胖这样能喝酒的军官，会议室里充满了酒腥气他闻不惯。等一听说得写检查，得从敌我友的高度写棉花检查，他就慌了，他知道这是叫他写检查。所以，初七这一夜他又没有睡好，总是跑出去解手，没有看见几次月亮它就又落了。

八月初八，棉花检查团是上午走的，他们只挑了苹果葡萄和牛肉带走了没有要黄梨槟果羊肉，这事全大院都知道。送走检查团，办公室的头儿果然就叫赶紧写检查，说要从敌我友出发写得沉痛。他是早已慌过了，这时只是急躁不安。这天中午村里又来了人，说母亲叫他一定买几斤葡萄再加几斤猪肉，他生气母亲越来越不讲理又后悔没有试一试偷几斤葡萄。他招待本村老乡吃了一顿伙房的饭没敢花细粮票，老乡很急慌没管细粮粗粮吃了一个饱就匆忙走了。

初九，八月的月亮已经不尖不细开始鼓胀了，夜里也迟迟不肯落去，这一天，总务处给大家分了黄梨和槟果，五斤黄梨五斤槟果使他的单身小房真正挤满了瓜果的香气。

从这一天开始，大院的干部似乎全都真正急慌起来了，谁也安坐不下来仿佛要发生甚么大事，像地震打仗武斗这一类大事似的。白天一个个都急匆匆静悄悄一趟一趟往外跑，傍晚时候家在农村的一个个又匆匆静悄悄骑了车往家跑，第二天一早又热汗淋淋跑回来。他知道这都是因为八月的月亮，不是准备打仗武斗。

初九，他也跑去买回了那四斤十六个丰收饼。初十，他又跑出去搞到二斤猪肉。但他没有跑回村去，因为他得写检查。不过，这一回写检查却并不像他所预想得那样艰辛那样可怕，他并没有怎样费心费力就写得很沉痛了真是沉痛得很顺利，写起来不再想出去解手了。这很可能是因为在他的小屋里放着五斤黄梨五斤槟果四斤月饼二斤猪肉的缘故吧，也很可能是因为屋外的月亮很久都在天上不肯落下，总之他是沉痛得很顺利。他想着领导受过的磕打，父亲受过的磕打，奶奶受过的气，他和弟妹以前受过的打骂和恓惶冷清，还有腊月的寒冷，灶火里涌出来的浓烟，就很喜欢写这一份检查了也写得真顺利。他只是害怕很快就把它写完，已经写了很长了，从种植计划的没有完成已经写到了棉株不高棉桃不多，他想在后面再提高到敌我友的高度去展开检查。他心情很沉痛，一直想象不出他的媳妇应该是怎样一个女人。

八月十二，他分到了伙房自制的那三斤月饼。中午，他兄弟就来了，说母亲天天都在骂他。他说他在写检查。他兄弟吓了一跳问他你犯了错误了？他说是给领导写检查。他兄弟又问，领导犯了甚么错误？他说是棉花。他兄弟在村里当赤脚医生，听了就说，棉花扯淡，妈叫你打二斤白酒，说完也不吃饭就带了黄梨槟果月饼猪肉,急急慌慌走了。他松了一口气,心想可以节省六两细粮票也可以安心写检查了,没有记住打酒的事。

这一夜他又沉痛到很晚,不过月亮一直没有落。

八月十三,连办公室的头儿也急慌起来了,说你写那么长的检查做甚么真是教条主义快收了尾吧,领导叫你到上野庄去下乡呢。

他没有想好就说,不能过了十五呀?

头儿说,过甚么十五,上野庄这一年变化不小,领导刚去过,叫你快去写个材料。

他一听又先慌了。

头儿也急慌叫他明天就走。

他说不叫他过十五啦?

头儿就更急慌地说:“你不会在路上多走几天呀?”

他明白了。等明白了他才后悔起来,他真需要回村去过十五吗?

这一夜,他给检查收尾又收了很久,真有些恋恋不舍。这一夜的月亮已经开始辉煌起来了,只是他的小屋里已经空空荡荡。

八月十四,他必须出发了,他觉得大院里所有的干部似乎也都出发了,去参加一件甚么大事,大院里也显得空空荡荡起来。但他还是拖拉到吃过晚饭以后才出发上路。

骑车回到村里的时候天还没有黑,月亮也没有升起来,他才想起没有打酒也没有买回葡萄来。但是母亲并没有问起酒和葡萄,一直到他离家走时也没有问起。父亲也没有问起。

母亲已经很疲倦很安静了,就像以前正月尽了她唱完秧歌回来那样不再粗暴不再急慌,只是很疲倦很安静仿佛甚么事情也没有发生或是早已发生过了一样。他觉得很失望,都急慌了那么久都甚么大事也没有发生,没有出现地震没有爆发战争也没有发生武斗,就都疲倦了安安静静空空荡荡。她只是又数算了一遍,该送月饼的的确都送过了,该回送月饼的也的确都送来了,之后就更平静了。

父亲也只问他:“你没有犯错误吧?”他说没有,也平静了。

傍晚,就像往常一样全都早早睡去了,没有等到十四的月亮出来。

八月十五也像往常一样平静。只是在晌午全家吃了一顿饺子。他觉得很不好吃,只是大家都吃得不出声,他也没有出声。

上午,村支书来见了见他,又问了一遍县上领导人的脾气和眼下正时兴的口号。此外没有发生甚么事。

下午,父亲叫住他,递给他一把扫院的扫帚。

他问是叫他扫院吗?

父亲说:“你说扫帚是两头一般大吧?”

他没有听清又问了一遍。

“你说扫帚是两头一般大吧?”

他说:“怎么能一般大?”

“你还知道不一般大?连扫帚还有个大头小尾呢,你兄弟都已经娶了媳妇了你是他哥你咋还不娶媳妇,你不知道你比他大你连扫帚还不如呀?”

他听了觉得很可笑,忽然就又想起父亲曾经很认真地对他说过他能下夜扫院,难怪他这样会使用扫帚,他不再觉得可笑了。

这时母亲说:“你相不中农业上的闺女就不能到城里剧团寻个对象呀叫县长给你挑一个。”

他又觉得可笑。

父亲吼了一声:“你给祖宗败兴!”

母亲可能真的很疲倦了没有粗暴发火就走开了,父亲也没有再提扫帚笤帚。一切又都平静了。

父母甚至兄弟们都没有等待十五的月亮出来,仍然是早早睡去了,只有小娃们在等待着月亮。

他也等待了。

八月十五的月亮的确是全年最大最圆最明亮的月亮,它真够辉煌,但它也太宁静了，村里家里也太宁静了。他终于相信甚么大事也没有发生，只等待来一片宁静，空空荡荡。

十六，他很早就又出发上路了，因为他的村子在城南而上野庄在城北，他得走很远的路程。母亲叫他带两个月饼路上吃，他没有带。他知道吃月饼就是吃月亮，月饼像月亮一样圆，可惜甚么大事也没有发生。

第十章

支书宋万银给他介绍说:“老杨你不知道,野庄尽是些老乡没有敌我友连他妈的一个地主富农也不生产,反革命坏分子右派也没给咱留下一个狗日的,你说我上了台抓谁斗谁难干不难干?”

“你们村土改没划过成分吗?”

“划是划过都他妈是贫雇农有屎甚么划头?老杨我已经给老乡们调查研究过了,野庄自古就是河头的长工村,河头你知道吧离野庄八九里地风水就不一样尽出产地主财主,野庄的地亩自古就都是河头地主财主的财产。不是好地净是黄土圪梁你去看过了哪有一块好地?现在村西那一片黄土圪梁好看啦那都是我上台以后建设的,狗日的你得敢跟他们斗越是沾亲带故越是亲老子亲爷你越得敢斗。老杨你是不知道我刚开始建设他们的黄土圪梁刚想给老乡搞一点水平,我那亲叔伯本家三伯就跳出来反抗了。他跳进古墓坑死活不出来还当着众老乡的面叫我活埋他,他以为我叫他三伯不敢活埋他,我心想你就是地主富农也不敢这样反抗我吧,我放着营长连长不当给你们建设水平你倒拿出不怕死的干劲跳进来反抗我,我要怕你还敢上台当支书?我的血脉都快憋破了心想我当兵五年没去打仗没给提干如今总不能因为叫你三伯就为你憋破血脉流血牺牲吧，那天我也没有下命令就亲自动手夺过一把铁锹亲自活埋起来他这个亲叔伯本家三伯来了。”

“真把他活埋了？”

“这还有假？你可以去找他调查，他是二队的也姓宋我的亲叔伯本家三伯，这不会有假。”

“他没有死呀？”

“他能给你死？土刚埋到胸脯他就投降啦我清楚他不会给你死，你连这也掌握不住还敢当支书？老乡都不想死又都有一股不怕死的干劲你清楚不清楚？”

“老宋，你说的这件事可以当事例使用，你再详细说说，时间地点起因经过各人说过甚么话，都具体说说像说故事似的说说。”

“老杨叫世俊给你具体说吧我给你说一下关键，世俊也是秀才是我的笔杆子是大队副主任你不是见过他了吗我叫他负责招待你，你不是就住在他家吗是我叫他把你安排在他家住。那是大队的一号院凡是上级下来的贵客我都叫安排在一号院前几天县里林书记下来你知道我就计划安排在一号院可惜书记没住只看了看村西那一片水平就走了。世俊和他女人都识字讲卫生，原来那里是红医站我叫红医站搬走了，又叫老乡修整粉刷安上玻璃，世俊和他女人迁回来我叫他们住进去成了一号院。他女人你也见了她叫唐玉环有水平的女人，她给你说了没有她原本就是野庄人是一队的后来嫁到河头跟了曹世俊，我上台以后又把她动员回来了连她老汉曹世俊也一起带回来了，都识字讲卫生。河头就是我刚才给你介绍过的那个尽出产地主财主的河头，以前野庄地亩的东家都在河头。野庄就是长工村的意思长工们每天来这黄土圪梁上给东家种地嫌路途远得麻烦，就在这里掏下土窑休息，到后来就有了现如今的这个上野庄，我给你调查研究过老杨你懂了没有？”

“老宋，你说你要说一下关键，那关键是甚么呀？”

"老杨我刚才都给你说啦,我看你都记了笔记了你还没懂呀?"

"刚才说的都是关键?"

"都是关键,不关键的我没空给你说,你去叫世俊给你说,去找老乡们盘问调查也可以。老杨你今年二十几?"

"二十五。"

"比我小一岁,你爱人不是老乡吧?"

"我还没结婚呢。"

"老杨你可以,宁可不结婚也不能娶老乡,老乡配老婆老上加老真他妈的没水平老杨我有严重教训,你还是不用着急沉住气找个爱人吧这也是关键你懂不懂?"

没有等他说懂了,支书就说还有要紧事丢下他走了,临走问他早饭给他吃月饼没有但没有再说吃月饼也是关键。

他见过写过不少支书,像宋万银这样年轻的复员军人这样说话啰唆派头不小的支书是早不足为奇了,一口一声老乡好像自己不是老乡,一口一句你懂不懂好像自己是怎样伟大的人物,他觉得有点可笑但一点不觉得陌生奇怪。宋万银只比他大一岁早已经娶了一个农业老婆了,只是这人那一对很圆很黑很亮的眼睛他觉得比自己强,圆得贼亮。

这个支书就瞪着这样贼亮的圆眼给他介绍了一片啰唆话,却派头不小地对他说那都是关键你懂不懂?他当然懂,很多支书就都是这样介绍情况。管它可笑不可笑呢,他必须从支书那一片啰唆话中找出一个关键来,然后再去寻找数字和事例,然后就赶紧写文章,然后就回县上去。他说你要沉住气找个爱人这也是关键,这很可能真是一个关键。可这个关键同野庄一年来的变化又能有甚么关系?不相干的扯淡话。认字讲卫生也不是关键。在支书说的那一片啰唆话中,他只觉得支书敢于同自家亲三伯斗争这个事例可以使用。只是,究竟是亲三伯还是叔伯三伯呢,支书说是他亲叔伯本家三伯,到底是亲的还是叔伯的还是本家的,这是一个关键,记笔记时他已经打了一个问号了。还有,这个事例究竟怎样使用才好,也是一个关键。敢于同自家长辈斗争以至于在活埋自家长辈时也没有手软妥协，这事例很难得，只是上级领导又不提倡武斗，究竟怎样使用还得费脑筋。不使用这个事例吧，他觉得太可惜了，无论从写文章说还是从感情上说，他都很想使用这个事例。这个事例叫他不由想到了母亲的粗暴和父亲的可笑，特别是以前母亲粗暴地丢下他们去唱秧歌，秧歌净是淫词滥调，她却一腊月一正月都在唱，还有父亲的扫帚，真应该同他们斗争一下，所以他很支持支书活埋自家亲三伯。但是，如果支书活埋的是本家三伯是八辈子以前一个亲祖宗的本家三伯，那他觉得就不应支持支书而应该支持这被活埋的老乡了。他知道一个村里七扯八扯用不着扯到前八辈子全村人就都扯得沾亲带故了。你支书是领导，老乡是你的下级，领导磕打下级也不能使用活埋的方式方法呀，他经常受领导的磕打，他的领导也得受上级领导的磕打，所以他应该支持受磕打的老乡。

翻着笔记想来想去，他不知道应该支持谁，应该怎样使用这个事例，不知道关键在哪里。支书说那都是关键你懂不懂？他就越想越生气，不由就忍耐不住产生了一种冲动，管它应该支持谁呢反正应该斗争需要斗争喜爱斗争渴望斗争，斗争就是关键，他又焦躁不安起来只想去解手。

得沉住气，不能连这个可笑的支书都不如，他已经写过多少文章材料讲话检查了用不着这样急慌。

他回一号院去了，计划跟曹世俊谈话，叫他提供数字和事例。

现在他再看一号院才觉得有些识字讲卫生的意思了。街门是青砖砌成的一个圆门，门外有几级砖铺的台阶，与其他人家的街门大不相同，青砖也都新着，不知是红医站时候新的还是改成一号院时候新的，因为显新所以觉得很卫生。院内也干净卫生，没有鸡也没有猪。北面正房是三间土窑，不过土墙外也刷了半截白石灰，门窗都安了玻璃，窑内也粉刷白了，他已经进去过。安排他住的西厢房是三间瓦房，更显新，玻璃门窗屋里又粉刷得雪白所以屋里很明亮，没有炕有床，床上的被褥也很新很干净，还有办公桌椅。还有满屋的医院才有的石炭酸气味，在正房的土窑里也充满了这样一种医院气味。他只是想这气味一定是红医站留下的,没有想到红医站搬走已经快一年了它的气味何以如此顽固不化。他知道先进大队都有很卫生的客房,上野庄很可能也先进起来了他得赶紧找到关键。就用斗争做关键吧,他不再耐心去寻找了,他只渴望斗争觉得斗争是关键。既有一号院,一定还有二号院三号院吧?

“你回来啦,老杨。”

女房东从他住的西厢房走出来,他立刻就又觉得她朝他笑得太媚人了叫他难以沉住气。

“老曹在家吧我是回来找他谈话支书说他有数字和事例有具体情况。”

“他下河头给你买罐头去了。”

“买罐头干甚?”

“给你吃呀,快进屋歇吧。”

他回到了西厢房,她也跟了进来。

她一直太媚人地笑着,叫他难以沉住气不由想生气想斗争。

“买罐头做甚?”

“给你吃呀!老杨你喜爱打篮球不喜爱?”

他不知道她忽然问篮球是因为甚么,是想表示她识字讲卫生还是以为打篮球也是斗争,只是她问得太热烈太媚人了他不能不回答。

“以前也喜爱打篮球,现在不打了,没空也没心思打了。”

他忍住没有说出现在只喜爱斗争这句话,他正努力沉住气。

“老杨,我也是以前喜爱打篮球也是现在没心思再打了。你喜爱音乐唱歌不喜爱?”

“我不喜爱唱歌嗓子不好。”

他忍住没有说出他母亲喜爱唱秧歌,他仇恨唱歌他只想同唱歌的人斗争不管他是谁。

“我的嗓子也不好只能听不能唱,老杨你也是在城里上的学吗?”

她还是笑得太媚人问得太热烈,他不能不回答不能不同她斗争。

“我是在村里上的小学城里上的初中和师范。”

“老杨你也真的当过老师呀?”

“只当过一年。”

“我好像见过你!”

“不会吧?”

“我也在城里上过学,看你真面熟老杨!”

“不会。”

“我好像见过你!”

她真是太热烈了,他绝没有见过这样热烈的女人,县上的女人都没有她这样热烈这样媚人,可她总是说她好像见过他。昨天他刚到,她就说她好像见过他。那时他也以为可能给她见过吧,因为那时他以为她也是来野庄下乡的女干部,以为她的年纪也跟他差不多,后来才知道她原来是房东,昨晚又知道了她已经三十多岁。就算她真的进城上过学,真的这样热烈这样媚人这样雪白这样水色,他也不会去注意一个三十多岁的女人,她怎么可能见过他?她的确够雪白的一对很圆的眼睛不像喜爱粗暴,她说她嗓子不好不喜爱唱秧歌只喜爱打篮球。昨天他就发现她脚上穿着一双蓝颜色的球鞋,心想她一切都顺眼就是她脚上穿的这双球鞋不顺眼,不像女人很可能是拣了男人的穿了不知道她原来是喜爱打篮球,打篮球可能也是斗争比唱秧歌好得多。但她今天只穿了一件雪白的汗衫干净卫生又衬得脖子脸面更加雪白,只是现在是甚么节气了八月十五都过了她就不嫌冷呀还能这样热烈?想到他是在很边远的野庄就不由觉得她仿佛是他想象出来的一个女人似的。

“大嫂,你不冷吗?”

“不冷呀,老杨你是说屋里发阴想过过火吗?你看这西房没炕只有床你想睡炕就去正房睡吧正房有炕能过火。”

“不是不是,我喜爱睡床在县上就是睡床!”

“老杨我也喜爱睡床我在城里住时也是睡床!”

她真是热烈得叫他害怕了，可她仍然笑得那样媚人甚么也不怕，她一定是他想象出来的一个女人。

“大嫂我是说你穿一件单汗衫也不嫌冷呀？”

她更加媚人地笑了，满口雪白的牙齿，头发梳得很光亮。

“不冷呀我还嫌热燥呢，老杨你穿那么多也不嫌热呀男人都火力壮，不过二八月乱穿衣穿多穿少各人自由我不喜爱多穿衣裳！”

“你身体好。”

“你是不多见太阳吧？”

他觉得自己已经很激动了不知该再说甚么，只想跟她斗争又觉得她一定是他想象出来的一个女人。他常常觉得他能相中的闺女，还没有等他想象好就给别人娶走了，生养了娃，比他先老了，她比他老五六岁也早嫁了人了却不显老也没生养。她这样热烈媚人却不粗暴不喜爱唱秧歌，她一定是他想象出来的一个女人。她一定已经生养了至少三个儿女，以前也一定唱过秧歌，她一定很冷很粗暴，她和她男人还有姓宋的支书一定都在给他弄虚作假。弄虚作假他已经见得多了，女人他也见得多了，而且她已经三十多岁了，他不能激动不能被她蒙骗了，还是赶紧寻找关键吧，斗争就是关键。他已经没有耐心没有心思再去寻找别的关键了，就用斗争做关键啦，就这样决定吧。支书说沉住气也是关键，他已经沉不住气了，所以不能用沉住气做关键，上级和领导也不提倡沉住气，他自己在感情上也沉不住气，就用斗争了。只等她男人回来提供数字和事例，然后就写文章，然后就回县上去。

她一直不走，西厢房里明亮辉煌却又拥挤憋燥，是医院里才有的这股石炭酸气味太重太顽固吗？在这奇怪的气味中，她光彩夺目不像是野庄的真实女人。但他又不知道该怎样跟她斗争，她很可能也在等待他拿出粗暴来，她说不喜爱粗暴那一定是在给他弄虚作假。

他问她：“你们的二号院三号院在哪儿？”

她说：“没有二号三号，就只有我们一个一号院。”

没有二号三号又何必叫一号？这里面很可能有问题。

但她一直不肯走，在激动不安中他无法分析问题，又回想起以前在冬天的野地里感到过的那一种寒冷和荒凉，因为他知道母亲又要顽固不化地去唱秧歌了。野庄也是一个荒凉的地方，不知她迁回来是希图甚么，就是为了住这个一号院闻这种顽固不化的医院气味呀？

直到她男人回来她才走了，她说她得去给他做饭了，说完立刻就走了。

她男人老曹给他买回一挎包罐头还有几斤月饼，说是支书叫买的大队开支，吃吧。

老曹的确像一个秀才，眉眼清秀，皮肤也不黑。昨天他就知道了老曹原来在河头当民办教员，去年秋天分口粮时候跟着女人迁到这村来了，冬天当了副主任。他问他，你愿意？他说女人愿意他就愿意，还说他愿意支援上野庄的农业建设。昨晚，他给他搬来好几本很厚的材料叫他参考。他翻了翻，都像复写的稿件似的，开批斗会养猪妇女出勤沤绿肥查苗补苗路线问题赤脚医生棉花产量，有白纸有稿纸但都装订得很整齐，一片空空荡荡。他对他说："很不错老曹，只是都是河头的材料我用不上，你保存起来吧。"

他女人就说："我说你天天记账是白熬油灯你还不信！"

老曹急忙说："这本是野庄的。"

他看了看，见牛皮纸封皮上有红墨水写的几个字：上野庄新史记(一)。上野庄三字是一行，字小，新史记是又一行，红字很大，再一行是(一)的标号，只有一号没有二号三号。他回头又看了看河头那几本，才发现一样都是牛皮纸封皮，也一样都用红墨水写了三行大小不等的红字：河头村、新春秋、(一)(二)(三)(四)。

那时就忽然觉得老曹比他自己强。他也当过老师还是公办，他也是笔杆子还是县上的笔杆子，他也天天在记账写了许多材料讲话典型检查，可他就没有心思也没有想到把它们装订成书，包一个牛皮纸封皮，写上新春秋新史记的红字。他写的文章都打印了或铅印了，装订到一起可能更整齐,可他总是觉得一片空荡一片荒凉由它们散落去了。老曹能有这一份心思这一份精巧,他想很可能是因为娶到了那样热烈那样媚人那样不真实的一个女人吧。一片空荡荒凉,甚么事也没有发生,他只是渴望斗争。老曹的春秋史记里不知有没有真实的数字和事例。

老曹给他开罐头,手指给菜刀割破流了血,比红墨水还红的血,他宁静又恭敬地笑着,说不要紧。

见了血,他才发现那是一瓶葡萄罐头。支书说我总不能因为叫他三伯就为他憋破血脉流血牺牲吧?不知道老曹把支书的这句话记到春秋史记里没有,他也不知道该不该在自己的文章里使用这句话。这句话很有力量。

从第三天开始,他决定到老乡家里轮流吃派饭了。因为在一号院里吃饭,每顿都是热烈的女房东脸对脸陪着他吃,她男人跑进跑出端菜盛饭,他总是激动不安吃不饱肚。她还一直劝他喝几盅酒,他说他不喜爱喝酒,她也说她不喜爱喝酒。可她还是每顿都热烈地劝他喝,她说她要喝她也陪他喝。她男人就每顿都端来酒壶酒盅,也帮她劝他喝,也说自家不能喝玉环可陪你喝。他坚守着不喝,害怕强喝了会更加激动不安饿肚肠。他想,一号院之所以会这样女人陪客男人跑堂与老乡不一样,很可能是因为他们都识字讲卫生吧,只是他激动得受不住顿顿饿肚肠。因此他坚决要求到老乡家吃派饭。支书瞪了圆眼说:“那还不一屎样,你到老乡家吃派饭也得我们给老乡送白面胡油罐头,老乡又做得没水平不卫生,老杨你是图屎甚?”她也激动得闪着圆眼说:“老杨你是嫌我不干净呀?”他不敢动摇,坚持说他是想找老乡了解事例,领导也只允许吃派饭不是因为不干净。

吃派饭的第一家是红医站赤脚医生家。赤脚医生是一个老汉已经穿上了棉裤,不过脸色很红润,院里窑里也干净卫生,饭也做得有油水很可口。他吃了很多,老汉也吃了很多吃得不出声。老汉陪他吃,老汉的老婆给他们端饭盛饭看他们吃,他安静下来了。

他问老汉支书活埋自家三伯是不是真有的事?

老汉说是真有的事，他很支持支书修地平地给先人们移坟移穴，今年庄稼长得美。

他说是移风易俗。

老汉说他知道给先人们迁移坟穴是移风易俗，子孙们早都伙到一搭集体养种庄稼了，先人们也该迁移到一搭集体过光景。老汉说他爹死的时候就只想吃几口西瓜，那时正是春天他跑遍邻村上下还跑进城也没寻见一颗西瓜，他爹愣等了三天不肯咽气。去年给他爹迁坟又赶上是冬天，还是没寻见一颗西瓜给老人吃。他说他不怨支书支持支书，吃不上西瓜那是他爹的命，他爹死时刚解放他早就知道他爹只喜爱吃西瓜，今年庄稼长得美。他说他是中医知道他爹死时心火太旺想吃几口西瓜败火又是春天更容易上火。

说完，中医老汉又不出声地吃了很多。

他觉得老汉提供的事例与斗争不相干因此不能使用，就想既然是中医怎么还给一号院遗留下那么浓重那么顽固的石炭酸气味？

这天中午，他又来赤脚中医家吃饭的时候，见有另外两个老汉在等着他。他们说他俩都是朱先的邻家，都支持支书修地平地移坟移穴，都说野庄自古还没有长过这么美的庄稼。

一个老汉说他爹死的时候就只想吃几口月饼，那时麦穗还绿呢没有白面想给他打月饼也没白面和红糖，他爹还非要吃城里点心铺卖的青丝玫瑰细月饼。他说爹你等我我进城给你买月饼，那时麦穗还绿呢城里也不卖月饼那时也不通汽车。他四更天就起身进城到大半夜才赶回来，买回一斤细点心，点心里有三个银圆大小的圆点心像月饼，可他爹没有等他。去年冬天给他爹迁坟也是期限太短只下了一趟河头也没有给老人买回月饼来，只好自家打了两个笨月饼老人不肯吃，烧纸的时候划了四根洋火也没点着，不过庄稼今年倒是长美了。

另一个老汉说，他妈死的时候只是想吃几口嫩灰菜。灰菜是野菜不是甚么金贵稀罕东西，那时是五月野地里也正有灰菜。可给她拣嫩的挑回灰菜来煮了调了喂她吃她只闻闻不肯吃，说不是灰菜是他们拿菜缨哄她，谁说她也不信，只说他们就是给她山珍海味她也不想吃只想吃几口嫩灰菜谁也不肯给她吃。他们谁见过山珍海味呀？去年冬天给她迁坟寻不上嫩灰菜了只有晒干的干灰菜，也不知她还疑心不疑心她一直没有给儿孙他们托梦来。

他不明白为甚么老汉们都来给他提供这种不能使用的事例。三个鬼魂差不多一样的故事，难道老乡在死的时候都是只想再吃几口西瓜或是月饼或是灰菜呀？他奶奶临死的时候是想吃甚来？他记得仿佛也是想吃甚么来，他爹妈慌忙去寻找没有找到，但他已经记不得奶奶临死是想吃甚么了。

晚饭时候，又有两个老汉在等他，又给说了两个差不多一样的故事。一个临死也是想吃月饼，给他寻找来了又没有力量咬，说给他带上吧就死了。一个临死是想吃石榴，没给她找到很生气地死了。故事之外，他们也都说还没有见过今年这么美的庄稼。他记得他只给支书和老曹说过，要像讲故事似的给他介绍情况，并没有给这些老汉们说过，更不是要听鬼魂们的故事。他已经给野庄的一片鬼魂包围住了。

这天晚上，支书来到一号院对他说："老杨还有一个关键忘了给你说，你瞅见村口那棵大松树了吧它够美观吧，它就是关键！它是坐在一口泉眼上，因此我要求老乡们把黄土圪梁坡地全得建设成水平地，地平了才能上水呀这是真理。水利局的田技术员你认得吧我请他来过一趟要求他把这口泉眼搞出来，他架子不小只住了一天就跑啦，老杨你回去给领导说说叫田技术员赶快回来这也是关键不敢给我忘了。老乡的派饭水平不屎行吧？"

没有等他说鬼魂们的事例，支书喊了老曹说是开会就急忙走了。他很害怕便想去听听他们的会，支书说没水平不叫他去。

他害怕鬼魂们的包围，又害怕女房东的热烈，果然她又走进西厢房来坐住不走了。

“老杨你吃派饭能吃饱吗?”

“能吃饱我吃惯了。”

“你不喝酒喝不喝牛奶?”

他为甚么要喝牛奶谁给他喝牛奶领导也不喝牛奶呀他说他不喝。

“我也喝不惯牛奶!”

“你喝过牛奶?”

“以前在城里喝过喝不惯,老杨你就是姓杨呀?”

她问得更奇怪了,他说他是姓杨,姓是祖宗传下来的他还能改换吗?

“你真是二十五岁?”

“你看我比二十五老呀?”

“老杨我是见过你!”

“不会吧?”

“见过你!”

她又热烈得叫他害怕,他说他得赶紧写文章了。

“老杨又没电灯你熬眼做甚白天再写!”

“领导着急要呢。”

“你不会跟领导说没有电灯呀?老杨你不用着急多住些天白天有太阳你为甚得熬夜不多见太阳?”

他发现她仍然只穿了一件单薄的汗衫,想起了中医朱先已经穿上的棉裤想起了那许多鬼魂差不多一样的故事,一片鬼魂包围住他,中间坐着这样热烈媚人的一个女人陪伴住他不走,更觉得自己是跌进了一种想象中了。他很激动又很害怕想来想去不知该再说甚么,不由又说:

“大嫂你不冷吗?”

“不冷呀!老杨你是嫌屋里发阴吧,这西房也没炕只有床你想睡炕就去正房窑里睡吧窑里有炕。”

“不是不是我喜爱睡床在县上就是睡床!”

“我也喜爱睡床我在城里住时也是睡床。”

“大嫂我是说天都黑了你还穿一件单衫不冷呀?”

“不冷呀,我不喜爱多穿衣裳老杨你穿那么多不嫌热燥吗我记得你也不喜爱多穿衣裳呀?”

“不会不会!”

他又激动又害怕再也沉不住气了只好跑出去解手。

院里很黑,八月那残败的月亮还没有出来也没有人再等待它出来了,他知道大家早已经都宁静下来了不再急慌着准备出发去参加一件甚么大事,甚么大事也没有发生只有一片空荡,很可能只有他还这样激动不安沉不住气吧,一切都可能是他想象出来的。但在黑暗中他觉得那许多鬼魂是的确在包围着他,只有这个女人才可能是他想象出来的。他那么急慌地出发了就是想寻找这样一个不真实的女人吗?支书说你要沉住气这也是关键,但这个女人却是这样可怕的不叫他沉住气,支书又说村口那棵松树也是关键,哪里能有这么多关键,鬼魂的故事是不是关键这个女人是不是关键?在这荒凉的野庄那棵松树也的确绿得奇怪,也可能一切都在给他弄虚作假。

回到西厢房,他很坚决地说他要办公写文章了。

她还是说白天再写吧。

他没有答应她。

她就说那你就办公吧,我去给你烧洗脸洗脚水。

她终于离开西厢房回正房土窑里去了,走时没有生气仍然很媚人地给他笑了笑。

因此,她走后他就立刻觉得自己很孤单地给一片鬼魂包围住了,她一定不是真实的,许多差不多一样的故事他又无法使用。翻看她男人留下的新史记也没有甚么可以使用的事例,里面有不少讲话稿就像他给领导写的许多讲话一样,差不多一样的讲话,但他还是觉得老曹比他强。

写吧他已经写过许多这样的文章了,就用斗争做关键,他一直喜爱用斗争做关键却一直不知道该同甚么去斗争,因为他一直不是写自己。现在他是写谁呀,不是写自己不是写这个热烈的女人也不是写鬼魂们的故事,他得写支书。他明白了他是来写支书,才终于意识到这个只比他大一岁的宋万银差不多同他一样也是一直激动不安一直显得沉不住气。已经来了几天了,这个人一直是急急慌慌,仿佛准备出发去参加甚么大事似的。

他已经开始写了,一直害怕她会很快又回到这西厢房来,他只要一想象她就真会出现似的,她太不真实了。他已经去见过她的父母了,想证明她是不是真实的女人。她母亲说玉环的确是她的闺女的确是嫁到河头去年又迁回来了,说河头婆家风水不好闺女嫁过去总闹病迁回来病好啦。他没有问是甚么病,因为他不相信她会有病她身体多好秋凉了还只穿一件单薄的汗衫还说她不冷。他不明白她有病是不真实还是不冷是不真实,反正他仍然觉得她不真实。她父亲没有说她只说他自己也在城里住过,已经喂了几十年牲口了。不是为喂牲口挣工分多是喜爱喂牲灵就是天天担水太远了。他觉得她父亲是真实的,她不真实。他已经把那棵松树写进了文章,没有写它坐着的泉眼只写了它的绿,冬天老乡们在黄土圪梁上修地平地时候只有它很绿,鬼魂们的故事却无法写进文章里。

他觉得她很快就要来了,于是又害怕又激动听着院里的动静。院里仍然很黑,八月那已经残败的月亮还没有出来,可能知道已经没有人再等待它出来了,他是在等待她回来吗？他是害怕她回来,但她一定要回来很快就要来了。

也许只不过是一片空荡一片鬼魂。

第十一章

他一听说领导又叫他去上野庄,心里就害怕起来了。

他说:“不能叫别人去吗?”

办公室的头儿说:“你去年到野庄写的那个材料很不错,题目叫甚么一棵松对吧?野庄情况你也熟悉了,我看还是你去合适。”

他只熟悉那一种害怕,他说还是叫别人去吧。

头儿说:“这回,不是叫你去写典型是叫你去调查情况。我给你说,领导最近接住一封状子,告宋万银的状呢这个后生也学会打骂社员了,状子上写的事例够厉害,花样还挺多,领导很可惜当然也生了气了,宋万银上台这两年野庄变化很大正准备号召大家学他呢,这后生倒先学会打骂社员了。去年你去野庄听说过这种情况没有?”

“我听说的都写成典型了,只有几个故事写不进去,没写。”

“甚么故事?”

“不是打骂老乡的故事。”

“是甚么故事,嗐,你怎么也没早给咱说说?”

“都是写不进文章的故事。”

“你说说，说说！”

“有一个老汉临死想吃西瓜，那时是春天也找不见西瓜。”

“还有呢？”

“老汉就死了，很生气。”

“我是说还有甚么故事？”

“有一个老汉临死想吃月饼，给他找到了却又没有力量咬，说给他带上吧。”

“尽是些这种故事呀？”

“全差不多。”

“拉屎倒吧稀汤寡水，这种故事还用你下乡去打听呀？我爷临死时也是想吃西瓜，那是冬天还真给他找来了，他愣说不是西瓜是猪血。你再去野庄用不着尽打听这种没滋味的故事了。”

他知道头儿想听甚么故事，他没有在野庄听到那种故事，只在一号院见过一个热烈得不真实的女人，热烈不是淫词滥调吧，他不能给头儿讲这个女人的故事，她的故事也更叫他害怕。

他说：“去年叫我去写典型，今年又叫我去查问题，不合适！”

“我给你说，你这回下去明里还是写典型，暗里你找社员了解一下情况，真有打骂问题你记下来，没有呢你就再写一个典型，领导叫慎重调查，我看还是你去最合适。”

“我不合适！”

这时，他忽然觉得自己的血脉也快给憋破了，心想总不能因为那个热烈的女人就憋破血脉流血牺牲吧，他还没有结婚呢她已经是一个三十多岁的女人，还很可能只是他想象出来的，今年再去一看，原来是一个农业婆姨，一片空荡。

“嗐，你是不是也害怕挨宋万银的打骂呀？”

听头儿这样一说，他才意识到自己刚才那样害怕血脉给憋破流血牺牲了的感觉，原来是宋万银给他说过的。他在向宋万银学习呢还是他原本也同宋万银差不多？刚才他并没有想到宋万银只想到那个女人，怎么就忽然产生出那种跟宋万银一样的感觉来，真是又给鬼魂们包围住了。

“我能害怕他？我是有事，真有事，你看，人家又给我介绍了一个，说好后天见面，这也是我的大事吧主任？”

“又介绍了一个？小杨你挑对象比选劳模还认真，我看挑来挑去也差屎不多，差不多拽回一个拉倒吧。”

“我得沉住气吧？”

“沉住气不少打粮食。你去了跟宋万银说说，叫他也沉住气，打骂社员干甚，群众不能武斗，领导也不能武斗，跟他说说！”

“主任，你还是叫我去？我去跟对象见面不是去武斗吧？”

“你不会在路上多走几天？见完面再去野庄，去了也不用再打听那种稀汤寡水没滋味的故事了。”

坏了事了还得去野庄，他除了害怕还很激动不安。去年八月从野庄回来以后，他害怕是不害怕了，只是一直激动不安，一秋天一冬天都没有能安静下来，一直到正月尽了似乎才安静下来。春天，到枣芽发种棉花的时候，又有人给他介绍对象。他就忍不住又激动起来，居然忘记了问媒人是不是农业闺女，只问了脸白不白。媒人说雪白，他一急慌就答应了见面。

见面以后他就失望了，那女子脸皮不够雪白吧也还不黑，眼睛似乎也有些圆，但毫无热烈气息，也没有给他笑面他已经知道即使给他笑了也不可能媚人。一问，才知道她从来没有摸过篮球，他终于彻底失望了，没有再问她是不是唱过秧歌。媒人也很失望，说他还是不想娶农业女子，直到那时他才想起事先居然忘记了问这个条件了。这个条件当然不能不问，但叫他失望的原因还主要是篮球，只是他无法给媒人说明。

此后他是不再激动了，在安静中日子过得不快不慢，就像头儿喜爱说的一片稀汤寡水。到八月，那月亮又叫他急慌地等待了半个月，仍然是甚么也没有等待来，他也没有再出发。现在，庄稼已经早收割了树叶也早落尽了泼到院里的水到夜里已经开始结冰了，夜里的月亮圆时缺时都是清冷得恓惶谁也不再等待它，他却必须出发了。并没有人再给他介绍甚么对象，他不过是不想出发去野庄吧，但仍然得去，仍然又激动又害怕仿佛真会流血牺牲似的。

第二天一早，他就急急慌慌出发了。

一路上，他不敢去想一号院那个女人，只想着支书宋万银，但仍旧还是激动不已。在激动中，他回想起宋万银一直也显得很激动，和自己差不多。但他并没有发现宋万银显得害怕甚么，这人显然并不害怕那个女人，只说这女人很有水平老乡没有水平。老乡没有水平也不应该给你打骂呀！他说我的血脉都快憋破了总不能因为叫你三伯就流血牺牲吧，他敢跟亲三伯斗争。在文章里他已经这样写过了，没写活埋的方式方法怕人们把斗争误解成武斗。憋破血脉流血牺牲的话他也写进文章了因为他觉得很有力量。可惜办公室头儿拿红墨水把这句话给涂抹掉了，说这句话太古怪野蛮，所以这句很有力量的话在他的稿子上变成了两道很浓的红墨水，倒像真把血脉憋破了流了两道血似的，后来油印出来当然甚么也没有了。活埋人很显然也是打骂老乡的一种方式方法，可在状子上却没有提到这种方式方法。其他方式方法很多，其中竟然有一种叫老乡口含驴粪蛋的方式方法，这个家伙真是太可怕可恶太野蛮了！那么他自己也会这么可怕可恶这么野蛮吗？他也和那家伙一样激动，一样觉得血脉快憋破了可能流血牺牲，他还羡慕过那家伙的一对圆眼睛呢。他只是喜爱斗争渴望斗争并不想打骂谁活埋谁。父母能打骂儿女都说打是亲骂是爱，可他还没有儿女所以自己至今还是一个受过打骂的儿子。上级能磕打下级，可他也没有一个下级只有一层一层的上级。老师能打骂学生，他就给村里的老师打过手心拧过耳朵，可他只当了一年老师那时学生们正造老师的反他只怕学生打骂。村里的男人也敢打骂农业婆姨，可他还没有一个中意的对象，就是有了他敢打骂她吗？她是那么热烈那么媚人那么雪白那么不真实，一巴掌打过去很可能是一片空荡一片荒凉一片稀汤寡水吧。

又想到那个女人了吧，不能去想小心真把血脉给憋破了。那封状子没有写明是谁告的，只写着“野庄老乡”四个字，状子上的字也写得不难看，难道也是一个识字讲卫生的人？会是谁呢？自从去年去了一回野庄之后常常不知不觉也把社员群众叫成老乡了。给办公室头儿听见挖苦了他几回。有一回不知不觉居然给领导的讲话中也写上了“老乡们”。挨了一顿狠骂没有挨打。难道那状子也有可能是他自己写的呀？他记得昨天从办公室头儿手里接过状子看时，猛然间觉得状子上的字迹有几分熟悉，再一看就觉得有几分像是自己写的似的，吓了一跳。不过，那状子也写得很激动，沉不住气的一种激动，跟他的心情宋万银的心情也差不多。

鬼，他这是又给鬼魂包围住了吧。

骑车到达野庄时候，他看了看太阳估计只有下午三点左右，比去年第一回来时早到了很多，他想这可能是因为路熟了吧。在初冬的太阳下，满眼单调的黄土圪梁赤裸着荒凉，其中的确就只有野庄村口那棵松树还高高挂起一片奇怪的绿色，这正像他所想象的那样。细看那赤裸的黄土圪梁，显然已经整齐了许多，齐直的地堰勾画出一层一层的水平田。记得去年还只有村西那一片，数字是几百亩他已经忘记，现在似乎满眼都是这种水平田了，黄土圪梁没有绿色却赤裸出水平来。除了老乡这个名词之外，宋万银还最爱说水平这个名词，这个家伙难道在打骂老乡方面也想搞出点水平来吗？他还说过唐玉环是一个很有水平的女人。

他直奔一号院去了。

一号院仍像去年一样显新，一样透露着识字讲卫生的气象。但他又激动又害怕地进入院内时，却不见一个热烈的女人慌忙出来媚人地欢迎他，像他想象的那样。难道真是不真实的吗？

这时，从他住过的西厢房里走出一个人来，不是女人是一个他不认得的男人。

“同志，你从哪来？”

“县上。”

“贵姓？”

“姓杨。”

“你是去年来过的老杨吧？”

他点了点头。

“秀才，好得很，我姓米，县上的大秀才好得很，我是公社的姓米，米面的米，知道吧？我知道你老杨，常听你的报告好得很！”

“我做过报告吗？”

“书记主任的报告不是你写的吗？好得很！”

他乍见到这个老米时，觉得是个瘦小的老汉，现在细看似乎也不老，个头也不小，只是脸上皱纹多身上皱纹也多，会给人一种往瘦小里缩去的感觉吧。他不认识这个仿佛正在缩小的老米，看来西厢房是先给这人占了，他得跟这人做伴而居了。他不再很害怕但却很失望，一路上的激动也开始缩小了。

“房东不在吗？”

“老曹跟上支书上了工地，玉环找朱先看病抓药去啦，好得很，老杨你快进屋吧！”

她真的也会生病有病呀？

他跟着老米走进西厢房，立刻又闻到了那种医院气味。又是一年过去了，这气味还这样顽固不化，很可能是她从医院里带回来的吧她不能真有病。他记得赤脚朱先是中医，朱先身上并没有这种气味。在这种气味中，他又闻到了一种酒腥气，医院里也有酒精气味，他想。

“老杨你还没吃饭吧？好得很，我去给你叫玉环回来做饭！”

“不着急，我先喘口气，真累。”

他不想看见她也在缩小，他觉得她重病在身很可能也会满脸皱纹满身皱纹正在缩小，当然他的确感到很累，稀汤寡水的。

“够累吧？好得很，你先洗脸！”

这位老米口不离好得很，甚么都好得很，你在缩小也好得很吗？他必须警惕自己，不能再学会这句好得很。这时，他只觉得浑身热燥，没有警惕就把棉袄脱去了，只穿着一件刚换的雪白衬衫，等脱去了才意识到可能是在学她不喜爱多穿衣裳吧，接着也才发现在衬衫之外还有一件毛背心呢是妹妹给他织的，又发现屋里已生起火炉了，又想到一路急慌着赶路身上出了许多汗的确是热燥。

老米问他还是来写典型吧好得很，他只含糊地应承了一声，不知该不该对他说调查打骂老乡的任务，老米很可能会说打骂老乡好得很，而且他已经发现酒腥气是从老米口里喷出的，每一声好得很里原来都裹着酒腥气。老米也是野庄的贵客吗？

"是老杨来了吗？"

他终于听到了一声热烈的喊叫，她立刻就媚人地站在了他的面前。她并没有缩小还是那样雪白那样水色那样不老那样没有皱纹，她甚至真像识字讲卫生的人那样热烈地跟他握了握手，用了两只手握得很奔放。他在一阵急慌中没有发现她的两只手很冰凉，只听见老米说了一声好得很。

"我在红医站听人说你来了心里不相信就赶紧跑回来看，我以为你再也不会来了老杨！"

"大嫂你得了病了是甚么病？"

"我没病呀！"

"好得很，玉环你快去给老杨做饭！"

"不着急我不着急。"

"我以为你再也不来了。"

"好得很，快去做饭！"

一切又都像想出来的了，她的确并没有缩小，只有这个老米不是他想象出来的，甚么都是好得很，也可能应该说好得很吧？他身上还是很热燥。而且又产生了那种血脉快要憋破了的感觉，真要流血牺牲了老米也会连声说好得很吗？他得沉住气。

她给他端来茶饭的时候，棉袄也脱去了穿着一件绿毛衣，像村口松树高高挂起的那种绿。她仍然热烈媚人。那个状子会不会是她写的呢？他忽然这样想。

“老杨你还是不喝酒吗？”

“不喝不喝。”

“好得很！”

“天冷了你喝点也不怕，你要喝我陪你喝几盅？”

“好得很！”

“不喝不喝。”

“老米你喝不喝？想喝就再喝两口。”

“好得很，我不喝酒！”

“老杨你认得老米吧，他常来野庄蹲点今年刚升了副主任，喜爱喝酒又不敢喝酒，他说是怕老婆骂，鬼。老杨你猜他是怕甚？原来是怕酒喝多了乱骂人骂老婆骂领导骂老乡，贫雇农四类分子都要骂。”

“老天爷，玉环你怎么能给老杨胡说，老杨你不敢听她胡说，好得很！”

“老米你不用怕，我跟老杨早就认得了早就是老关系都打过篮球你不用害怕，老杨你没有闻见他的酒腥气呀？”

“好得很，你千万不敢听她胡说，老杨！”

“老杨等黑夜吧，到黑夜你就相信了！”

她热烈地说着又媚人地笑着，仿佛比去年还要不真实，更像在冬天里高高挂起的那一片绿，但他已经很喜爱听老米不断说好得很了，原来老米满口酒腥气是因为想骂人，那么那个状子会不会是这个老米在酒后写的呢？她说等黑夜吧而且是当着老米的面说老关系了，他很害怕血脉真会给憋胀破。

老米要搬出一号院，在野庄他有老房东，说你是秀才需要安静。他一听更不安静了又激动又害怕越发觉得有大事要发生，幸亏老米一直没有走，不明白是为了监视他还是为了保护他，他只闻见一股酒腥气。

到了黑夜原来还是喝酒，甚么大事也没有发生。

老米仍然没有多喝不管她怎么劝怎么笑,所以他也没有听到老米骂人只听见说好得很。她却喝了很多酒,他还是第一回亲眼见一个女人喝这么多酒,雪白的脸都给喝黄了,也可能是给昏黄的煤油灯照得吧他想。但她那热烈的气息是分明给酒浇灭了,她只是说冷,越喝越说冷,她穿上了棉袄,支书又给她披上了绿军大衣,她还是说冷。难道她真是有病吗?直到这时他才想起来她跟他很奔放地握手时她的两手是一片冰凉,可那时她是多么热烈。他又发现她此时是那么恐惧地看着在座的每一个人,支书,他,还有她男人老曹,只有老米她似乎还不害怕她在恐惧甚么呢?他本来以为像她这一个不真实的女人是不会恐惧甚么的。也很可能是因为他自己也喝了酒,经不住她的劝她的笑终于喝了几盅酒,一股苦辣灼热的烟火已经窜入了血脉里脑浆里,在暴躁昏热中又看见了更加不真实的情况了?他并没有想象她会发冷恐惧呀,他之所以决定也喝几盅酒原来是想看到她更加热烈雪白更加不真实。

也许那份状子真是她写的,否则她为何会这样发冷惧怕?

也有可能是老米写的,否则他为甚么不肯多喝酒?他本来就满口酒腥气,会不会是她和老米合谋写的呢?她现在谁也怕只不怕这个老米。

也可能是她男人老曹写的吧,他是笔杆子会写状子而且今晚只有他一口酒也不敢喝!状子上的字他觉得有几分熟悉,他看过老曹写的春秋史记,很可能就是像老曹的笔迹,老师都很正直。

状子上的笔迹也很像他自己的笔迹,难道是他写的状子,有没有这种可能?头儿说你去调查最合适,很可能头儿已经从状子上认出了他的笔迹了。宋万银你派头不小,先告你一状再说,也有这种可能。

老曹已经扶了他女人回正房窑里去了,回来说给她压了三床被子还嫌冷。

他听了几乎也想叫一声好得很,没有叫出来只觉得稀汤寡水。

宋万银也喝了很多酒,但他仍然在说:“水是关键你懂不懂当下这一冬一春我就把老乡的黄土圪梁全部建设出水平来啦,狗日的田技术员还是不给认真定泉眼他要是老乡我早禁闭起他来了禁闭到太阳底下晒他四十个钟头,水是关键你懂不懂老乡们那股狗鸡儿尿尿似的泉水能给你浇地?刚够做饭饮牲口连衣裳也洗不成更不用说洗澡老乡们浑身都是历史积攒下的黑泥,历史你们懂不懂就是八辈子一千年水是关键没有水连女人的皮脸都不水色你们懂了吧?”

他记得在状子上有一种打骂老乡的方式方法就是晒太阳,在地上画一个圆圈叫老乡站进圆圈里给太阳晒。领导在旁边批了一行铅笔字说这是奴隶社会的画地为牢。宋万银说想禁闭田技术员晒太阳又说自己懂历史,那么状子上告他的情况很可能是真实的,这个野蛮的家伙。但他说一句话就要用十个“老乡”那状子也可能就是他自己写的想故意摆下迷魂阵吧这家伙有一对贼亮的圆眼。

他忽然又想起来,领导在状子上批的铅笔字仿佛跟状子上的字迹也有几分相像,当时曾心里一惊,因为是领导没敢疑心下去,领导千真万确不是老乡。

他真是越想越弄不懂了,可能是因为喝了酒。他忍不住又喝了一口,苦辣灼热还是直往血脉里脑浆里窜,浑身热燥并不发冷呀?

第二天他又见到女房东时,她热烈媚人如故脸也不黄了依然雪白,但他已经不肯相信了,本来他也不太相信一直疑心不真实现在更有了疑心的证据了,她居然也能喝酒!

他决定安心做调查,所以要求还是到老乡家里吃派饭。支书宋万银又瞪了贼亮的圆眼说:“拉倒吧坚决拉屎倒吧老乡们全体都是三出勤两送饭谁能给你做饭坚决拉屎倒!”他疑心这家伙是在反调查,就不再坚持了,心想在一号院吃饭也符合明里写典型暗里做调查的要求,只是后悔不该当了这家伙的面也使用老乡这个名词。

第一步他先调查驴粪问题,因为状子上没点含过驴粪蛋的那位老乡社员的名,所以他秘密地走进一处饲养院。调查已经开始了他才发现饲养员大叔原来是唐玉环她亲爹,去年他见过她爹,今年就认不出来了,没有缩小也没有扩大吧?原来是戴了一顶绿军帽。唐大叔说:“驴粪很金贵牛粪马粪也很金贵,支书有话谁也不能私拿一颗就是想吃也不能给他一颗你敢给看我撤不了你才日怪!你说我喂了一辈子牲灵还不知道驴马牛粪金贵呀?以前单干时候我时常进城拉牛粪那是奶牛的粪上到地里真顶事!羊粪也够金贵,我给你说村里羊群不管到哪儿屁股后头都跟着老婆娃们一颗一颗拣羊粪。你不是想要几颗驴粪吧?那得支书批准呢!我看你要驴粪也没屎用,你不种旱烟吧要是想种几苗旱烟那上驴粪牛粪都美,你要是养花还是上羊粪好,你听我的没差!”

“驴粪出过问题没有?”

“问题?谁说我有问题?我没偷过牲灵草料这一辈子我就喜爱喂牲灵你信不信?这两年口粮也分得多。”

“我是说驴粪!”

“驴粪还有牛马羊粪都金贵不够用,我天天下沟担水路太远能算一个问题吧?”

老汉说得还都有道理吧。而且对驴粪并不气愤,如果真发生过那件事作为一个老乡不可能不气愤。他对驴粪也不很气愤了小时候他也拾过粪也跟着羊群一颗一颗拣过羊粪蛋。这件事可以存疑了。

“水是关键你懂不懂?”

他给老汉丢下这句话就走了,一直没有发觉这是宋万银说过的活。

他决定找宋万银的亲叔伯本家三伯调查一下活埋问题,去年没有找这个老汉因为他十分想使用这个事例,怕老汉把他感动了使用不成。

宋三伯虽然很瘦小可真够痛快,一问就说有活埋这回事。

“你气愤不气愤?”

“同志你还不知道呀?万银是周瑜我是黄盖,那是苦肉计!”

“苦肉计?”

“对了苦肉计,愿打愿挨。你说公家怎么不叫唱古戏了?连秧歌也不叫唱了够可惜。”

他想说秧歌是淫词滥调，却说了一句：“那是历史你懂不懂？”

苦肉计，他觉得这倒是一个有意思的故事。

他又找了几个老乡打听晒太阳的事，都说庄户受苦人谁不是天天给阳婆晒，不晒阳婆庄稼也熟不了。

“那也不能晒你四十个钟头吧？”

“我晒了四五十年了，你看我的皮脸是晒了三五年吗？”

他几乎又说出水是关键这句话来，幸亏警惕住了。宋万银说没水连女人们的皮脸也不水色了懂不懂，可唐玉环还是够水色，难道宋万银说她有水平是指她皮脸水色吗？她又说过她喜爱晒太阳。鬼，他又像给鬼魂缠住了甚么也想不通弄不懂，可这回调查中间谁也没有再给他讲鬼魂们那种故事。

他决定再找一下赤脚中医朱先。

朱先的皮脸仍然像去年一样红润，又像已经给太阳晒了几十年了。朱先说他的气色不赖，不知是不是指他的皮脸没给太阳晒黑。

“我给你号一号脉吧？”

他说可以。

朱先闭目号了一阵后，说：“你三岁时候得过一场病吧？”

“三岁？”

“三岁时候。”

“是得过病，听奶奶说病得怕人，可能是出疹受了风，说浑身都黑紫了，烧香也不顶事，还是进城找西医打了一针才保住了，说幸亏我是长子要不就舍不得花那份钱啦，那时打一针太贵。”

“知道。你三岁到十三岁身体不强，到十四岁才发了，发得迟。”

“我小时候身体是较差。你说十四岁才发了？”

“十四岁。”

“十四时我已进城上了县中了，那年去南山植树，一天走了百十多里，从那以后身体是壮了。”

“你还没结婚吧？”

“没有。”

“三十五到四十以前，你要多对付。”

“对付甚么呀？”

“身体。”

“会害大病吗？”

“你留意对付就不怕，你能长寿。”

他听了很高兴，忘记了向朱先做调查，回到一号院仍然一直奇怪这个赤脚朱先怎么能把自己的性命把握得这样准呀？知道他三岁害过一场病又知道他能长寿，他很高兴，忘记问一问他到底会娶怎样一个女人了，也忘记了做调查。倒是朱先把他的身体性命全都调查清楚了，又宁静又从容，那里的确没有医院气味。看来他是不可能把血脉憋破流血牺牲啦，也很可能甚么问题也没有吧。老乡们的性命如果真受到野蛮的打骂，朱先不会还那样宁静。

老乡们都很宁静。

驴粪很金贵，人人晒太阳天天晒太阳，一场有趣的苦肉计，可能都是真实的。他翻了翻老曹这一年写下的第二本新史记，里面也没打骂老乡的事例和数字。可能只有水是关键了，没有水恐怕就没有性命啦，他想。他真会长寿吗？三岁生病是真实的。看来只好再写一回典型文章了，就写水是关键吧如果没有水连女人的皮脸都不水色。他又看了看那份状子，字迹更加熟悉起来，越看越像是他自己写的，不可能吧？

每顿饭都是老米陪着他吃。她每顿都端来酒壶酒盅劝他们喝酒，但他没有见老米喝过，却闻见满口酒腥气，很奇怪。这天吃饭，不见老米了。

“老米呢？”

“回公社去了，咱们吃吧！”

“老曹呢？”

“上工地了不用管他。”

他立刻觉得血脉又开始憋胀了,想着朱先说他能长寿,仍然有些害怕。

“老杨你还是不喝酒呀?”

“不喝不喝。”

“我看你也能喝,天冷喝两口吧!”

“你比男人还能喝!”

“谁说的?”

“我亲眼见的,你忘啦?”

“以前吗是早以前吗?”

“就是我刚来的那一天。”

“老杨你是编故事吧?”

“真有的事呀你真忘啦?你可能喝醉了。”

“你胡说呢,是想讹住我喝酒是不是?”

“我讹你做甚?真有的事,你喝了酒直说冷。”

“真的呀?我正嫌热呢叫我喝一口试试。”

她就喝了一口。这时他很激动也想喝一口。

“呸呸,真辣真热,哪里会发冷?你是编故事激我喝酒呢老杨你也得喝,我记得你能喝!”

她说的话就像他想象出来的话,他忍不住也喝了半盅,的确是又辣又热直往血脉里窜。

这一回他可能喝了不少吧,因为后来的情形他怎么也回想不清楚了。只记得她没再说冷,一直都是很热烈很媚人很雪白,他好像还很大胆地对她说了一句:“你才白!”但又仿佛不是说她的皮脸是说她的姓。她好像很奇怪地说了一句:“老杨你不姓杨我才姓杨我知道你姓白!”他就说了一句:“你才白!”她这句话说得够奇怪,那时她可能也喝了不少。再后来他就甚么也记不得了,又说了甚么胡话没有出了甚么问题没有全回想不起来了,很可能就醉倒到床上睡死过去了。因为在黎明时候清醒过来发现自己是睡在床上，记得是给一个梦惊醒了。那个梦他还记得清楚，野庄的黄土圪梁全部都长满了松树，都像村口那棵松树一样，满眼都是绿，冬天了也满眼都是绿，他给惊醒了。

醒来的时候，他浑身发冷。

第十二章

汽车开始爬坡的时候，他瞅见了坡顶的那棵松树，它的确够绿。

“小杨，这就是上野庄的那棵松树吗？”

“就是，林书记，上了坡就是野庄。”

“我去年也来过一趟野庄呀，怎么不记得有这棵松树？”

“林书记你是没有留心吧，有。”

司机也说：“是有，我还记得进村前汽车得绕它转一个弯。”

“看来你们是对的啦，我的确没有印象。”

“林书记你去年来野庄是旧历八月时候，庄稼正绿，所以它不显眼。”

“你说的可能有道理。去年你写的那个材料上说野庄有一棵挺高大的松树，我看了就觉得奇怪，以为是你们秀才编出来比喻甚么呢，原来还真有一棵松。小杨你知道它有几百年了？”

“不知道，我没有调查过。只听村里老汉们说，冬天下再大的雪也沾不到它的枝叶上，说它的枝叶发热呢雪花一碰住它就化了。”

“说得真神了，不可能吧？”

“当然，都是村里的传说，老乡们讲迷信吧。”

“小杨，你怎么又老乡老乡，甚么语言？你这是跟谁学的，改不过来了？不像话吧？”

“是群众，群众讲迷信呢。”

“群众不讲迷信，是老百姓中个别落后社员讲迷信！”

他几乎也使用了老乡这个称呼幸亏警觉了一下及时想到了老百姓又觉悟到老百姓也不妥帖才急忙回到群众中来了。对于发生这种情况，他觉得很奇怪，就像他去年八月没有发现这棵松树一样奇怪。这棵松树独立于上野庄这样偏远这样荒凉的黄土坡梁中，的确够特殊了，但也不至于像老百姓中落后分子所说的那样神奇吧？传说和迷信。现在正是冬天，可惜没有阴着天有太阳呢不可能下雪，无法验证是不是迷信。这一类迷信在农村很多，他一直没有力量组织去验证过，当然号召群众破除过，横扫过。

这时候他忽然想起来了，是前年还是大前年，北边一个村子闹神树闹得很凶，老乡成群结伙去磕头求药，真是见了鬼了，会不会就是这个野庄呢，这里有一棵松，群众也把它说得挺神。

“小杨，你听说上野庄发生过神树显灵的迷信事没有？”

“没有听说呀，上个月我是去调查打骂社员的问题，林书记。”

“前几年发生的，没有听说吗？”

“没听说。”

司机说：“就是野庄的事。”

“你听谁说的？”

“老百姓。”

“老百姓？”

“老百姓。”

“小杨，打骂社员问题真的不大吗？”

“不大，林书记。”

他想，真是见了鬼了。在这烦躁中只想抽支烟，伸手到衣兜里却摸见满兜的落花生，就掏出几颗剥着吃起来。花生的确不难吃，丢一颗到嘴里慢慢嚼得满口香以后再丢进一颗，这样嘴里就可以一直保持满口香了，现在，他就是采用了这种吃花生法，也感到了满口香了。但仍然压不倒那由于烦躁所引起的烟瘾。省上领导喜爱吃花生可能因为人家没有烟瘾吧，人家采用的这种吃花生法只为了享受满口香不是为了压倒烟瘾，但老婆说你也学人家吃花生吧省得你一根接一根抽烟！当时，他没有很全面地考虑这个问题就接受了老婆的建议，把抽烟改成吃花生了。现在看来很可能是改得急躁了。刚改过来时候，办公室主任老谷就觉得有些奇怪，曾经问他："林书记你这是学省上那位政委吧？"他说他是为了戒烟没有说是采纳了老婆的建议，不过也怀疑过自己是不是想向省上领导学习？这样的动机好像也不很明确吧，比较明确的还是老婆的建议。也可能老婆有这种动机？老谷似乎也没有十分反对，记得只是说："林书记花生比好烟还不好搞呀！"当时他以为老谷不过是在表功吧。因为省上领导喜爱吃花生的消息，事先他们一点也不知道，事到临头才慌了手脚，幸亏老谷还能干，只在几个钟头之内就神奇地搞到了花生。领导吃了几颗就很满意，说比他衣兜里装的花生香。也幸亏领导衣兜里原来装着不少花生吧，使他们没有陷入窘境，给老谷留下了补救的时间。省上领导下到县上两天时间，一直很愉快，因为花生一直没有断绝供应。很可能在无形中他对花生也产生了好感吧，所以才同意将抽烟改为吃花生了。已经半个月了，他一直很愉快并没有发生甚么问题，没有难受，也没有烦躁，思考记忆的能力也没有下降，甚至已经决定明年号召老乡多种一些花生，鬼！

他只觉得有一种忍耐不下的急躁。可能是烟瘾终于又犯了吧，他想。他努力很从容地一颗一颗往嘴里丢花生仁，耐心地将它嚼得很香，香仍然是香，只是压不下那一种急躁。

小车已经爬上坡顶，果然在那棵松树下开始拐弯。

他叫司机停了车。车外很冷，有风，因为松树在风中呼啸着，很响，不过也很平常吧。他抬头望了望它，的确是一棵高大的松树，有许多年头了，在冬天它也够绿，但也并不见它冒着热气呀？迷信，老乡们的迷信！

他没有发现自己又一次使用了老乡这个鬼名词，只是想这么高大一棵松树去年来时怎么没有发现呢？去年也太急躁了吗？

他转身朝来路方向瞭望了一下，是一片平川，有农田村庄河流和远远的山脉。又回头朝村后望了望，能望见整齐了的一层一层的水平田。

“不错呀，不错！”

小杨说了一句甚么话，他没有听清，风很大，松树的呼啸声也很响，像是一片树林在呼啸，响得很浑厚，不像是一棵独立的树。能绿树成林当然不错，可分明是一棵树呀，老乡们的迷信！一股更强大的北风忽然扑来，几乎将他披着的绿军大衣给吹掉了，他急忙掩紧大衣，听见了更浑厚的呼啸声，的确像是一片树林。

正要上车，就见几个老乡很可能是村干部吧迎出来了。

“林书记到底是小汽车跑得快我估计至少还得四十分钟才能到达老乡说有辆小汽车快进村了我还骂他几句！”

小杨说这就是支书宋万银。

他说他认得，就跟这人握手，但觉得仿佛是第一回见到似的没有任何印象。多少年了，凡是他见过的农村干部和老乡，再见面时大多能记忆起来的。去年来时他见过这个宋万银，后来又见过两回，一回是开劳模会吧，一回是宋万银到县上找他好像是要求打井，这一切他都记得清楚，怎么忽然没有印象了仿佛是第一回见面似的。看这人很年轻也披了一件绿军大衣没有甚么特别，只急躁得像是着了火似的，手很粗糙。

后面的两个，小杨介绍说是公社的米副主任和村里的曹副主任，他都有点印象，他们的手不粗糙。对这里的一把手反倒没有印象，他觉得奇怪也认为不应该。

“万银，你的土地建设得不错呀，建设速度也不错，很不错！”

“林书记要按我的速度早应该全部建设出水平来啦，老乡们太缓慢抽烟烤火拉屎尿尿真能沉住气，开会不说话上了工地又给你讲故事想吃月饼西瓜，野庄又没有地富分子，真能把你的血脉憋破！”

他没有听清宋万银说了些甚么觉得就像是松树的那一片呼啸声，只听见这人似乎也使用老乡的称呼。你一个村干部也把群众叫作老乡更不像话吧，也许他是在跟自己学习？可刚才他并没有在说话中带出老乡来呀只是在思想中使用了吧还很烦恼，鬼。

“不错，很不错！万银，先去工地看看你的建设！”

“林书记先回一号院客房休息一下暖和一下准备好啦，去年你来就没有进一号院休息一下老乡们一直难活呢说我不会热接热待这不是冤枉我呀？”

他仍然没有听清宋万银说了甚么，很奇怪这人说话也像是有许多人在吵嚷，但听清又使用了“老乡”，更觉惊奇。

“不错，很不错，那就走吧，先去看看！”

没有坐车，因为人多恐怕挤不进吉普车篷里，而且进了村了也应该下马下轿。村子还很破旧不像村后的田地那么整齐，这也很不错是先治坡后治窝吧。

宋万银把他引进一座院里以后，他才发现不对头：“万银，不是说先去工地看看你的建设吗？”

“林书记你听我的先休息一下暖和一下准备好啦！”

“真是林书记来了呀，林书记快进屋吧！老杨你也来啦是你把林书记给我请来了你的手冰凉路上够冷吧今天风大快进屋！”

小杨说：“是林书记要来看看。”

这位年轻妇女是谁呢？很活泼很热情又白净又明亮笑得够媚人一件很鲜的绿毛衣和小杨握了手，不过她似乎也有些急躁吧没有停顿说了一番话，声音还好听。小杨居然没有给他介绍是谁。

屋里也白净明亮不像是老乡的家也不像是大队，他正想问这是甚么地方就发现了桌上摆着梨果糖球纸烟火柴，于是想起了自己兜儿里装着的花生。他们也是给省上领导摆了满桌的水果和好糖好烟，但领导说他不喜爱吃这些。

“林书记抽根烟吧烟不尿好你将就抽一根吧来！”

“我不抽烟了，万银。”

“我记得你抽烟呀？还是嫌我们的烟不好吧？丑话我已经先说啦林书记你不能不抽来一根！”

“我真戒啦，已经有半个月了。”

“林书记那就把你的好烟掏出来叫我们抽一根！”

“万银，我真戒烟了。”

这时候他已经很急躁了，直想掏出一把花生来给这位支书，然后自己再掏出几颗从容剥着一颗一颗仔细嚼它个满口香，就像省上领导那样。但时机还不到呢，不能太急躁。

“林书记那你吃个梨吧都洗过了干净卫生！”

现在时机到了。

“万银，过来坐到我跟前，来吧来，我不喜爱吃这些东西，给你，拿住，我只喜爱吃这个东西，你也吃吧！”

宋万银接住他给的一把花生在奇怪地看，他当时也这样奇怪来。他给自己又掏出几颗，剥了一颗丢进嘴里嚼起来了，只是觉得不够从容，嚼出很响的声音来，可能还是太急躁吧。

那个年轻妇女给他端来一杯茶水，又对他说了一片不停顿的热烈话。她的确白净明亮笑得媚人。他真想也掏一把花生给她吃，只是省上领导当时只掏了一把花生给他，其他人都没有给，而且他也不知道她是谁。看去不像是老乡，是公社的妇联主任吗？他知道那些妇联干部不会这样活泼明亮，他能记得她们。会是支书老婆吗？他还没有见过这样活泼明亮的老婆。

“不错，很不错！”

“林书记这一冬一春我就把黄土圪梁全部建设出水平来啦，你不知道老乡们一个个都会蹲懒茅厕长屎真能沉住气，野庄是长工村不出产地富分子，只有一股狗鸡鸡尿尿似的泉水刚够老乡做饭饮牲口，真能把你的血脉憋破水是关键!”

他看宋万银不像是在表功,的确很急躁,他给的那一把花生也没有吃几颗已经撂到桌上了,却抓了一个黄梨一口咬下少半个来放肆地嚼着,一边嚼一边说,梨水四溅。而那个年轻妇女这时又在跟小杨说笑也够放肆,越显得活泼明亮。只有老米和老曹在观看他嚼花生。

“不错,万银,还是先上工地看看吧!”

他站了起来。

那个年轻妇女说:“林书记晌午在这里吃饭午休!”

他说:“好吧!”

坡梁沟的确都建设得不错,他很后悔没有带省上领导来这看看,只好像省上领导那样伸展了右臂指划着辽远的土地对宋万银说:“这都是你的土地吗?”

“林书记以前你没来过吧全是不成风景的黄土圪梁你要建设老乡们还反对你,怕伤了风水惹恼老先人们的鬼魂,我说老先人也喜爱风景吧也喜爱皮脸水色的女人吧没水平都没水平!”

宋万银说话的确就像一片松树林在呼啸,他只能听清老乡老乡,这个村干部到底是在跟谁学呢?你难道不是老乡?是在跟他学吗?他已经很警惕了,并没有说出老乡来。

他在给工地上的老乡讲话时,真几乎喊出“老乡们”来,真是见了鬼了。

为了压倒这种见了鬼似的急躁,他脱掉绿大衣和老乡社员们一起拉了几趟土。省上领导并没有拉平车运土,他不是跟谁学,只是想这样干,希望流点汗把那股急躁流出来。

他感觉自己拉车还可以,用不着急躁,也不必像老乡社员那样拉得快,但还是沉不住气跑起来,不由得还是想快心里发急。

很快就出了汗了,但那急躁似乎更高涨起来了。工地上的老乡社员似乎也给他引发出一片狂躁来,尘土飞扬,吵吵嚷嚷。他们可能在向他学习吧,不错。

宋万银拦住了他。

他答应把电线架到野庄来。

他还想问那个活泼明亮的年轻妇女是谁,终于没问出来,怕太急躁了。

他说:“老乡们干劲不错呀!”

宋万银说话仍像一片呼啸,只能听清老乡老乡,他才发现自己终于说出了“老乡们”,心里更加焦躁,只想抽一支烟。掏出几颗花生来剥着吃时,没有嚼成满口香,只感觉到浑身的汗已经在变冷了。

风很大,尘土飞扬,眼前仿佛是很壮观的战场。

直到吃午饭时候,他才知道了这个年轻妇女是谁,原来是村干部老曹的老婆,心里多少有些失望,失望之后心里也就不再那么急躁了。

给他炒了四五个菜又开了几个罐头,也算是满桌锦绣了吧,而且居然也是一齐开花!年轻妇女把罐头炒菜一齐都摆满了桌,就像老谷给省上领导开饭那样。老谷能够满桌锦绣一齐开花,是因为事先派人到省上领导视察的前一站探听了消息。那里对省上领导也不小气,可惜在开饭方法上出了问题了,好菜不少却是一盘一盘往上端,两盘之间又隔得太久。领导只吃了第一盘菜,等第二盘端上来时已经要离席说吃饱啦你们慢慢吃。那里做东的县上领导慌了一齐劝说,省上领导只好又尝了一口,说饱啦饱啦还是离席走了。结果厨房里的许多好戏没能出台。探听消息的人回来说,省上领导的确没有生气,人家饭量小,第一盘菜吃了不少可那盘菜不算好。老谷说:“听他们鬼说吧,招待省上领导还能使用支应农村事宴的方式方法呀,上一盘菜,等众人争抢干净了再上第二盘?看他们那㞞架吧!你们听我的,咱是满桌锦绣一齐开花啦!”老谷的这种开饭法果然不错,省上领导说你们这里的饭菜很不错。虽说不错,领导到底也没吃多少,饭量的确不大。而且领导喜爱吃花生的消息也没有探听到。当然,老谷也够有功了。这位年轻妇女难道也到县上打听过消息吗?她还是够白净明亮。

她挨着小杨很活泼地坐进席上了。

宋万银说:“林书记先干一盅!”说完他咕咚一声倒了一盅酒进肚了。

明亮的妇女也说:“林书记我也干一盅!”她嗞嗞一声也咽下一盅。

他记得省上领导也喝酒,但说不喜欢干杯只喜欢随便抿几盅,干杯像打仗似的武斗似的太紧张了对不对,他觉得很对。

“好吧,我也抿几口,今天就取消干杯吧干杯太紧张啦打仗似的你们说是不是?”

说完,他咂了一口。

“林书记不行咂那么一点连牙也湿不了不行你是看尿不起我们农村老乡呀干了你得干了这盅酒!”

宋万银站起来呼啸,妇女是站起来走到他跟前把酒盅举到他脸前了。

“林书记你得干杯天冷干了暖和我都干了你不干还行!”

在跟前看这妇女的确够明亮的。

他说:“你们看这像不像打仗像不像武斗?还是随便喝点好吧干杯太紧张了对不对?”

“不行你得干了这盅!”

“不行干了干了!”

她真要往他嘴里倒了,十分像是武斗的形势,省上领导说得很对。但他不能把她推倒吧,只好从她手里接过酒盅喝干了。酒很辣很热,可她的手却很凉,她十分的明亮。

她离开他又去劝小杨干杯。小杨也不肯干,他说干了吧,小杨也喝干了一盅。她又去劝老米,老米惊慌失措了真用力推她,她却只是活泼地笑。

他说:“不能喝就不必强迫他啦。”

她说:“老米能喝瘾还大呢!”

他说:“老米,能喝就喝一点吧。”

老米更加惊慌了。

宋万银说:“老米你没有听见呀林书记叫你喝呢不要敬酒不喝喝罚酒!”

他说:“喝了吧。”

老米很惊慌地望了他一眼,只好喝了,喝得很顺畅,但一脸不安。

拣着吃了几口菜,觉得味道还不错,就说你们这里的饭菜还不错,才想到省上领导虽然说了饭菜不错,却仍然很快就说已经吃饱了,当时他觉得领导吃饭似乎有些急躁了吧。记得是咂了两口白酒两口色酒拣着吃了六口菜又吃了四五口大米饭曾经夹起一个水饺又放下了,然后就说吃饱了已经很饱,然后擦了嘴,然后掏出几颗花生来剥了丢到嘴里仔细嚼,似乎也嚼出了声音。现在他也有些急躁了,但不是想急着剥花生吃是急着想多吃几口菜,菜的确还不错。

“林书记来再干一盅这一盅是我宋万银敬你的你干不干由你吧是我敬你的!”

武斗似的干杯又开始了,形势更紧张更明亮。你说你是敬我,可你叉着腰瞪着贼亮的眼睛一脸激烈之气,这是不是在跟我斗呀,我喝啦干啦我不能不吃敬酒,有利的话都给你说啦你的酒可真辣真热啊,我也有有利的话有力的话对你说,我不能瞪眼不能站起身叉起腰但我有有力的话,你们的菜还是不错叫我再吃一口行不行。你不要动手你是妇女你动手我可不能动手呀,你也说你是敬我可动手干甚你的手冰凉你是妇女怎么也喜欢武斗,你没有瞪眼一脸明亮的笑,可你动手干甚是表示你活泼呀,我喝啦干啦你放开手吧,菜都是你炒的吗?暂停一下行不行叫我放松一下行不行,你们把形势搞得太紧张啦,省上领导不提倡干杯不提倡武斗,老乡们!真是太奇怪了,你们这里真有鬼吗?我抵挡不住总想使用老乡,老乡就老乡吧只要不再喊出口在心里放松一下还不行么,老乡们!你们鼓动老米敬我干甚,老米一脸痛苦是不能喝酒吧,不能喝算啦我也没有提倡你喝酒吧,你也敬我这样一脸苦相敬我,我记得你在这里蹲点有成绩,那个妇女在笑,笑得够明亮,可她在笑甚么我不明白,好吧我喝啦就为你的一脸苦相,老乡们！我还能拉车，省上领导不提倡干杯你们不知道吗？菜不错，小杨你不必敬我酒，你不能受妇女鼓动，你为甚么不先给我介绍这个妇女是谁？好啦我也喝了你这盅酒，只为我经常得念你的讲话，广大干部群众同志们老乡们，你们把形势搞得太紧张了，都坐下吧，不要武斗，你们太激动了！这哪里是敬我你们是都想武斗，尘土飞扬，一片狂躁。你说话像一片树林在呼啸，我甚么也听不清，你也笑得太明亮了，我是不能再干啦，你瞪眼我也瞪眼啦，你动手我也动手啦，老乡们！我来敬你们，我也会用敬酒的方式来斗你们。你给我喝，这是指示懂不懂，你先不用呼啸我听不清，很好，你咕咚一声不在乎？你呢，你不必给我笑，你的笑太明亮我能看清你笑里也是一片激烈之气，你的手也太凉了，很好，妇女也能喝酒干杯太激烈了！你呢，用不着惊慌，不能喝我就不强迫你啦，你不是老乡，要喝三盅？你太惊慌了我没有训过你吧，一脸苦相是因为甚么？三盅都喝干了你也太激烈了请坐吧，老乡。小杨你也喝一盅，你犯甚么愣又是在思谋甚么讲话吗，喝了，很好。差不多了吧，老乡们，省上领导早已经退席了，你不要呼啸，你不要动手，你又要来三盅，小杨你不能叫老乡们停止吗？尘土飞扬，一片狂躁，你们为甚么要这样激烈呀，真都想武斗吗，我们都去拉车吧，都去叫喊吧，我们的血脉里都着了火了，都去要求下一场雪吧！你的手太凉了，我真是不能喝啦，不要动手，你太明亮了，你也去叫喊吧，像一片松树林那样呼啸叫喊。

他忽然听见像有人在真的叫喊起来了，还以为不过是自己狂躁的愿望，就见宋万银跳起来冲到了老米跟前，像拖猪羊似的把老米拖走了，老米的确是在叫喊，他听不清是叫喊甚么。

他问："老米怎么啦？"

妇女说："没甚，他想吐。"

小杨也说："没事，他们出去解手去了。"

他就说："老米想喊叫就由他喊叫吧，你们听见我喊叫甚么了吗？"

妇女笑得很明亮，说："没有呀，林书记喝酒也不跟我们多说话！"

小杨说："林书记没多说可没少喝，差不多了吧？给我们上饭吧。"

妇女说："也没有多喝呀？"

他疑心他们听见他没遮拦地喊叫了，只是不敢告诉他。

宋万银回来时，后面跟着老曹端了两盘水饺，他才发现老曹一直不在席上。

"来，我来敬你一盅酒！"

"林书记我不会喝。"

"敬你一盅还能不喝？"

老曹就顺从地喝下了，喝了后显出一脸苦辣。

老曹也回敬他一盅，他喝了，心里就又涌起想去拉车去叫喊去请求下一场雪的愿望来。他夹起一个水饺想放下，但还是忍不住吃了，吃了一个又一个，大约吃了九个吧，才决定离席而去。这时他接住宋万银递来的一支烟，点着，急躁地吸起来，忘记了吃花生，只给那种急躁的愿望折磨着。眼里的宋万银还是仿佛第一回见到，听不清他那一片呼啸，年轻妇女仍然那么明亮，笑得太激烈了。他们很满意也很得意吧，因为又一次战胜了他。

他躺了一会儿，可能睡着了。

走的时候寻不见司机，忙乱了一阵老曹才说："他可能去找朱先号脉去了吧？我去叫他。"

他问："朱仙是谁？"

小杨说："村里的赤脚医生。不过号脉号得挺准，林书记你不号一号呀？"

他说："我没有病，号甚么脉！"

小杨说："朱先是老中医。"

宋万银就说："林书记我去把他给你吼来！"

他问小杨："那位妇女呢？"

小杨说:“休息了可能喝多啦。”

“喝醉了?”

“醉可能没有醉,她喝多了就浑身发冷可能又压了三床被子休息呢。”

“你知道得够清楚。”

“她男人说的!”

他发现自己又抽着一支烟,老乡们。

朱仙来给他号脉时候,叫所有的人都出去了。朱仙也完全是一个老乡,只是脸色很红润。

“首长身体很好。”

“没有甚么病吗?”

“没有。你二十三岁腿上出过血吧?”

“二十三岁?”

那年是负过伤,是大腿这条右大腿上,那是攻打八达岭。

“你受了惊,是黄昏时分。”

“受惊?”

扯淡吧,负伤时他连知道也不知道,血洇湿了裤腿才发觉了发觉以后也没有受惊,当时更不是黄昏时候。黄昏时候他已经躺在担架上给抬着走了很久了,记得还从担架上跌下来一回狠吓了一跳,以为又挨了炸弹。后来才知道是因为民工太笨,绑担架连个猪蹄扣也不会挽,挽的是笨透了的“老婆扣”,半路上绳扣松脱哗啦把他忽然给摔跌下来,真受惊不小。难道就是指这一惊吗?那时的确是黄昏时候,记得天边有火烧云就像炸开的炸弹,在惊魂稍定后他望着火烧云想到了自己的性命。

“首长娶了个瘦女人吧?”

“你说甚么?”

瘦女人,他老婆也的确是一个瘦女人,一直都吃不胖。这个朱仙连老婆肥瘦也能号出来,难道真成了仙了?肯定有人给他透露了消息,会是司机和小杨吗?他们能见到他的瘦女人。可他负伤的事并没有给他们说过,他在那个黄昏给笨透了的“老婆扣”狠吓了一跳，几乎没有给别人说过，他转业已经很久了。在那个黄昏，他望着火烧云的确想到了自己的性命。

“首长腰疼不腰疼？”

“有时候疼，不厉害。”

“你可以捡捡豆子。”

“捡豆子？”

“把豆子撒在地上，再捡起来，黄豆黑豆都顶事。”

”捡豆子干甚？”

“首长你身体很好。”

坐在汽车里归去的时候，他奇怪这个朱仙号脉怎样能号准那个黄昏。但小杨和司机问他号得准不准时，他庄严地摇了摇头甚么也没有说。可能酒力已经消退了吧他冷静了安静了，纠缠着他的老乡和花生就像几十年中无数曾经纠缠过他的问题一样平淡下去了，野庄支书的呼啸和那个年轻妇女的明亮也沉落到他天天都见到的无数男人女人中间去了，只是一直还想着那个黄昏。在那黄昏，他的确想到了自己的性命。

那天回到家里，他发现自己的老婆的确够瘦一点也不明亮。她发现他又抽起烟来，很吃惊也很生气，但他已经既不奇怪也不激动了。

后来，在城里甚么场合，他仿佛又见到过野庄那个年轻妇女，她也既不年轻也不明亮了。那似乎并不是很久以后吧，但他也没有奇怪，因为他正要去讲话已经顾不得奇怪了，只记得她皮肤白，所以还认得她。在野庄同她喝酒时，似乎曾经想过可以把她调到城里来安排一个适合明亮女人干的工作，那次在城里又见到她后再也寻找不到这个想法了，只匆忙同她握了一下手。

酒，他也仍然还喝，武斗似的喝法也常有。

第十三章

在年关将近的腊月里，他回忆着三次去上野庄的情景，一直回想不清楚。记得第一次去是在前年，第二次第三次都是在去年，今年没有去。今年野庄的典型材料是别人去写的，因为当时他跟着县上领导到外地参观去了，领导带他去很可能是认为他能喝酒。不过，也只隔了一年没有去野庄吧就会回忆不清楚啦？

的确是一直没有回想清楚。

他记得第一次去上野庄，分明是在阴历八月，因为刚过了月亮节，是从自家村里直接出发的，路上骑车走了很久。第一次走的路总是很遥远，一路都是绿色的庄稼，没有尽头似的。一路上很冷清，但他身上并不冷，骑车走了很久又有秋天的太阳，记得出了许多汗。衣裳也穿得不少，母亲说秋凉了，叫他一定得多穿衣裳，还说你不娶媳妇，自家该知冷知热。

他知道自己并不冷。

可她说你身上也是冰凉。

他知道自己身上并不冷，正热燥得厉害，仿佛血脉里真钻进了烟火似的。

她说你身上也是冰凉。

他说你身上为甚么这样冰凉你不是说不冷吗白天一直只穿着一件夏天才穿的单汗衫可现在已经是秋天了八月了?

她说我喝了酒跟你喝了酒。

他闻见了她满嘴腥气满身酒精气味还闻见了医院气味万金油气味只是闻不见女人身上该有的那种香味,你身上又细又滑一片冰凉没有女人的香味。

他说酒都是又辣又热大家喝酒都是想暖和身体为了发热你为甚么越喝酒身上越冷?

她说我身上要是不冷还找来你做甚?

她来找他原来就是为了叫他这样给她暖和身体呀?

她说你要只为了暖和身体不喝酒就可以啦白天你不喝酒的时候一直说你不冷。

她说我想喝酒我喜爱喝酒!

很可能直到那时他才终于明白了,她为甚么要喝酒,喝了酒又为甚么要说浑身发冷,原来是想叫人给她暖和身体。

他说你有男人,你不会叫他给你暖和身体吗?

他只会给我压三床被子。

他更加明白了,她为甚么在每顿饭的时候都要端来酒壶酒盅,他说他不喝酒,她仍然要端来,还说你要喝我就陪你,还说她也喜爱睡床,喜爱喝酒。那晚,他很可能早已经明白了,所以想跟着支书和老曹去听会,他们不允许他去,他真是又激动又害怕,明白她一定会来找他。那时八月的月亮已经不圆了但还是出来了照射到他睡的床上,他猛然回头看了看发现她穿的那双篮球鞋已经脱在了床下,给月光照得很清楚。他记得她说去给他烧洗脸洗脚水了,支书说老乡都不讲卫生身上积攒了黑泥脸上没有水色,可你是甚么时候进来的我没有见你端来讲卫生的水呀你怎么敢这样就脱鞋上床你一直一声不响,我惊吓得浑身都发热了你才说了那句话。

她说我浑身发冷。

你不是不怕冷吗?

他才发现她穿着一件单衫又披了一件绿色的棉大衣。

她说你火力壮你是男人!

他的血脉里就真像钻进了烟火热燥难耐激动不已,又害怕真会把血脉憋破了。

他说我不怕冷睡床睡惯了。

可她说你身上也是一片冰凉!

他身上怎么可能会是一片冰凉呀?难道也是因为喝了酒的缘故吗?他回想了多少次了,第一次去野庄他的确没有喝酒。她给他端来酒,一直劝他喝,他始终没有喝。他只闻见她满嘴腥气满身酒精气味还有医院的气味万金油气味闻不见女人的香味,她身上又细又滑没有积攒下历史的黑泥却是一片冰凉。

她说你身上也一片冰凉我找来你图甚?

我身上不冷呀我又没有喝酒!

我叫你喝你不喝一身冰凉我找你来图甚?

是你来找我不是我去找你吧?

她说你看是睡炕不是睡床吧?

那么,不是在第一次去野庄时候是在第二次吗?第一次去野庄的时候,他仿佛也没有见她喝过酒,她一直穿着很白的单衫说她不冷,脸上也一直雪白很水色并没有喝酒喝黄了脸。当时,她来寻他时没有端来讲卫生的热水,他发现她脸已经黄了披着一件绿色的棉大衣不是只穿着一件鲜绿的毛衣,后来闻见了她满嘴酒腥气又感到了她一身冰冷。有可能是在第二回去野庄时候,但他记得那晚八月的月亮虽然已经不圆了可还是终于出来了,照得西厢房里一片辉煌,他看清了她身上没有积攒下来的历史黑泥,可惜脸喝黄了身上也喝黄了,一片冰凉却不是一片雪白,他还以为是给八月那已经不圆了的月亮照的。

她说不是睡床睡的是炕。西厢房里没有炕只有床呀！

那晚，也可能是十月的月亮吧，十月的月光就是一片冰冷。

那晚她没有端来讲卫生的热水，支书说上野庄只有一股狗鸡鸡尿尿似的泉水，刚够老乡做饭饮牲口，指靠这点水连女人的皮脸也不水色了水是关键你懂不懂，所以她又端来了酒。

他问老米呢？

他回公社了咱们喝吧。

支书和老曹呢？

他们上工地了要夜战不用管他们。

他说我的血脉又憋胀得厉害恐怕会流血牺牲。

朱先不是说你能长寿吗不用害怕。

我不能喝酒。

我早就知道你能喝酒，我早就认得你了。

不可能吧？

我经常听你做报告。

那是领导不是我。

林书记还喝我的酒呢你怕甚么？

你也喝吗？

你喝我也喝！

你不怕身上发冷吗？

不怕，天冷了喝几口酒身上暖和。

你不是越喝酒身上越冷吗？

我是叫你暖和身体。

那晚他和她都喝了酒，那晚也只有他和她。

就在那个晚上吗？那晚，他觉得上野庄是那么遥远那么陌生，不记得有没有月亮。

你身上也是冰凉！

我已经喝了酒了还是冰凉吗?

还是冰凉。

我不相信,我的血脉里都着火了!

我不姓唐我姓杨。

我才姓杨谁都知道我姓杨!

你姓白我早就知道你姓白。

你才白!

他很清楚地记得,他对她说出了这句话。因为她一直雪白,雪白得仿佛不真实似的,他一直以为是他想象出来的,所以他终于喊出了这句话。可是,他第二次去上野庄的时候,她已经喝起酒来了,喝酒以后她的脸变黄了身上也全黄了,他还会激动不已地喊出那句话吗?那晚她同他喝了酒,她已经变黄了,而且那晚已经是阴历十月了。油灯吹灭之后,又没有月亮,他看不清楚她白不白,只能感到她的一身冰凉。他答应她也喝了酒,浑身的血脉已经热烫得快着火了,可她仍然说他也是一身冰凉不能给她暖和身体。她说不是睡床睡的是炕。十月的炕应该天天过火了,为甚么还说她冰凉他也冰凉?睡得可能还是床,可能还是在第一次去上野庄的时候。他清楚地记得,那晚很辉煌,他看清了,她的确是雪白,第一次他没有喝酒她也没有喝酒。

水是关键。

酒不是水么!

酒也是关键!

你是喜爱喝酒还是喜爱来找我?

是你从城里来找我呀!

是你从正房来西厢房找我吧?

谁知道你也是浑身冰凉!

那可能是在第三次吧?

第三次也喝了酒,大家都喝了酒。林书记也喝了不少,不像平时那么严厉了但也没有激动到底是领导吧，只是仿佛很伤心，他猜不出领导在伤心甚么。领导是不是听见老米的叫骂了？

他问老米在席上叫喊甚么？

她说他又在骂领导。

我怎么没有听清？

那阵你就急慌得坐不住了！

那时他急慌了吗？很可能。因为那一次她的确对他更热烈更放肆，没有挨着领导坐却挨住了他，当着领导和大家的面跟他热烈地说笑。他的确是又激动又慌张。她一直在劝他喝酒，甚至抓捏住他的手粗暴地灌他，领导说像是武斗。她喝了更多的酒。已经是第三次了他不能仍不明白。

他问林书记呢？

在西厢客房睡着了。

支书呢？

上工地了。

你男人呢？

他在看管老米怕他再跑回一号院来咒骂领导。

还有领导的司机？

司机找朱先号脉去了，你放心吧不用害怕。

那是在正房那里有炕没有床十一月的炕头也很热了那时也不是黑夜还有太阳照得窑里很辉煌他喝了酒觉得身上肯定不再冷了，她喝了酒脸上身上也没有变黄，他正要像老米似的突然叫喊一声好得很，可她还是说出了那句话——

你身上也是一片冰凉。

第三次也不可能了。应该是在一个晚上，那晚的上野庄叫人觉得很遥远，他一直走了很久才终于到达了，很久。第三次是坐了小汽车，没有走多久。应该是走了很久，把县城大院、他的村子，把领导、父母、媒人全忘记了，才终于到达，然后就有了那个辉煌的夜晚。你身上也是一片冰凉。

难道酒真的也是关键吗？

他知道母亲已经十分仇恨他了，连粗暴的咒骂也不再给他，只是说你想娶金枝玉叶还是等着娶皇上的娘娘。她甚至已经拒绝给他缝补衣裳了。他想问她：又是腊月了，你还想跑去唱秧歌吗？他没有问，因为一见面，他就不想问了。他们村里有井，井水不够甜但也不金贵，母亲的脸色却是焦黄的。他不记得母亲曾经喝过酒，只记得她以前唱过秧歌。现在，即使把秧歌给解放了，母亲也唱不成了。他也不记得以前母亲的脸色白过没有。妹妹的脸色也黄了，她已经生养了两个娃一男一女。他已经做了舅舅，也做了大伯了。

父亲也不再使用扫帚来扫地，只是每次见了面，总要叫住他："当官的，你站住！"

他只好站住吧。

"我这个老百姓能问你个问题吧？"

问吧，他不能不叫老汉问吧。

"我说，你今年多大啦？"

第一回，他上了老汉的当，以为父亲真记不准他的年龄了，就很诚实地说出了自己的岁数。

"狗日的你还知道你多大呀，我还以为你们当官的连岁数也不讲究啦连岁数也扫进茅屎坑沤成粪啦，你狗日的还知道你多大呀！"

老汉对他这一手成功了的计策，显然很得意，所以就一再使用，凡见面必得亮一亮这一手。第一回他中了计了，还惊奇老汉居然也会这样用计来收拾他，但他还能一而再再而三上当吗？可惜，他还是得一直中计上当，因为老汉对自己这用滥了的计策一直很得意，他无法叫老汉扫兴。而且，在忍不下的烦恼中，他更发现父亲的确是很高明地抓住了一个人人都不能不回答的问题，除非你真能把岁数取消了横扫进垃圾堆沤成粪。他只要还有性命，只要还没有憋破血脉流血牺牲，他就不能不回答老汉这个问题，不能不一直中计上当，野庄的朱先说他能长寿。父亲很可能也会长寿，母亲还曾经想叫父亲去参加工作，老汉也很自信地说他能下夜扫院，小山似的一捆青草，老汉仍能一口气从野地里背回来。他记得奶奶也长寿了。

腊月里，母亲不断布置他在城里买年货，像一道又一道的命令。

年货里也有酒。

他记得母亲不喝酒，父亲也喝不了几口酒。但年货里总有酒。村里城里的红白事宴上也少不了酒，大家都要像武斗似的喝许多酒。

他没有听见谁酒后叫喊冷。记得村里老乡下去淘井的时候都要喝酒，说是为了暖和身体。

“当官的，你给我站住！”

他又站住了。

“我是老百姓吃五谷杂粮的老百姓，我能问你一个问题吧？”

“问吧。”

“我说，你今年多大啦？”

“二十七。”

“狗日的你还有岁数呀？你们当官的还不取消岁数呀？快下道告示把你们的岁数取消了拉屎倒吧！春种秋收桃三杏四梨五年还知道吧？你们是化学人琉璃人是泥胎木偶吧？柏木还能沤烂铁皮还能生锈知道吧？狗日的你还知道你多大？春种秋收！”

年货里一直有酒。

办公室的谷头儿也给他当了媒人，那是在旧历九月。在九月，头儿就说：“你快拉屎倒吧憨后生，好赖拽住一个就拉屎倒吧！我给你说的这个闺女可不赖，我看你挑屎不出毛病来，拉倒吧不用再挑啦，就是她啦她就是你家婆姨啦，到腊月请我喝喜酒，听清了吧腊月都是好日子。她就是你家婆姨啦，明年生养个娃就姓杨啦，腊月我就喝喜酒，不过你得给咱计划生育，不敢一窝挨一窝生养，拉倒吧听见了没有。”

拉倒就拉倒吧，他早想拉倒了，他把她拉倒或者她把他拉倒，都行，他已经走了很久了，一次又一次出发，一直都在等待，又激动又害怕，害怕流血牺牲。

不过你用不着害怕，我能长寿。

她是谁呀？她是不是农业闺女，雪白吗，皮脸水色吗，热烈吗，喜爱唱秧歌吗，打过篮球吗，识字讲卫生吗，身上有历史黑泥吗？他全没有问媒人头儿。头儿也没有仔细给他介绍，只是说她不赖。

他同她见了面，是在头儿的办公室。他记得他走进去的时候，那里有许多人，有男有女，女人有三四个。他认为头儿是叫他挑呢，他没敢一个一个仔细瞅，因为他已经决定不挑啦，由媒人头儿介绍吧哪一个都行。他慌张地打量了一下，真觉得哪一个都行。

发现他进来了，大家也一齐兴奋起来一齐打量。他觉得那几个女人似乎也全都满意他。

你们都不要害怕，我能长寿。

"闲人都走，我们有正经事情要研究闲人都走吧，想闹洞房等腊月再来吧，闹洞房我有一手不是吹，等腊月都走闲人都给我走！"

闲人都给撵走了，只剩下媒人头儿和一个女人。他忍不住就很热烈地细看了她一下，不免吃了一惊。

你不要害怕，我没有喝酒。

"就是你们两个啦，我不用介绍了吧？你们研究吧都知道研究甚么事情吧不是研究生产不是研究春种秋收不是研究棉花养猪花生知道吧，也可以说是研究生产，婆姨汉也是有种有收，你们也不反对花生吧生男又生女，可不敢一窝挨一窝生产，得给咱计划生育！喝喜酒闹洞房可以下一次再研究，我可有一手你们得小心。"

他发现她居然很热烈地笑了。

你不用担心，我没有喝酒。

"小杨，我看你们还是到你的宿舍去研究吧，我这里像城门似的断不了有众人来往，去吧去吧都去吧！"

她就很爽快地跟着他来到他的单身小屋，跟得很紧，仿佛仍有一脸热烈的气息似的。他觉得自己的小屋里立刻就辉煌起来了。

她也雪白她也水色她也热烈，她笑得也媚人，她好像也有三十岁但显得很年轻。他不能相信这一切。

她也姓唐吗？她说她姓李。她也叫玉环吗？她说她叫玉团。玉环玉团是姊妹呀？不是一家姓不可能是姊妹。她娘家也在上野庄吗？她说她家在田村。田村在城东，上野庄在城北，她还未嫁呢不叫娘家。三十岁还没有嫁人呀？她说她二十四岁，知道他二十七岁。她是不是农业闺女呢？她说她在县上的文化馆工作。那么她也识字讲卫生啦？她说她是在城里上的高中。她真是在城里上的学！

她笑着说："你的床铺真不卫生。"

他就忍不住想问她：你是喜爱睡床还是喜爱睡炕？没有问出来，只说："你在文化馆工作，我怎么没有见过你？"

她就媚人地说："我见过你！"

她也说我见过你，他更加吃惊了不能相信这一切。

"你去过野庄吗？"

"没有呀。"

你不用担心，我没有喝酒，我血脉很热身上很热，不会叫你失望，我现在不是也够热烈大胆吗？

他忽然就问她："你喜爱秧歌吗？"

她说："我喜爱，我还会唱，我看秧歌也能唱新戏。"

当时他听了居然没有失望，反而是那么满意，似乎一直到那时他才终于放心了。后来回想起来，才明白很可能就是从那时开始他犯了错误。当时，他一定是把秧歌错当成篮球了，本来他应该问她喜爱不喜爱篮球却误问了喜爱不喜爱秧歌并且一点也没有发觉，她回答了喜爱秧歌以后他仍然没有发觉。他怎么可能满意她喜爱秧歌呢？秧歌不仅是淫词滥调，秧歌还是一个粗暴的女人。可他一听说她也喜爱秧歌就那样糊涂地满意了，一直没有再问她摸过篮球没有，以致使他后来又犯了粗暴的错误。

那个粗暴的错误，是在第一次见面时候还是在第二次或者第三次犯下的，他也回想不太清楚了。只记得就在听说了她喜爱秧歌之后，他对她便十分满意了，相信她真的是雪白水色热烈媚人，真的相信她识字讲卫生身上没有历史黑泥三十岁了还像二十四岁一样年轻，相信她在城里上过学喜爱打篮球，相信她去过野庄以前见过他认得他同他曾经熟悉得不同一般了。那时，他的小屋里也一直很辉煌，他忍不住地热烈又大胆着。

你不用害怕，我没有喝酒，我的血脉里已经着了火了身上热烫，再也不会叫你失望了！

当时他没有闻见她有酒腥气也没有闻见医院气味万金油气味已经闻见了她有女人的香味，一直焦急狂躁地想知道她身上冷不冷，甚么都知道了甚么都相信了就只有这一点还不知道！他已经热烈大胆地问过她你冷不冷，她也是说她不冷。那是阴历九月天气不热也不冷，可我是问你身上冷不冷不是问天气你还是说不冷不冷，你用不着害怕我浑身热烫但不会流血牺牲我没有喝酒！

他就粗暴地抓住了她的手。

她的手的确不冷也不是一团热火似的。她立刻满脸惊慌，脸色也不再雪白了像失去了水色。

“你喜爱喝酒吗？”

她害怕地摇了摇头。

“你为甚么不喜爱喝酒？”

她就惊骇地夺门逃走了。走时，她几乎把他拉拽倒，因为他还粗暴地发着狠劲抓捏住她的手忘了放开，给她拉拽得闪失了几步快要跌倒了才想起来松手，她也给他猛然闪失了一下跌撞出门外，仿佛是给他一脚踢出去了。

你不敢误会我没有那么粗暴我没有踢你我没有喝酒！

“狗日的你真是教条主义！我是叫你们研究喝喜酒没有叫你逼人家喝

酒吧？人家是闺女家能给你喜爱喝酒你真是教条主义，你狗日的学会喝酒才几天就强迫人家闺女喝酒，我喝的酒比你喝的水还多你不识抬举，教条主义！”

他挨了媒人头儿一顿狠骂，她再也没有来。这个粗暴的错误，他也一直回想不清楚到底是在哪一次见面时候犯下的。应该是在第三次，第三次是最后一次，在最后一次他把她粗暴地踢出了门就再也没有见过她。但她记得是在第一次就错误地问了她喜爱不喜爱秧歌，错误地相信她是喜爱篮球，一时就失去了控制飞起一脚把她踢出门去了。难道是只见了一次面吗？

你不能误会不能造谣我千真万确没有踢你也没有强迫你喝酒！

但年货里一直有酒。

可能不只是一次不只是那一个晚上吧。

第一次去上野庄时候，他没有准备发现她。他一直希望发现她又一直没有准备好，所以他见了她是太紧张了。人在紧张的时候都要发抖，第一次明白了父母是在打架，他都紧张得发抖了。冬天也会冻得发抖，特别是以前在腊月正月跑在野地里，总是给冻得浑身发抖。紧张得浑身发抖时，身上一定是冰凉的，因为是第一次。

第一次他的确甚么也没有准备好，只知道紧张发抖浑身冰凉，她不应该奇怪不应该失望不应该生气发火吧。她可能早已准备好啦，他记得她一点也不紧张，仍然很热烈很媚人很雪白，不激动也不害怕，从容爽快得叫他害怕，一害怕身上一定就更加冰冷了。

他说我是第一次。

她说她不相信。

我真是第一次见你。

你早就见过我。

你早就知道我喜爱睡床呀？

我知道你喜爱熬夜。

我不喜爱熬夜!

你喜爱看秧歌吧?

我不喜爱!

你喜爱我吧?

他没有说不喜爱,记得也不敢说喜爱,因为太紧张了是第一次。当时他发抖得厉害只想去解手。

他好像惶恐地说你喜爱吃西瓜吗?

不喜爱。

你喜爱吃灰菜吗?

我不喜爱。

月饼呢你喜爱吗?

不喜爱更不喜爱。

那时他可能想到月亮快要出来了,因为第一次是在阴历八月。

他说月亮快出来了吧?

她说我喜爱晒太阳不喜爱月亮。

你不是说不冷吗?

谁知你身上也一片冰凉!

不对吧很可能是他又错了把热烫误当成冰凉了,她身上并不冷一团炽热又细又滑,记得她一直说不冷不冷不喜爱多穿衣裳,她一直热烈得叫他吃惊。很可能是她希望他浑身冰凉吧,那时他激动得血脉里都着了火了身上也热烫得厉害。可那是第一次他太激动了又太害怕了害怕真会把血脉憋破了。

她说你见过我。

他说不可能吧?

我早就见过你。

那你喜爱我吗?

我喜爱喝酒。

第一次没有喝酒，谁也没有喝酒，也没有见到喜爱喝酒的老米。所以在第一次他没有敢问她喜爱不喜爱他，只问了你喜爱不喜爱西瓜和月亮，不明白她说他身上冰凉是因为她喜爱冰凉。在第二次、第三次他应该明白了，可惜一直没有明白。

窑洞里也粉刷得雪白，门窗上也有玻璃，也能闻见医院的气味，他一直没有记住墙上贴着年画和喜字没有，因为他还是太紧张了。窑里的确是炕，炕就靠着窗户，很大，占了多半孔窑，太阳和月亮都能照到炕上。炕上很硬但很热，铺着席子又白又滑，一直记不清铺了毡子没有，羊毛擀成的毡子不很白了吗？记得窑里比院地低了半尺，他进门时很可能闪失了一脚，但没有跌倒。他一直都能听见松树的呼啸，可能太寂静了。

他说风真大。

她说窑里冬暖夏凉。

他说怎么不把窗户上的玻璃遮住？

她说你不喜爱晒太阳呀？

他说老乡都喜爱晒太阳。

你是不是老乡？

我是老杨！

太阳不晒庄稼熟不了。

你也喜爱晒太阳？

你看我像只晒了三五年吗？

那你为甚么还这样水色？

我喜爱喝酒。

我也喜爱喝酒！

可你身上还是一片冰凉。

很可能是他记错了，她说他身上冰凉的时候并没有生气，只是笑了笑，笑得很热烈，声音很高，他吃惊极了而她说不怕。很可能她一直是说不怕不怕甚么也不用怕，不是说不冷不冷甚么时候也不冷。

你不敢笑得太响。

我不怕。

你不怕领导不怕父母不怕老乡不怕男人女人呀？给人揪头发被人活埋嘴含驴粪蛋在野地里受冻中计上当你全都不怕呀？

她说都不怕。

那你也不怕我的一身冰凉吗？

谁知你也是一身冰凉。

他一直很害怕甚么也没有记清，每一次都没有记清。

你不怕憋破血脉吗？

朱先说你能长寿。

你也能长寿吗？

我不怕长寿。

你也喜爱长寿？

我喜爱喝酒。

旧历十月一直是刮西北风，上野庄是在城北不是在城东，一路上一直是顶风，风不小也很冷，野地里也没有庄稼了树木也早不绿了，能望得很远，但也望不见尽头。这一次也走了很久一直望不见坡梁上高高挂起的那片绿，忘记了注意太阳更没有想到月亮，只觉得路很遥远只想走得更远。

在今年的年货里，他没有忘记买酒，是高粱酒不是薯干酒。

第十四章

他第四次去上野庄是在旧历六月，天气已经很热了。在五月，县上的领导林书记也给他当了媒人，记得是刚过了粽子节。在粽子节前的半个月里，他本来不打算急慌了。因为在春天他已经搞到一个体温计，几乎天天测量自己身上的体温。体温一直是三十七度，不热也不冷，所以他觉得应该放心了不打算再急慌以免白白折腾自家的性命。而且，粽子节也并不等待月亮，似乎也不是在等待太阳。老乡叫粽子节，识字讲卫生的叫法是端午节端阳节，可他知道谁也不是在等待五月的太阳，只是为了吃粽子。识字讲卫生的人说，吃粽子是为了不把屈原吃掉，因为屈原死得太委屈也太伟大。老乡们说吃粽子是为了驱邪解毒，可能因为天气热了人们身上暖和容易上火生出邪气毒气吧，所以除了吃粽子还给街门房门口插野艾，还给小娃们脸上抹雄黄酒身上挂香草荷包，香草同野艾雄黄一样气味够冲不过并不难闻像那种女人身上的香味。荷包缠满五彩丝线更美丽得好看。他天天测量体温不冷不热身上不可能有邪气毒气。他虽然识字讲卫生不是老乡了，但他也不想吃屈原，吃了屈原他能变得伟大起来吗？他不是伟大人物，所以也没有委屈。

他也不是在等待五月的太阳。

粽子节一天一天临近的时候，母亲照例又给他传来一道一道的命令，他本来打算习惯起来不再急慌。粽子叶、红枣、白面、猪肉还有酒，他都遵命搞得及时并捎回村去了。听说上野庄的黄米很黏，幸亏母亲没叫他去搞。

他的确不是在等待五月的太阳。

急慌到粽子节跟前，他还是出发了，但仍然没有喝多少酒，更没有像老米似的咒谁骂谁，也不是去上野庄。只回答父亲说他今年二十八岁了，还吃了几个粽子，因为他极力记住不吃粽子就可能吃掉屈原，也可能喷射出身上的邪毒。他守住了一片稀汤寡水，甚么大事也没有发生。

回到县上，他急忙测量体温，不冷不热很正常，正想放心，领导就给他来做媒。他吃了一惊，惊后便激动起来，祖宗先人们，这很可能就是他最高级最有水平的媒人啦，好得很。他想起母亲曾经对他说过，你相不中农业人的闺女不会到剧团挑一个呀叫县长给你挑一个。不知领导给他挑了一个谁。

林书记说："我看这回没有问题，你就把你的老大难问题解决了吧，你老不解决真成了问题了，这对你个人是个大问题但也不是十分复杂十分困难的问题吧？我看没有问题！"

祖宗先人们，难道母亲也像上野庄的朱先一样会预言呀？我没有问题。

林书记说："你是想成龙变虎还是想独身主义？"

谷主任说："狗日的你不敢再教条主义！"

祖宗先人们我没有问题没有邪毒，这是最高级的媒人啦，好得很。

同她见面以前，他又测量了一回体温，不冷不热很正常，不能再犯错误。

她也雪白她也水色她也热烈，她笑得更媚人，她好像也有三十岁了但仍像二十四岁一样年轻，好得很。

母亲真像上野庄的朱先一样预言得那么准确，祖宗先人们我没有问题。

他正要问她姓甚名谁，她就先对他说："我见过你！"

"我也好像见过你！"

"我见过你当然你也就见过我呀还好像甚么你可真有意思！"

说着，她热烈地笑了露出满嘴雪白的牙齿。他的确见过这雪白的牙齿，只是还不明白这是姓唐的牙齿还是姓李的牙齿，玉环玉团都有牙齿好像也都是雪白，都会笑都有女人的长头发。你是农业女人还是卫生女人？

他正想问她，她就又先说："你想起来了吧我见过你。"

"我也记得见过你。"

"见过当然就记得呀你可真有意思。"

她又媚人地笑了露出满嘴的牙齿，人人都有牙齿，她有牙齿又雪白一定刷牙讲卫生，女人都有长头发她一定是女人卫生女人，好得很。

"我没有问题！"

"谁说你有问题我说你有问题来？"

"我不是说我有问题。"

"那是我有问题呀？"

"我不是说你有问题是说我没有问题！"

"谁说你有问题你可真有意思！"

她又笑了。不管姓唐姓李都会笑，可见她也没有问题。她一见面就跟他讨论问题，可见她的确是识字讲卫生的女人，她也有雪白的牙齿。可父亲也知道世界上有问题，一直抓住那个无法逃避的问题不断问他，只是父亲的牙齿不白一直黄着不卫生。她有牙齿很白但也不能没有岁数吧，她已经三十岁了仍然像二十四岁一样年轻，可能岁数在她真不是难以逃避的问题？

"你也真有意思。"

"我有意思？你才知道我有意思？"

"你是有意思。"

"那你有意思吗?"

"你不是说过我有意思吗?"

"我是看见你有意思。"

"我也看见你有意思。"

"那你是真有意思啦?"

"你不是早说啦我真有意思?"

"我不是说那个意思是问你是不是真有意思!"

"你是说甚么意思?"

"你可真有意思!"

"我没有问题。"

"谁说你有问题来?"

"我不是说我有问题是说我没有问题。"

"你说的问题是甚么意思?"

"你说的意思是甚么问题?"

"我见过你。"

"我也记得见过你。"

她又笑了,的确是很熟悉的牙齿。她嘴里也没有酒腥气,但他也的确没有把她踢出门外呀!这一回更不能踢她,必须极力控制住自己。你身上很可能有邪毒千万不能再突然喷射给她,你也刚测量过体温很正常。她正常不正常呢?但你千万不能再去抓住她的手测量。想测量你已经有了体温计,它就在抽屉里,但第二次见面不能给她测量,否则她又会以为是你把她踢跑了。你真有那么邪毒吗?他闻见她有一种女人的香味,那也是为了驱邪解毒吗?他闻见了并不惧怕只觉得好闻只觉得激动,但你千万不能再去抓她的手。这回恐怕没有问题了,只剩下体温问题,以后再测量。不能粗暴,要用体温计。

但她好像在等待着他粗暴起来喷射出身上的邪毒,抓住她的手再把她一脚踢出门外。她已经惊慌起来了。

你不该害怕,我没有问题。

他觉得控制自己也越来越困难了,给体温和邪毒两个问题缠住难以逃脱,只想跳出来粗暴地叫喊一声好得很。他还是大声说了一声,又急忙问她第二次甚么时候见面。

她还在惊慌地等待着。

你惊慌甚么又等待甚么我没有问题也没有强迫你喝酒呀是等待我问你喜爱睡炕还是喜爱睡床吗教条主义。

“好得很没有问题!”

“第二次再见面吧。”

他没有看清她是失望了还是松了一口气,她答应了第二次见面以后就走了终于走了,走得仍然有些急促但无论给谁看见也不会认为是他把她踢出去了。直到她走后他才发现她只答应第二次见面没有答应在哪一天,她又逃走了吗?他急慌着追出门外。

门外只有五月的太阳。

在五月,她又来跟他见过几次面,但以后每一次的情形都和第一次差不多,除了记得天气一次比一次热,他分不清是只见了一次还是见了多次又是一个差不多一样的故事吗?他真应该问一问她喜爱吃甚么,不能先问喜爱睡床还是睡炕。

你不用害怕,喜爱吃甚么我都没有问题,你喜爱喝酒吗喜爱睡床吗?

千万不能再问她这个问题,只问吃甚么不能问睡甚么,这是关键。

可惜他还没有来得及问她这个关键问题,就进了六月了。

六月,领导派他第四次去上野庄。

这一次去上野庄,他的任务又不轻。谷头儿又交给他一份状子,状子又是告宋万银打骂老乡的问题,状子上又有领导批的铅笔字,头儿又说还是你去合适,所以他就疑心已经去上野庄调查过了,奇怪为甚么又派他去。

“我不是已经调查回来啦?”

“不是一回事你狗日的真是教条主义。”

“你不是交代明里写典型暗里做调查叫我当特务似的?”

“那是前年这是今年,你狗日的搞对象搞得连日月也忘啦?你给人家好好搞不敢再教条主义!”

“我没有再强迫她喝酒吧?”

“用不用我去给你请假?”

“跟谁请假?”

“你婆姨呀!”

“我婆姨?”

“不是你婆姨是谁婆姨,你快拉倒吧不敢再憨啦你好好搞,听清了没有!”

他听清了,这才有些明白今年这一次和前年那一次原来不是同一次。那一次他很害怕派他去因为他很想去,这一次他没有怎么害怕因为他已经不怎么想去上野庄了。可见应该是两次不是同一次。

状子上也只列举了一个事例,这个事例他没有听说过,与以前听到的许多故事很不相同。故事一定是发生在冬天,因为状子上说很陡的瓦房顶上净是霜雪,谁爬上去都不愁不滑跌下来摔成一堆稀泥。日恶的宋万银强迫电工爬房顶,滑了一跤又一跤。到底摔成稀泥没有,他寻了半天,状子上一直不交代。只见旁边领导批了一行铅笔字:作风太粗暴可查处。谷头儿又批了一行钢笔字:安排查处所幸未死人如死坏事变好事。还有领导批字说:还是不死人好同意查处。又有批字说:作风死人早有教训速查处。他很想也批几个字:可能会死人。但状子上说,全村男女老小都能证明,那天宋万银强迫他们都去看电工爬房顶,瓦房顶立陡,净是霜雪,群众看得同仇敌忾吓白了脸,宋万银蹲在阴凉底下抽洋旱烟。所以,他又想如批字可在此处批:太野蛮了似此种强迫老乡观看死人还无先例请查处。可惜旁边的空白都给领导头儿的批字占满了,拉倒吧。而且,这个故事到底是发生在冬天还是夏天?冬天才有霜雪,夏天才有阴凉,状子上又有霜雪,又有阴凉,就是不交代发生在哪年哪月哪一天,真是老乡。状子末尾的具名又是上野庄老乡。老乡们,冬天我去过你们上野庄可以证明冬天那里没有下雪,不过很可能你们是对的,历史上不可能只有一个冬天是不是?

看到第三遍时候,他发现状子上的笔迹还是太熟悉了,越看越像是自己的笔迹。狗日的你也太野蛮了你以为给我喝酒住一号院睡床我就不敢告你的状只敢写你的典型呀?你忘了我也识字讲卫生也会写状子。他完全可能写出这份状子,但他记得并没有写过这份状子。状子写在做洋灰袋的那种牛皮纸上,用词造句和语气也不像他的,但笔迹太像啦。是不是有人想陷害他呢,也可能是有人在学习他?

头儿交代这次可以亮明旗帜,明里暗里都一样不用当特务啦。宋万银还是请他住进了一号院。

西厢房里已经安上电灯了,她还像二十四岁,只是脸很红。不能说是我陷害了你。

"有两年不来我们野庄了,挺想你!"

的确是雪白的牙齿,你脸红是太阳晒的吧,不敢再这样热烈。

西厢房就是瓦房顶,但不陡更没有霜雪,只是一片六月的太阳。

宋万银说:"房顶出水陡不假,大队办公室驻扎在庙里老杨你可以去落实。"

这就明白啦,他一直在想上野庄除了一号院有瓦房都是土窑洞,他把庙给忘了。

"是冬天吗?"

"去年腊月。"

"下雪了吗?"

"头一天没有下第二天下了。"

"哪一天爬的房顶?"

“头一天爬上去往房脊上安了两个高音喇叭第二天又爬上去拆卸下来。”

“是你下的命令？”

“你说我不下谁下？”

“你不怕滑跌下来摔成一堆稀泥吗？”

“不怕，狗日的本事大呢。”

“没有滑倒吗？”

“不滑倒还算本事大呀？”

“滑了几跤？”

“一跤又一跤，本事大呢。”

“危险不危险？”

“不危险还算本事大呀？老乡可以给你证明，他们都亲眼见来。”

“是你召集老乡们去看来？”

“是我集合老乡来，我不集合他们也得去，不如组织他们正经参观省得谁给踩着脚谁给挤倒歇工伤再说误了谁观看还落埋怨你说是不是？”

“太成问题了。”

“不成问题狗日的本事大呢，没这么大本事我能用他当电工吗你说？”

“电工是谁呀？”

“状子上写清了吧？”

“没有交代清楚。”

“就是朱先家大小呀，你可以去查证落实。”

“朱先家大小？”

“你可以去查证落实，那狗孙本事大呢，本事不大我能叫他去管电，电是甚么你知道吧？”

宋万银一直靠墙蹲着，笑眯眯地眨着眼皮，问一句答一句，不再像以前那样大风里着了火似的。他以为这狗孙可能真犯了错误了，心里正失望呢忽然发现狗孙的圆眼还是贼亮，才开始疑心自己可能又中计上当了。你不用假装得这样老实，你早该跳出来破口大骂了吧早该踢倒板凳跑出去追查写黑状子的老乡吧，不过你也可能中计上当呀这份状子要是我写的你能认出来认不出来？万银却连板凳也不坐一直靠墙蹲着像老乡似的，但笑眯眯地不像害了怕而且眼睛贼亮越来越亮，一直很安静。

他更看不明白她对他起了疑心没有，她仍然给他笑也像以前一样热烈，只是本来雪白的脸现在很红。她仍然脸对脸陪他吃饭，也同原先一样上酒。

"我不喝酒。"

"天热不喝也行，我也不喜爱喝酒。"

"老米没来吧？"

"他当了公社的一把手了，还常来就是忙得顾不上多来啦。"

"你说他常来又说他不多来？"

"常来多来一样吧？你吃吧我们挺想你，不是娶下婆姨了吧？"

"还没呢。"

"你也是晚婚模范。"

"模范捞饭一屎样。"

他发现自己给她说了一句不卫生的话，心里一惊，惊后又激动起来了，只怕会粗暴地去抓住她的手测量她的体温。狗日的你身上真有邪毒，你不是早知道她身上冰凉了吗？你不用脸红，我已经有了婆姨了。你们女人全一样呀！

他出了不少汗。

电工说他真是朱先家大小，朱先真是他爹。他看见电工也的确很像朱先，脸色都一样红润。你也会预言自家的性命吧知道爬又陡又滑的瓦房顶跌不成稀泥是不是？

"你滑了几跤？"

"没记住。"

"危险不危险？"

“电有危险。”

“我是问房顶上的雪?”

“野庄不常下雪,那天正好下了雪,给我爹说对了。”

“你爹早就知道你有危险?”

“没说,只说要下雪,老汉们都说要下雪,我没有记住。高音喇叭是新的,支书就发了火。”

“你不觉得太危险吗?”

“我挣得就是这危险工分呀!”

“老乡们都去参观你来?”

“杀猪宰羊牲灵配种众人看高兴呀,我能管屎住他看不看。”

“老乡们参观你时秩序好不好?”

“我只顾自家的性命了没注意他们秩序不秩序。”

“听说是宋万银集合老乡们参观你,是不是?”

“我又不是干部怎么知道,我在房顶上,他们都在房底下。”

“都说你本事大。”

“没本事也不敢当电工吧!”

“你的确本事大。”

“你不是叫我当模范吧? 模范捞饭一屎样。”

电工和朱先长相的确一屎样。

朱先说他不给家里人号脉,天天见面的人号不准。危险不危险,那天他没有去参观。他只见天阴得重知道要下雪,给大小说了,狗日的不听。新机器给冻在庙顶上你不爬上去拆卸等甚么?

“你快娶婆姨了吧?”

“还不一定呀!”

朱先没有说出状子是谁写的。

老乡们都说电工本事真大。

宋万银说老乡都本事大。

他给领导汇报后,领导们最后说要注意安全。林书记问他今年上野庄的庄稼长得怎么样,他说不错。

他只是站在大队办公室驻扎的庙顶上朝村外瞭望了一阵,望见一层一层的翠绿,知道庄稼长得不错。那天宋万银一定叫他上房看一看,房上出水的确够陡,房脊两厢的兽头上也的确是捆着两个高音喇叭。当时,宋万银正钻在办公室对着扩音器讲话,从高音喇叭里传出来的声音又像是大风里着了火了,他站在瓦楞上感到很危险,所以也没有瞭望多久。宋万银好像是喊叫村外庄稼地里的老乡锄地要有水平不要到处解手。

有一天歇晌时候,她想叫他去看一看庄稼,说玉茭长得又密又绿。他说他站在高处瞭望过了没有去。临走时,她的手也很热了。

回来,又和自家婆姨见面,发现她的确跟上野庄的那个女人一㞗样,一样雪白一样年轻一样热烈,好得很,所以他就决定把她叫作自家婆姨啦。

她说:“你走了几天,我挺想你。”

都是一样的话,他就说:“好得很!”

她惊慌地笑了笑。

你不用惊慌我没有问题。这时候,他只觉得一身的邪毒又快把血脉憋破了。你的体温没有问题吧婆姨,我已经决定叫你做婆姨啦所以你也不用再害怕我粗暴不粗暴,我必须得测量你的体温你不要害怕不要惊慌你不是跟她一样吗,她一直在笑没有逃走没有给我踢走,我踢你你不能惊慌,我一身邪毒你不能害怕都说你是我婆姨。

他不再顾忌努力粗暴地抓住了她的手。她好像惊叫了一声还极力想抽出手但没有逃走。她雪白的脸也红了跟上野庄女人更一样啦,但你的手为甚么不冰凉?不冰凉也对头她的手也已经热起来了跟你的手一样,你身上也是冰凉吗?

“放开你放开!”

“我没有问题!”

"你快放开。"

"好得很!"

"你再不放开我就走啦!"

"没有危险你不用怕。"

她忽然就使出了一种同样粗暴的力量把他拉拽起来仿佛要给甩到门外去,他不由松了手,她闪失了几步,但没有摔出门外。

"没有危险你是害怕甚么?"

"我走啦!"

"再也不来啦?"

"再也不来啦!"

"跟去年一样?"

"一样。"

一直到这时他才有些明白了。

"去年冬天真是你呀?"

"我不是早说过我见过你。"

"你姓甚叫甚?"

"你可真有意思,我不是早给你说过我叫李玉芝,林书记也给你说过吧!"

"去年冬天那个跑了的叫玉团呀?"

"是谷主任给介绍的吧?"

"对呀,也在这里见面我只跟她握了握手她就吓跑啦;还几乎把我拽倒真够劲大!"

"那就是我呀,你才劲大你才真够野蛮!"

"那天你说你叫玉团。"

"我明明说是叫玉芝,自家的名字还能说错?你可真有意思!"

"你在甚么单位工作?"

"我早告诉过你。"

“文化馆?”
“我在照相馆。”
“去年你说你在文化馆。”
“去年我也对你说是在照相馆。”
“照相馆?”
“对照相馆,归饮食公司管。”
“那你娘家是哪村的?”
“田村,我给你说过吧?”
“田村是在城北还是城南?”
“在城东。你不是说还去下过乡吗?”
“这就对了,我记得你娘家在田村。去年你也是这么说的吗?”
“是呀,我能有几个娘家,你可真有意思!”
“那去年你就有了婆家啦?”
“挨刀货你是挨刀货!”
“我不是开玩笑,这是关键问题懂吧?”
“挨刀货!”
“那你是只有娘家啦?”
“谷主任林书记都给你介绍过吧?”
“去年是谷主任介绍,今年是林书记介绍,这没有错吧?”
“错不错你还不知道?”
“都是有水平有权的媒人,好得很。”
“我还请过妇联主任呀,你忘了吗?”
“也是当媒人?”
“介绍人。”
“给谁介绍?”
“给你介绍呀!”
“介绍谁?”

“介绍我呀你可真有意思！”

“甚么时候？”

“前年春天，你真忘啦？”

“前年春天？”

“枣树发芽的时候。”

“那回也是你呀？”

“你真忘啦？”

“我记得那回也是白脸圆眼，可你说你在农业上工作！”

“你可真有意思，我说我在照相馆工作，妇联主任也介绍过吧？”

“我记得她还批评我看不起农业女人，我说我能看起，她不信，一直给她说不明白。”

“那回你问我喜爱不喜爱唱秧歌，我说喜爱呀，你就不同意了，妇联主任是批评你太挑剔！”

“不对吧，那回我是问你喜爱不喜爱篮球！”

“你明明是问秧歌！”

“不对吧，我记得是问篮球，你说你没摸过。”

“你可真有意思！”

“那回真的也是你？”

“不信你去问妇联主任！”

“你请的媒人都有水平！”

“没水平我打不倒你呀。”

“好得很！”

他本来很奇怪，三个有水平的媒人给他介绍的三个婆姨原来都是一个人，他居然就没有发现像喝醉酒了连真假也分不清啦。不过看着三个婆姨越看越像是一个人，很可能本来就一直是一个人吧不用奇怪啦，跟上野庄那女人也有可能是一个人，以前给介绍过的所有女人也有可能都是一个人。可能谁都知道他的婆姨就是这个人，只是没有人给他说，只有朱先说了。不用奇怪了，这个女人好得很，雪白圆眼水色年轻又热烈又劲大还能请到一个比一个有水平的媒人，本事够大。

“你本事真大！”

“你可真有意思。”

“你也真有意思！”

“你是甚么意思？”

“你是我婆姨懂不懂？”

“你是挨刀货！”

现在甚么问题都没有了，只有一个问题还没有问她，想问就可以问，现在已经没有危险啦。

“你喜爱睡床还是喜爱睡炕？”

“睡床干净睡炕暖和对不对？”

“对，你喜爱甚么？”

“你喜爱甚么？”

“我喜爱睡床。”

“我也喜爱睡床。可你家有树做床吗？”

“木材我给你搞。”

“木匠呢得请个好匠人吧？”

“我给你搞个好匠人。”

“请来匠人谁侍候人家吃饭？”

“你会做饭吧？”

“我会照相开发票。”

“我还得写检查。”

“那就睡炕吧睡炕暖和。”

“垒炕也得请匠人吧？”

“你不会垒炕吗？”

“我会做报告。”

“那就请匠人吧。”

“泥匠也得侍候人家吃饭吧？”

“我做饭，你得烧火吧？”

“我烧火，你得捡柴火吧？”

“挨刀货叫我到哪去给你捡柴火？”

“那还是睡床吧。”

“睡床也得吃饭吧？”

“你喜爱吃甚么？”

“你喜爱吃甚么？”

“我喜爱吃西瓜。”

“西瓜能吃饱吗？”

“那就再研究吧。”

“你真有意思。”

“好得很。”

他拿出体温计来叫她测量一下，她也只说了一声挨刀货，没有测量。

第十五章

他想在国庆节办喜事,父母死活不同意,说他早也不着急晚也不着急偏偏在这挑日子上着急太没风水,一定叫在腊月办喜事说腊月里都是好日子。

他只好去请示领导。林书记说国庆腊月都可以叫他自由做主。他又问领导喝不喝他的喜酒,林书记说这也由你自由做主,我不包办。他没有听明白是甚么意思。

他又去请示谷主任。谷头儿说:“你狗日的真是教条主义,你不会国庆腊月都办喜事呀!”

“你是说可以办两回喜事?”

“你办十次八次也不犯法呀,我还能多喝几次喜酒怕甚么!”

他又问头儿那闹洞房呢还参加不参加闹他的洞房,头儿说你办几次我就参加闹几次吧这有甚么办法?

他想了想觉得办两次喜事也是个有水平的办法,不过最多也只能办两次再多就太劳累啦。

因为觉得头儿这个办法已经相当不错了,所以他没有再去请示妇联主任，妇联干部都想嫁一个军官。

最后请示自家婆姨，她说："谷主任的意见不错，只是从国庆到腊月中间有四个多月呢，我不能在城里当你婆姨回村再当你对象吧？"

"那还不一㞞样！"

"你真是，四个多月谁也能看出来啦。"

"头儿说喜事办几次也不犯法。"

"你也真是，都定在腊月办吧，先在城里办再回村里办，就这么办吧。"

"你的办法也不错。"

"把我调到文化馆到底能办不能办？"

"我正在给你办。"

"国庆节以前能办吧？"

"国庆腊月都可以由你自由做主。"

"我想国庆节以前办。"

"这也由你自由做主我不包办。"

"你不包办谁给我办挨刀货！"

"我正在给你办。"

"好得很。"

办两回喜事，日子都放在腊月里挑，这个方案很不错。他回村给父母汇报了，父母很高兴。

母亲说："我说腊月好腊月好你偏不信，你看看还是腊月好吧！"

父亲说："我说你不用着急你还不想听，再着急也不在乎这几天吧？"

他们好像终于胜利了似的，他想问母亲你说腊月好是因为你还想唱秧歌吧又想问父亲你说不用着急到底是你着急还是我着急你天天问我的岁数是不是着急，不过他们高兴也是傻高兴他只给他们办一回喜事，他自家要办两回喜事呢，腊月跟腊月不一样。村里的喜事汇报了，城里的喜事保密呢，他不会那么傻，所以他也很高兴。

母亲说："你们先在国庆订婚，到腊月完婚。"

父亲说:“对。”

他说他是自由结婚不用订婚,没有说他是新式结婚要办两回喜事。

母亲说:“不先订婚咋能完婚我的祖宗先人!”

父亲也说:“你不先订住算谁的人我的祖宗先人!”

他不低头,你们不能得寸进尺吧?

母亲说:“你不想费事也得引你媳妇上大街给她扯一身衣裳吧,哪怕给她先买块头巾呢她就成了你的人了,这是乡俗。”

父亲说:“不管你买甚东西,先把人订住!”

父母也不低头,他打算再去请示一下媒人们,不过再一想就答应了父母。他可以给她买块红头巾先把她订住,但她也得给他买件东西把他订住。这是男女平等,你们没有这样的乡俗吧。父母又一次傻高兴,他是真高兴。

回城来又给自家婆姨汇报了。婆姨同意给她买东西,但说只买一块红头巾不行太便宜啦。他说给她买的正经东西多呢那是另一回事跟这回事不一样,她说怎么不一样反正一块头巾太便宜,他说这是仪式只表示意思不在于东西贵贱。她说那也是贵比贱好吧你能说贵贱都一样?他说你想贵就给你贵,不过你也得给我买一件东西。她就骂了他一声挨刀货。他给她讲解了这是为了不同于老乡的乡俗是新式仪式表示平等的意思。她听了又想了想就说你可真有意思,同意了。

“那我也给你买一件便宜货!”

“可以呀越便宜越有意思。”

“那你就还是给我买块红头巾吧。”

“好得很!”

“你说给你买甚么便宜东西?”

“你自由做主。”

“那咱们上大街去看吧!”

“那得挑一个日子呀,我挑上了国庆。”

“你不是说要新式吗？不用挑日子啦就今天吧今天天气挺好。”

“今天？你说就今天？”

“我自由做主就是今天啦！”

“好得很！”

上街以后，他发现天气很热，抬头一看天上只有太阳没有云彩。他问婆姨今天几号啦，她说只记得是阳历八月不记得是几号。

“你不是天天开发票吗还不记得是几号？”

“发票上不写日月也行，你管它是几号！”

“好得很。”

他真给她买了一块鲜红的细纱头巾。他付了钱发现售货员不知哪里跟自家婆姨有点相像，就不由从他手里夺过红纱巾和包装纸自己亲手把它包好了，心想售货员是男人怎么会跟自家婆姨有些相像呢？婆姨接住他包好的红头巾很兴奋，的确是雪白媚人热烈年轻呀，好得很，他已经把她订住了。他没有再敢瞅那个男售货员，拉了自家婆姨匆忙走出了百货铺。

在八月的太阳下，她兴奋地问他："给你买瓶白酒行不行？"

“我不喜爱喝酒。”

“我记得你说过喜爱喝酒呀？”

“现在天气热不能喝。”

“那现在我也不能戴头巾吧？我自由做主啦。”

自家婆姨很兴奋地把他拉进了副食铺。这里都是女售货员，但他发现她跟她们都很熟悉，所以他坚决不让她买酒。她说那给你买一斤点心可以吧？他说点心可以。但他发现她跟称点心的女售货员更熟悉又说又笑，他就不可遏止地产生了一种欲望，只想跳进柜台去亲自称点心。看了看柜台不低又是玻璃的，怕跳不过去，而且跳进去很可能会给她们笑话吧，只好牢牢盯住女售货员的一切动作，等她一称完，他就立刻夺回来亲手包扎起来。女售货员有些奇怪，他婆姨却不奇怪，说："你眼色不赖，可你会包点心不会？"

他说他喜爱参加劳动。

他婆姨和女售货员们更熟悉地笑起来了。他猜不出她们笑的是甚么意思。

好像就是从这一天开始,一种见甚么想参加甚么的奇怪欲望就一直无法遏止下去,为甚么会产生这种奇怪的欲望他也一直想不明白。可能是因为那天的仪式太便宜太新式了吧?他在机关大院的食堂吃饭还是同往常一样没有新式也没有便宜,可他一样遏止不住总想夺过炊事员的勺把亲手盛菜盛饭。还当真夺过几次一头伸进了卖饭口,炊事员都熟悉他没有拿勺头敲他的头,由他参加劳动,他自己掌勺也没有多占便宜。可惜炊事员们不同意他一直参加,说不是对他有意见是怕大家都参加不好办。他只好极力忍耐住,但别人盛的饭菜咋吃咋没有滋味,所以有时候还是断不了会不顾挨敲一头伸进卖饭口。后来,炊事员把他汇报到谷头儿那里去了,头儿说你们也是教条主义,叫他进伙房吃饭不就拉倒啦,他想掌勺由他掌省得你们劳动还怕甚么!吃饭的问题算是解决了,他很敬佩头儿永远都有好办法。可他除了想参加吃饭还渴望参加一切营生,仿佛以前甚么也没有参加进去似的,这给他带来不少苦恼和麻烦。

那天他跑到婆姨的照相馆参加开发票,一直还想参加照相,他们死活不允许。他就决定等到他们回家吃饭时候再参加,他们说给顾客照坏相片不好交代,他说给自家婆姨照一回相行不行?婆姨问他真会照相呀,他很生气连你也不相信吗,决定等待机会参加给她看。可惜还没有等待很久,头儿就派了小车来把他拉走了,司机说上级来了大头儿了领导叫他快回去做记录。他对司机说那让他来开车吧,司机笑了笑然后骂他不想活啦。他一直也想参加开车,所以回骂了司机一句你才不想活呢。给小车拉回来,又劈头挨了头儿一顿训骂。他也想参加训骂,但想到头儿对自己的好处一时不知该训骂谁。

上级的大头儿讲话很精彩,县上的领导全都低头在记录,他知道他们低头记录只是做样子,真记录是他。但他又难以遏止地想参加讲话,照相可能是外行，讲话他可是内行，像大头儿似的讲这么精彩他能办得到。你们不相信可以叫我试验一下实践一下，这里气氛太严肃都是领导头儿还有上级大头儿你不敢太冒失了老杨，你只要跳出来大喊一声好得很，看谷头儿不能像扔死猪似的把你狗日的从窗户扔出去才算你本事大。你们也不能太小看我吧比这再严肃的气氛再隆重的场面我也敢讲话，开车照相我可能水平低讲话我是内行吧谁也知道，同志们老乡们。他忍不住了终于大声咳嗽了一声。可能爆发出来的力量太大了吧，在场的领导头儿还有上级的大头儿全都停止了一切来集中听他这一声咳嗽。他正想高兴却又忍不住先跑出去解手去了。

谷头儿跟了出来，又劈头骂他是教条主义叫他把咳嗽先积攒起来等做完记录再集中咳吧。但他还是遏止不住仿佛早已积攒满了不得不大声咳嗽了几次同时跑出去解了几回手，心想不能参加讲话还不能参加咳嗽呀？可能他咳嗽得也够精彩，所以在第三次爆发之后，谷头儿也紧跟着大咳了一声，后来领导头儿甚至连上级的大头儿也全都忍耐不住跟着咳起来了。这样，他就很放心地参加到一片咳嗽声中去了。事后，谷头儿对他说："狗日的你是咋啦八辈子没掏你那肚肠里的茅粪啦我叫你憋住你狗日的偏往出咳又像炸雷似的你不怕吓着领导人？你不知道坐的都是领导人？我又不能当下给你狗孙一脚只好跟着你也咳吧，又幸亏咱们的领导聪明，见我跟着你咳起来就明白了我的意思，赶紧也跟着我咳起来，这才扭转了局面。你知道我这是用的甚么计？虱多不咬人懂不懂？咱们全都咳嗽起来了，上级领导总不能脱离群众吧，他也咳了几声，我才放心啦。今后你见领导人以前先把肚肠里的肥料掏干净再说记住记不住？"

头儿永远都有好办法，他很敬佩。但你能不能想个办法叫我也参加一回讲话？

除了讲话，他还想参加扫院打字广播跟人吵架给人打针除了坐月子可能甚么都想参加。他很苦恼，幸亏自家婆姨没有见怪，有时骂他一声挨刀货，更多的时候是说他真有意思。这种情状一直持续到腊月以前，所以办喜事的一切准备事项,他都亲自参加进去了,相信没有中计上当。

不到国庆节她就从照相馆调到文化馆了。调到文化馆之后,她就给姐姐写了一封信,说她已经把那个像姐夫似的男人打倒了,腊月就要完婚,不知姐姐姐夫能不能回来参加结婚。想说她要办两回喜事真有意思这是像姐夫似的男人提出来的主意,城里先办村里后办领导要参加要求姐夫也回来参加,但想来想去不知该怎样表达。是先说办两回喜事还是先要求姐夫回来,总想不通顺,就决定不写办几回喜事了只写要求姐夫回来参加结婚。又想这个意思前面已经写上了再写一回怕又要引起姐姐的不高兴,就决定都不写了。接下来只写家中都好都同意姐夫似的男人,她的工作也调到文化馆啦以后可能唱秧歌,是姐夫似的男人给她调动的真有意思,他说调令上的红颜色公章是他亲手盖的,不过这句话她觉得没有必要写上。这时候,她停了笔从头又看了一遍,发现半片信纸上还是姐夫二字太多了,就决定揉了这张信纸重新从头写起来,姐夫姐姐,不对,姐姐姐夫,也不妥当,只写姐姐二字起头吧。

姐姐你好问不问姐夫好不用问了免得姐姐你疑心我已经把姐夫似的男人打倒了这里也不用写姐夫二字啦我已经把那个男人打倒了打倒二字也是姐夫的说法使用不使用呀不使用打倒就使用相中吧我已经把姐夫似的男人相中了又错了又写上姐夫二字啦使用相中也不妥当应该使用他的说法姐姐你好我已经把那个男人订住了你知道他是谁像姐夫似的我怕你误会不提姐夫二字了只写成把那个男人订住了腊月就要完婚到时候不知姐夫不提姐夫不知你们能不能回来参加结婚你不要疑心是我要求他回来结婚这是家中的意思家中都好不用你挂念家中也同意那个男人家中也觉得他跟姐夫似的我也很好已经调动工作到了文化馆姐夫说可能要解放秧歌我就要求调到文化馆了不知姐夫同意不同意我要求他回来也只想问一问这件事姐姐你可以放心是那男人给调动的真有意思调令上的公章还是他亲手盖的呢我也很好已经调到文化馆是那男人给调动的姐姐你放心家中正在秋收急盼你们回来又错了急盼你回信。她又重头看了一遍,半片信纸上已经没有明显的姐夫二字啦，但有两处原已写上了又涂盖上一团墨水怕更会引起疑心，干脆再重抄写一遍吧千万小心姐夫二字。

给姐姐写完信，她忽然就很想再写一封信，自由做主地再写一封信，但想来想去再也想不出一个可以收信的人了。敢不敢给毛主席写一封信呢？她一直听说可以给毛主席写信也时常听说有人给毛主席写信，有人写信是告状有人写信是报喜。她不告状县上的书记主任都是她的媒人工作也调动美啦又订住了姐夫似的男人她去告谁的状呀？我不告状只报喜可以给毛主席写一封信吧，不知道给毛主席写信应该怎样开头毛主席你好你工作忙吧这样写怕太简单太稀汤寡水啦得隆重热烈崇拜，毛主席是红太阳最伟大一定也最忙呢，我可不是想给你添麻烦只是给姐姐姐夫写了一封信以后还想写一封信想来想去再想不出一个收信人了才想给你写一封信，都说除了敌人谁也能给你写信我不是敌人是人民成分上也没问题，我知道在全中国全世界数你最忙啦，谁都给你写信光看信也够你忙呀你得多保养身体营养好也得注意身体，我不是敌人不想累坏你的身体不告状只报喜就写最伟大的不是伟大是最有意思的一两句话，你放心累不着你。最伟大的毛主席你好你工作忙吧你要注意身体已经写了一句话啦最多再写一句话，给红太阳写信更不能提姐夫二字，也不能提换了三个媒人才给姐夫似的男人订住了，三个媒人都是领导干部对我很关心很喜欢，但还是不提为好因为只能再说一句话说了媒人好就说不上我的喜事了，喜事定在腊月办能不提办几次，但总得提一下跟谁办喜事吧一个姐夫似的男人，我换了三次媒人他都没发觉可真有意思，毛主席你好你工作忙吧你要注意身体，腊月我要跟一个男人办喜事啦，已经两句啦就这样两句吧不知你能不能回来参加，不能再写这一句毛主席不跟你沾亲不能参加你结婚，就那样两句啦最后写上万寿无疆。

她又从头看了一遍，对这两句话很满意，没有写上相中姐夫似的男人换了三个媒人腊月办两回喜事男人真有意思只是个头太高怕以后费布票等这些乱七八糟的话，只有干干净净两句话。她心满意足又兴奋异常，就跑去见了自家男人，叫他给写一个信皮，她不知道毛主席的地址，自己的字也没有男人写得美。

男人一看就变了脸，慌忙随手把信撕了又揉成一团扔到地上立刻又捡起来四处瞅了半天大概瞅不见一个好地方吧最后丢进嘴里去了，像嚼馍似的细细嚼起来。

她开始生气了但越看男人越像姐夫似的，眼前的行动也十分像，就忘了生气只觉得他可真有意思。

他把那片信纸嚼烂咽下肚后，就又跟她讨论起睡床睡炕问题。

他说不能再拖啦得赶紧决定下来。

她说在城里睡床在村里睡炕。

他说以后怎么办？

她说垒一盘炕再打一张床。

他说好得很。

第一回喜事办得很新式，大家都坐在会议室里像开会似的，只是会议室里的火炉比平常开会时烧得旺。因为火炉是他亲自生的，公务员要生他不放心亲手生了果然炉火烧得邪旺。会议室里也比平常干净卫生，他亲手打扫擦抹了一遍。头儿说不要教条主义啦，所以没有奏乐也没有唱国际歌他原来一直以为可能会奏乐，也没有贴一个红双喜字。他和自家婆姨朝领袖像鞠了一躬，大家就坐下开会了。林书记讲话说你们要计划生育要相亲相爱，吃了一颗喜糖又说他得去给别的会议讲话了对不起，点了一支喜烟就走了。谷头儿讲话更简单，他说大家吃糖抽烟，谁有笑话故事今天可以公开讲一讲，这是乡俗今天可以不分大小，笑话故事也可以不分好赖。

大家开始吃糖抽烟，糖烟还有酒也是他亲自到糖业烟酒公司买回来的。自家婆姨今天也仍然雪白年轻他更放心了，现在也没有甚么憋胀的愿望了，只想去伙房亲自参加置办酒席，不会炒菜可以洗菜烧火吧，你们先开会吧我去伙房参加劳动。他又看了看火炉仍然烧得邪旺，看看屋里也干净卫生，觉得完全可以放心去参加劳动啦，忽然又望见了自家婆姨，感到还是观察一阵再去参加为好。

谷头儿说今天又不是开会怎么没有人发言谁带头发言讲故事今天不分大小不分好赖。

婆姨就说她可以带头先讲一个故事,他便有些放心不下了正想自己先带头发言,她已经很激动地说起来了。

"我听我姐夫说,有个地方有个领导给大会讲话,念开幕词时候拿错了文件等念完了才发现是闭幕词,他很后悔,只好在散会时候补念了开幕词,你们说失笑人不失笑人?"

他听完放心了,见大家也没有怎么笑就更放心了。

谷头儿说:"开幕闭幕差屎不多,谁先谁后问题不大,你没有带好头教条主义。谁还发言?"

他忍不住想参加发言,就讲了上野庄的一个故事。没等讲完就挨了头儿一顿骂。

有人讲了一个儿媳妇的故事,有人讲了一个和尚的故事,有人讲了一个疯子的故事,还有人讲了一个长工的故事。头儿说都不精彩。

有人叫他讲跟自家婆姨恋爱的故事,他又忍不住想给大家讲讲三个媒人介绍一个婆姨的故事,但头儿说都是教条主义不用讲大家都知道拉屎倒吧。

后来大家都讲起农村闹鬼的故事,自家婆姨也参加进去讲了一个。这中间他一直在忙着照看火炉,因此火炉一直很旺。

酒席持续了很久。八人一桌每一桌也似乎都在讲各自的故事。他一直忙于参加端菜倒酒,没有参加讲故事也没有听完整一个故事。这中间,自家婆姨一直在陪着三个媒人喝酒。她好像也很能喝酒,但他对此没有怎么注意没有留下多少印象。

大概是酒宴进行到一半时候,他听见有人忽然站起来大声喊了一句好得很,接着是瓷盘落地的声音。他慌忙循声去寻找以为是老米呢,却见谷头儿挟着林书记冲出饭厅去了。

"领导怎么啦?"

妇联主任说:"没事呀,可能接电话去了,你快坐下吧没事。"

婆姨也说:"领导方便去了没事你坐下来吧。"

他看看饭厅里,酒宴仍在照常进行,每一桌都继续在说各自的故事,并没有人惊奇仿佛甚么也没有发生过,也可能真的甚么也没有发生。

头儿很快回来了并说:"没屌事你坐下喝酒吧。"

头儿跟他干了三杯酒,就叫婆姨给唱两句秧歌。他听见头儿叫自家婆姨时好像叫成了玉环玉环,头儿也是念错了吗?但谁也不惊奇,也可能是他听错了,玉环玉芝玉团都差屌不多吧。

她真给头儿哼了一段秧歌。他能听出来婆姨哼的是《卖烧土》里的调儿,词儿却是平田整地世界和天安门,他听见很不顺当就忍不住也参加了,给头儿哼了一段真正的《卖烧土》。

婆姨说你可真有意思。

妇联主任说你们男女平等都唱得好。

谷头儿说好得很。

他没有发现自己原来也会唱秧歌,也没有发现婆姨和妇联主任是甚么时候走的,他一直在听头儿讲话听得很认真,连参加劳动也忘记了。

"我喝的酒比你喝的水还多你信不信?我要不是犯过错误早就当上书记了你信不信?我说大官比小官好当官越大越好当你信不信?我放过羊揽过工也享受过荣华富贵你信不信?我给你说你婆姨不错你看见她香不香?不香?你胡屌说吧不过女人也香不了几天你信不信?我给你说你不敢犯错误我不是说政治错误你能犯了政治错误?不是我小看你我喝的酒比你喝的水多你狗日的犯不了政治错误你信不信?连我还犯不了政治错误呢不用说你一个憨后生啦,我给你说你得小心犯男女关系这种错误,我不是说你作风赖我是说你得小心。政治错误不给你犯也包括我,偷人抢人杀人放火你更不敢也没那本事吧,你想想给你剩下甚么错误啦?就剩下一个男女错误叫你犯了你信不信你敢不敢?我给你说不是敢不敢是只给你剩下这一个错误等你去犯呢你信不信？死人才不犯错误这是谁说的？活人都得犯错误你是活人吧你不能不犯错误吧可其他错误又不给你犯只剩下一个男女错误等着你犯你信不信？你得小心，不过小心也不顶事你是活人吧，我要不是犯过错误早当上书记了你信不信？我要当上书记也不会犯错误要犯就可以犯政治错误啦。我给你说我当上书记肯定不会念错开幕词，你知道吧我早把开幕词闭幕词这一套给取消啦为甚么？就怕领导犯错误，不是我看不起领导是错误等着领导去犯呢你信不信？开幕闭幕闭幕又开幕连环套本来不分先后，谁要想分就去犯错误吧，我给你说一般领导还都想表现自家聪明，不聪明还能当领导吗？可一聪明就想分先后一分先后就正好去犯错误，我喝的酒比你喝的水多你信不信？你跟了我多年我没叫你写过开幕词闭幕词吧也没有支持你犯男女错误吧你还没有犯过吧以后万不得已犯了也千万不敢给我汇报你汇报了我不好办记住。你给我说你看我聪明不聪明实话说说吧，聪明？你又胡扅说吧我其实真是聪明你信不信？你说信我看你还是不信，你看我喝了多少酒啦但我的记性没有醉，我给你背一段文件怎么样？不想听文件那给你背老三篇怎么样？老三篇你也会人人都会那你说吧给你背甚么，今天是你的喜事喝了你的喜酒非给你背一段不可，你听着后生维神武功彪炳伟烈昭垂建大节于千秋振英风于六合忠诚正直丽河岳而长留智仁通功与日星而炳耀洁馨香而令祀德量同符肃俎豆以明禋心源如接惟祈歆享先鉴精诚尚飨，狗日的你能听出我背的是甚么文件吗？开幕词以前旧社会纪念关老爷时候的开幕词，你听不懂吧不过我背得一字没丢，小时候背会的到如今还能背得一字不差你相信了吧我其实真是聪明，要不是犯过错误我早当上领导了你信不信？”

他相信了，他一直听得很入迷但心里又很安静。的确没有听懂头儿给他背了一段甚么文件可相信了头儿的记性真好，也相信了男女错误并不要紧他一直相信自己已经犯过这种错误了。头儿好像也犯过又说不能不犯，所以更加安静下来了。这时他发现其他桌子的宾客大多也散去了，就只想去收拾杯盘碗筷，但头儿仍在喝酒仍在讲话，他只好安静地陪着喝陪着听。头儿的确能喝,他今天也喝了不少可不苦不辣不热真像喝水似的,头儿一直说我喝的酒比你喝的水多。

他问头儿甚么时候去闹洞房。

头儿说拉倒吧拉屎倒吧。

他说拉倒就拉倒他也太劳累啦。

头儿把其他想闹洞房的人也打发走了,说今天拉倒啦以后再闹。大家像终于等到散会似的高高兴兴地走了。

婆姨已经熟睡,他很冷静地看了半天,一直没分清她是三十多岁仍像二十四岁,还是二十四岁就像三十多岁,这也是连环套吧不需要分先后大小。拉倒吧他也很劳累了想到过几天还得回村再办一回喜事就赶紧睡熟了。

第三部分

第十六章

他进城开了几天会，会议伙食扯淡领导的报告也扯淡水利局长更扯淡，还是一口咬定上野庄没有水，说你们可以打旱井。打旱井还用你发明吗老乡早发明啦真是扯淡，看等我升成县长不收拾你才算本事大。他已经够生气啦开了拖拉机跑回野庄还没有喘气，曹主任就对他说老乡们又给松树磕头上供献呢。

他一听就觉得血脉快要憋破了。

“从哪一天开始的？”

“昨天才听说。”

“听谁说的？”

“昨天我回河头听我母亲说的。”

“你是从河头听说的？真扯淡真是扯屌淡！”

“回来我调查落实过，真有这事。”

“我是说你真扯屌淡连一棵松树也守不住，满地供献你看不见吗？”

“白天干干净净。听说老乡们是上了供献然后磕头，磕完头就把供献撤走了，怕给公家发现把神灵撵走。”

“你听谁说的？”

“听我母亲她落后呢。”

“你落后不落后老乡们都运动到河头去啦你还不知道，你是不是公家人你连一棵松树也守不住，你派民兵站岗了没有？”

“派了，从今天黑夜开始站岗。”

“站岗能顶甚么事老乡们本事大呢，你给我调查清楚，到底是从哪一天开始的，我要准确日期你懂不懂？”

“知道。”

“我要准确日期几月几号不要昨天明天前天后天懂不懂？”

“我知道。”

“你赶快去调查！”

曹主任听了他的指示后慌忙走了，他觉得心上消了一口气。你沉住气怕甚么没有甚么了不起，谁这么聪明竟然也学会了造神学会了偷偷躲在黑暗中接受老乡们上供献崇拜，可你狗孙知道这是谁发明的吗？真够胆大啦敢跳出来给你师傅耍这一手，不简单。你说是谁把我这一手传给你的不用害怕坦白从宽，我说话算话坦白出来不动你一根汗毛你懂不懂。宋书记这里面有问题吧你宣传过你发明的造神经验吗？没有呀，他很仔细地想了一遍就肯定了没有给任何人宣传过。那回是老米领导破案只说好得很，他如果给老米暴露了造神的经验，只这一份功劳老米很可能就搞到副团长当啦他自己呢至少得晒四十小时太阳不能喝一口水。他会这么憨吗？后来他掩护曹主任磕头更不会给他宣传，你一说漏了曹主任就不会给你磕头。也肯定没有给她交代过，就是跟她在野地里晒太阳的时候也没有给她交代，心里想说我就是神但没有交代出来。父母老婆娃更不需要交代。县上来的老杨盘问得仔细，但他没有给他介绍造神的故事。给上级汇报给老乡讲话也肯定没有揭露，自家揭露自家就是老乡也不会这么憨吧。狗日的很可能野庄又出了一个了不得的人物，也有可能是真有神灵来啦。无神论咱，肯定是又出了一个有水平的人物了。

好得很,他已经激动起来了。

宋书记你不需要生气上火应该高兴才对吧,你不是一直寻找不到一个可以斗争的敌人吗?不是敌人也可以只要有水平能跟你正经交手,斗争它几个来回过一过瘾,哪怕下河滩谁能把谁的狗头砸扁砸烂都可以。我原以为老乡中间总会有几个好汉吧,不敢跳出来反抗也敢背后捣乱吧,都是稀软,简直不需要交手。你骂也好踢也好罚他晒太阳也好全都是稀软。只有本家三伯跳出来想反抗还没反抗成就稀软了,还给人说是苦肉计真会扯屎淡。曹主任会写文章也是稀软只听从指示不跟你交手。朱先像神仙似的也不出来交手,朱先的大小本事不小没有从房顶滑下来可也不跳出来交手。你一直不知道是谁给县上告状,很可能就是这个了不得的人物。上野庄还能有谁呢屁股大一个农村你差不多一个挨一个都实践过了全是稀软。肯定是出了一个有水平的人物又隐藏得很深,好得很,我先把你挖出来再跟你交手这才过瘾。我实话给你说我不是跟你有仇有冤我只想跟你交手谁砸死谁都问题不大,我一直寻不见一个有水平的对手。老乡们都是稀软黄土圪梁也是稀软吃不住我建设,你看我已经建设出水平地亩来啦。你要真有水平能把我砸死真是好汉那就请你干吧你可以给老乡建设水利。会不会是她呢?她有水平有水色但也没有交手就同意晒太阳了,他原以为总得斗争几个回合吧,简直就没有斗争。肯定是出了一个了不得的人物了。

这一份激情,他觉得已经有几年不曾有过,好得很终于有了对手。

他当下给干部开了会,大小干部都说老乡们的确又在给松树磕头。他问他们谁有线索,都摇了头,都是稀软。他又问曹主任查清准确日期没有,曹主任说正在查,那你就查吧你要能查出来你就是那个了不得的人物啦你能查出河水倒流呀!他对他们说,都得冷静都得给他沉住气不允许打草惊蛇懂不懂?

不久,米书记也从公社打来电话询问这件事。

“你不要给我打草惊蛇懂不懂?”

“我懂，好得很，你看给不给县上汇报？”

“我给你说不要打草惊蛇你懂不懂？”

“好得很，我开个会叫大家保密。”

“开群众大会是不是？”

“好得很！”

“开会是宣传还是保密你说？”

“可以宣传保密，也可以不开会，好得很，我知道你有办法。”

“好得很！”

当晚他就采取了一系列的机密行动。天黑以前他指示电工停了全村的电并传出话说是全县停电以免引起那个有水平的人物疑心，然后他又亲自挑选了一个平时最能睡的老乡去站岗。他曾经考虑不派民兵去站岗，但又考虑到曹主任已经派了民兵，那个人物一定已经知道了这个情况。忽然又不派了肯定会怀疑他采取了行动，所以决定派照旧派民兵但派了一个最爱瞌睡的老乡。这一步棋那个人物不知能不能看透，按一般脑筋想既然是第一次派出民兵那一定是挑选一个眼尖耳长不喜爱睡觉的吧，岂不知他是挑了个最喜爱瞌睡的老乡听说这狗孙能一口气睡四十多个钟头不动一动。把这个睡瞌货派到松树跟前以后，他又安排村里的大小干部都集中到庙里开会，汽灯马灯都点起来一定搞得明明亮亮。开会的气氛也要热烈但不能气愤要欢喜，热烈又欢喜叫那个人物看出开会与松树神灵没有相干，特别要叫那个人物相信他宋书记始终都在领导大家开会，其实是唱空城计。他曾经考虑挑一个老乡来装扮自己领导大家开会，可惜像他的老乡不好挑选，那些人都是稀软，扮得不像反倒容易引起那个人物的疑心。他不是普通人物，那个对手也不是普通人物。他在天将黑没黑时候从一号院走出来，尽量显出没事又很忙的模样从前街走向大队办公室，然后在那里换成老汉们的打扮。等到天一黑下来就尽量悄没声地走出大队然后出村，在村外再等到天色更黑暗了以后秘密潜入到村口松树跟前。但不能太靠近也不能离得太远。如果是夏天有庄稼就好啦可惜是春天庄稼子种刚刚入地还不知发芽率高不高呢,好在没有月亮天色够黑暗。他甚至想好了如果发生意外情况比如给手电的光亮扫住了,他就伪装成一个来求神的老汉,迅速跪倒伏地磕头。

总之一系列行动都是既机密又周密很有水平。他感到太有意思啦狗日的这跟逮特务也差屎不多,不过你放心我不会把你当成特务捆到县上专你的政。春天了天气还真不暖和,风停了也没有露水天色够黑暗,因为要化装成老汉逮特务,所以又不能披大衣。甚么声音也没有,松树黑影静静地挺立着好像甚么都知道啦。

他听见了打呼噜的声音,知道是民兵瞌睡了,心里很满意。但除此之外,没有任何响声。根据他的经验估计已经有老乡来磕头上供抠树皮了。老乡们做这种营生本事大绝不会弄出一点声音来,可那个人物不会不暴露出一点响声吧?比如咳嗽一声或是撒一泡尿,你蹲一夜能不撒一泡尿呀你水平再高也不能高到一夜不尿的程度吧?他是早有准备啦晚饭没喝米汤只吃了几颗煮鸡蛋,听说以前新媳妇坐轿怕憋不住尿就是吃煮鸡蛋。但那个人物也有可能做了这种准备吧?

你得沉住气不敢弄出响声来,天气真不暖和,一直没有响声只有那个民兵打呼噜的声音。你不敢瞌睡,放心吧瞌睡不了,腿都蹲麻啦狗孙你还真有水平。他渴望着一种响声渴望着一个人物出现渴望着一场厮斗,所以一种激情早钻进血脉里去了,他一点也不瞌睡就像一只等待猎物的野狼。

甚么响声也没有,一直等到后来起了风,松树开始在风中呼啸起来,民兵打呼噜的声音已经听不很清楚了。他估计快到后半夜了,因为春天的风到傍晚就停了歇到后半夜才重新刮起。很可能那个狗孙是估计到这种情况了,前半夜就没有出来睡到起风之后才出来接受老乡们的崇拜,如果真是这样那这个人物的确水平不低。他吃了煮鸡蛋也早憋不住尿啦天气不暖和,现在起风之后他可以撒尿了,但那个人物的响声他也很难听见。

狗孙你还真有一手,你得沉住气老宋。但他的血脉里早积攒满了渴望厮斗的激情,直想冲出去一把将那个对手揪出来。但你冲出去恐怕连一个磕头的老乡也逮不住,这个人物比老乡有水平,万不得已时候这狗孙也会钻进磕头的老乡中间隐藏起来。宋书记我不讲迷信可老婆非得逼我来她肚寒呢我敢不来吗不来她就离婚呀你说我不来能行吗我给你做检查,那人物一定会装扮得很像,狗孙。

天更黑更冷风更大了松树呼啸得也更激动,两腿麻木得厉害,他得想一个办法吧。

他担到第三担水时候,阳婆就慢慢爬上来了。第一担水第二担水是给牲口担,第三担水第四担水是给家里担,第五担水第六担水又给牲口担,天天都是担到第三担水时候阳婆爬上来,担完第四担水在家吃清早饭,吃完早起饭再去担第五担第六担水。给人担水不挣工分给牲口担水才挣工分,不过他喂牲口不是为了挣工分,是因为这一辈子甚么都不喜爱只喜爱喂牲灵。牲灵们也都喜爱他,不管是挤奶的奶牛还是耕地的黄牛都喜爱他。你们喜爱我就应该知道我出村下沟担水不容易吧,可一个个都死能饮水,就像庄户人家的子孙一般一个个都是吃不饱撑不死的大肚汉。你们都不怕我担水担得累死到半路上呀,一个个憨吃傻喝,真是牲灵。每天担到第三担水时候,他看见阳婆慢慢爬升上来了,就总要想到杜大夫家的奶牛并不是这么喜爱饮水。杜家后院里有井,他记得那时每天打不了几桶水。城里的井水不够甜没有村里的泉水好喝,可人家奶牛天天挤奶呢奶都是水化的呀。婆姨们坐月子全凭稀汤寡水地喝才下奶,你们又不下奶也不过撒几泡尿出一身汗吧不知喝那么多水为甚,泉水好喝也不能一心想把我给累死到半路上吧,真是牲灵。

担到第三担水时候,他开始感到担水的路途变得遥远起来,所以也总是在这一次才发现阳婆慢慢爬升上来了,想到牲灵们太能饮水,同时也看清了村外的黄土坡梁一年比一年修建得整齐了。这是女婿的功劳,自从女婿迁回野庄这黄土圪梁就一年比一年有看头了,当然也有宋万银的功劳。可女婿没迁来时候你宋万银只是一个队长,女婿有文化还是女婿功劳大。

在担到第三担水的时候，他总会想到女婿的功劳。想到这里，他又会觉得自己是在给女婿担水，女婿是全上野庄的主任，牲灵们也都是女婿的，所以他担水不能嫌路途遥远。满眼一年比一年有看头的圪梁地亩也是女婿的，他必须把牲灵粪保管好，种地不上粪等于胡屎混，他懂得这个道理，支书不交代他也懂得这个道理。要牲灵多积肥不多吃草喝水不行，所以你多切几捆草多担几趟水还不应该吗？他不嫌路途遥远，只恨牲灵们放开肚肠吃喝了肥料产量也没有增加多少，奶牛吃好喝好牛奶就挤得多，你们拉屎撒尿比下奶还难呀，真是牲灵。都说懒驴上磨屎尿多，他喂的牲灵们懒是不懒只是屎尿出产得不多。

他曾经给女婿说过，可以进城去拉粪。女婿说城里的粪还不够城关使用。他说他可以多喂牲灵多出产粪。女婿说人畜吃水有问题。他说你不能打几眼井呀？女婿说宋书记正在搞水。

宋书记他不敢指望。他只能一步一步往回担水，不怕路途遥远，他记住是给女婿担水不是为了挣工分心里觉得很神圣。在这个艰难的时候，他想到朱先并没有一个当主任的女婿，又想寻思出一种办法能叫牲灵们多出产肥料。

把第三担水倒进自家的水缸里以后，看见自家婆姨含着两眼生泪从灶火的浓烟里闪出来吸气。她甚么话也没有对他说，他也没有想出甚么话需要给她说。自从女婿迁回野庄住进一号院又当了主任以后，他和自家婆姨就没有甚么话需要说需要吵需要对骂的了，日子又安稳下来了他很满意。每天给家里担两担水回来吃三顿饭不需要说甚么话，夜晚几乎都是在饲养院里睡，日子好过得多啦，每天担回第三担水来，总能看见她含着两眼生泪从浓烟里闪出来，便知道没有麻烦又像昨天前天一样好过。他就放心地挑起桶去担第四担水了。

阳婆在慢慢地升高，村里担水的人也多起来了。相互碰见也没有甚么话需要说。

今天，有个老汉给他说："计官，你不是腿疼吗？黑夜去磕头没有？"

他说没有。

“去吧，磕头比朱先扎针省事。”

“我没叫朱先扎过针。”

“我是说我。”

“我不腿疼。”

“那你一定磕过头啦？”

“你才磕过头。”

他生了几分气就快走了几步错过了这个老汉。腿脚走起来还很轻快，他不需要去磕头也不能去磕头，因为女婿是主任。这几天到饲养院去歇懒筋的人们都说起磕头的事，他想制止他们说这事谁也不听。他想把他们撵走谁也不走，狗日的们只好咒骂他们啦谁也不能不听他的咒骂吧，他怎么会去磕头。

阳婆一步一步爬升高了。

在沟底等候接泉水时候，又有人说起磕头的事，他不想听但又不能咒骂他们，因为这里不是饲养院。他专心盯住泉眼，泉眼隐没在不大的水池里看不分明了。自从女婿当了主任以后，水池已用洋灰抹得齐楚啦，可惜泉水仍然不旺仍然是只会少不会多脾气没有变。担水的人一多，水池里的水就越来越少，可一夜没人担水，池中的水就总是那么些永远不会满得溢出来。听说是以前有个婆姨在泉水池里洗过一回脚，从此泉眼就不旺啦，真该拿镰把敲她。他记得泉水最多只涨到二尺深，多少人量过多少次从来没有超过二尺深。他相信这里才有神灵，要磕头为甚么不给泉眼磕头？村里没有留下给泉眼磕头的规矩也不知道因为甚。女婿当主任修了洋灰水池，可惜泉眼还是不肯发旺。

担到第四担水往回走的时候，他就甚么也想不到看不见了只觉得担水的路途太遥远了，就像遥远的庄稼岁月永远没有尽头，腿疼起来了脚也变得沉重，不知道自家能不能走到尽头。也许他真应该去磕一个头，可惜现在他除了喜爱牲灵还喜爱女婿，为了牲灵他应该去磕头因为磕了头就能给牲灵们担水了，让它们喝个够，但为了女婿他不能去磕头因为女婿是主任反对磕头。你是主任就不能在饲养院给我打一眼井吗？野庄人不会打井你是河头人又有文化又认得县长你不能给我打眼井吗？阳婆已经高了，还仍然是没尽头的路途，真该拿镰把敲她，他相信自家走不到尽头了每一步都舍得出力。

吃早起饭时候，谁也没有说话。

吃完饭他也没有需要说的话，婆姨却说话了："你不要着急去死我问你，我敢不敢去替闺女磕几个头？"

"你去磕头做甚？女婿是主任。"

"我为了叫他们生养。"

"女婿是主任。"

"我替他们去磕头。"

"你能替他们生养？"

"你快欢欢喜喜去死吧！"

"女婿是主任。"

"主任就不能生养后人呀？"

"你叫他们去磕头嘛！"

"怕他们不去。"

"你不是够厉害吗？"

"你快欢欢喜喜去死吧！"

"你不敢去我去吧。"

"你快去死你的吧这是你做的营生吗？"

"你的营生你又不敢去！"

"谁说我不敢去？"

"你说的谁说的？"

"你才不敢去！"

"你才不敢去！"

“我不敢去。”

“知道你也不敢去！”

他担起桶担又去担第五担水去了，心里想你去吧叫民兵逮住才高兴。可她会不会给女婿丢人呢？不会吧民兵都知道她女婿是主任逮谁也不会逮她。还是她说得对主任也得生养子孙主任更得生养子孙，这回又是她会巴结女婿，你也快欢欢喜喜去死吧。

第五担水第六担水他担得很顺畅，每天都是这两担水担得顺畅，可能是吃饱肚了也可能因为是给牲灵们担水，他喜爱牲灵也喜爱女婿。

宋书记给他分析说，村里肯定隐藏着一个人物，一个不能小看不能轻视很有水平很有本事野心不小胆量不小又狡猾又力气大的人物，必须把这个人物挖出来但不能打草惊蛇懂不懂？

他懂了。给宋书记一分析他明白了这一回松树显灵与前一回根本不同，那回可能是真有神灵可能是老乡们迷信，这一回却是有人捣乱而且是一个不能小看的人物在阴谋捣乱。他说这个人物是想破坏野庄的大好名誉吧，宋书记说不只是破坏名誉那狗孙是有野心想接受老乡们的崇拜。

他问：“谁崇拜他呀？”

宋书记说：“老乡们都去磕头了还不是崇拜是甚么你还不明白呀？”

“老乡们是给松树磕头呀？”

“松树背后站的是谁？”

“老乡说是神灵。”

“神灵是谁？”

“老乡们的迷信。”

“鬼，神灵就是那个人物你还是不懂吧，我给你说那个人物对老乡说你们快来磕头吧松树又显灵了，其实哪有神灵是这人物想接受老乡的磕头，你懂了没有？”

“懂是懂了，那前一回呢？”

“前一回跟这一回根本不一样你懂不懂?”

“懂了,这人物还真够聪明。”

“比你聪明,给你说了半天你还是不懂!”

“我懂了。”

“你不能打草惊蛇不能给任何人说我在逮这个狗孙,他比鬼还精昨天黑夜我蹲了半夜这人死活没露面,不是一般人物。”

“你估计可能是谁呢?是不是咱们斗争过的社员?”

“谁也有可能社员干部队长都有可能,不是一般人物我只相信不会是你,你能有那么大本事呀?”

“就是,我没有野心你知道。”

他放心了,不过心里一直很兴奋,觉得野庄终于有了一个尖锐的事例了。县上老杨来写过几次文章,总是嫌他没有记录下有力的事例。这不是我没有水平是上野庄没有这种尖锐事例可记呀。宋书记经常同老乡做斗争,打骂批判处罚事例不少,老乡们谁都能接受没反抗没流血没死人也没有曲折的故事,这不能怨我水平低吧?但这个人物会不会就是你呢?

不可能吧根本不可能,宋书记已经肯定了不会是他,宋书记说除了你谁也有可能。但为甚么就不可能是你呢?要阴谋闹迷信这不是甚么光荣功劳吧你争取它做甚也想叫宋书记捆一绳呀。昨天黑夜你根本就没有出村更没有隐藏到松树背后吧,在庙里领导干部们开完会你就回一号院睡了觉了,你爱人玉环可以作证明。但你回到一号院时候正房西房的灯全灭了那时可能已经是后半夜了你爱人玉环早已经睡熟了她不能给你作证明。你在散会之后跑到松树背后接受了几个老乡的崇拜才忽然想到宋万银正想逮你,你就赶紧跑回来了。当时不是慌忙逃跑如果是逃跑一定就暴露了,你的鞋底钉着铁掌呢走路还有响声你怎么会那么没有水平呀?没有跑没有慌张钉了掌的笨鞋你是早脱下来插在了裤腰上没有一点响声。你猛然想起宋万银早已埋伏在黑暗处想逮住你,你心里笑了笑就装成老乡给松树磕了一头,人呢忽然就不见了。你其实也不是害怕给宋万银逮住,他怎么可能逮住你。要是害怕他逮住你你也不敢号召老乡们来崇拜你了，你是明知他做了埋伏还故意去接受老乡的磕头，接受完了才神不知鬼不觉地走了叫他埋伏在野地里受冷冻吧。你回到一号院放心地睡了一个暖和觉。他说我蹲了一夜那个人物死活不露面，其实你早露面啦可惜他水平不高看不见你懂不懂？真实情况就是这样，很可能就是这样。

但宋书记给他分析了半天，为甚么还一直不很明白呢？你必须故意装出不明白来懂不懂？胡扯淡这是胡扯淡，你真想给宋万银捆一绳踢几脚吗？全野庄可能只有你没有挨过他的踢打，你也想挨几脚是不是？胡扯淡。不过，昨夜回到一号院时候，的确是正房西房的电灯全灭了大概已经到后半夜了，爱人已经睡熟。因为没有穿鞋跑回来，凉袜上全是土，上炕以前甩打了半天，居然没有把她惊醒，当时你心里还有些奇怪，记得她并没有喝酒怎么又睡得这么沉重。

吃午饭的时候，他忍不住问她："玉环，昨天黑夜你是几时睡的觉？"

"几时几时你给我买下手表以后我就告你几时！"

"大概是几时？"

"我去磕完头回来就睡了，谁知道是几时天一黑就停了电了，你管我几时睡呢我不串门天天黑夜都睡在你的炕上你不放心是咋？"

"玉环你又去磕头来？"

"去磕头你也管呀我想生养你能叫我生养我也给你磕头看你那屌架吧！"

"玉环我给你说你不敢再去啦我们正逮人呢！"

"我又去磕头来我天天黑夜去磕头，你把我逮住吧想踢想打想批判斗争我全都喜欢！"

"看你又说甚么话，谁能逮你呀我好赖也是主任，我是说怕影响不好。"

"我不生养就影响好是吧？"

"我是说去一回就可以啦不用天天去。"

"我想天天去看谁敢逮住我，他宋万银敢逮我呀？你去告他就说我天天去磕头上供献来,看他敢不敢逮我!”

“看你说甚么话,我能去报告你吗?”

“那我去报告你,我敢!”

他吃了一惊,难道那个人物真是你呀?她怎么会知道呢,难道你真是天天夜里都隐藏到松树背后接受老乡们的崇拜吗?

“我没有去磕头吧你报告我甚么?”

“不是你叫我去磕头的吗?”

“我叫你去磕头?我好赖也是主任。”

“不是你对我说松树又显灵了快去磕头吧?”

“我几时给你说来?”

“你从河头回来说是听你妈说的,还问我知道不知道,我说知道,你说你知道为甚么还不去磕头,我说我磕过了。”

“我没有叫你去磕头吧?我只问你知道不知道,对不对?”

“就是你叫我去磕头的,你是主任叫我去我敢不去?你不叫我去我又咋敢去!”

“我没有叫你去!”

“就是你叫我去的!”

“不对吧?”

“你是主任对不对?”

“对呀。”

“你是挨刀主任。”

“我没有叫你去。”

“我想去不用你批准!”

“你不敢再去了。”

“我想生养!”

很可能就是他叫爱人去磕头的,爱人又传给了别人,别人又传给了别人,本村又传到外村,外村又传到河头。他回河头一问,连母亲也知道了。他一听心里当时真激动，情况可能就是这样吧。你当时激动甚么呀，证明了你就是那个不同一般的人物吗？但你总不能叫母亲也来给你磕头吧，没有号召母亲崇拜你，当时母亲想来，你赶紧制止啦说你是主任去了影响不好，母亲说那就叫你媳妇去磕头吧她当紧得生养你不敢再憨傻啦。因此你回来就问爱人玉环知道不知道磕头的事，她就劈头骂了你一声。她说不是你叫我去磕头的吗怎么又问我知道不知道看你那水平吧还当主任。你不要尽说玩笑话啦我不是没水平是因为太激动了玉环。你为甚么要激动呢是因为你爱人也给你磕头也开始崇拜你了吗？我一直同意男女平等不喜爱她给我磕头可她想崇拜我也不能制止她打骂她吧，她崇拜我我也可以崇拜她，她想生养我也想生养，我们是平等的。但你动员老乡们都来给你磕头只是为了你爱人玉环能生养吗？可能情况不完全是这样，她说想生养你一直也没有强迫她生养。你不是老乡不是一般人物，你应该接受老乡们的崇拜！你从河头迁来支援他们的农业，放下教员不当给他们当主任，谁敢说你没有水平？你只是想给老乡们给宋万银拿出一点水平来看看。他说他白蹲了一夜，你不白蹲一夜还想咋呀。情况就是这样。你说这情况不能告诉任何人只能告诉我，你说谁也可能是那个了不起的人物只有我不可能是，其实那个人物就是我！你说你非得把我挖出来不可但我站在你眼皮底下你还看不破，你倒敢说你比我聪明？真是太有意思太机密太尖锐太像一个故事很惊险的一个故事啦。

老宋我实话对你说吧我不是对你有仇恨，你谁也打骂教训可没有教训过我吧，我只想露出一点水平给你看看你懂不懂？惊险故事我比你懂得多，你想破案可能太困难。

后晌，他到坡梁上去检查玉茭子种发芽情况时，远远望着很小的野庄和那棵很绿的松树，觉得并没有多少惊险的色彩。野地里风很大，土地的墒情不是很好。

晚上，在一号院的西厢房里，宋书记跟他很机密地分析一个个的可疑人物，又一个个给否定了。被宋万银否定不是因为不能落后不够可恶而是因为不够聪明不够水平。难道只有敌人才够聪明才够有水平呀?野庄没有敌人。他更看清了宋万银是在寻找一个他能看得起来的人物,不管这个人物是敌人还是伟人是好人还是恶人。因此,他也更激动起来了直想对宋万银说一句话:远在天边近在眼前你懂不懂?他甚至已经开始担心宋万银会发现他的这种异常激动,血脉都热起来了脸面也会给烧红吧,你狗孙脸红甚么?只要宋万银吼出这一声,他很可能会立刻就吓白了脸,必须冷静,不能脸红也不敢脸白,太惊险了。

但宋万银却一直不来仔细注意他,瞪着一对贼亮的圆眼瞅是瞅住他了却仿佛是在搜寻另一个人物,满眼惊险在闪动,却不是对着他。

狗孙,看你那水平吧!

也可能这狗孙早在疑心他了故意装着不疑心他,故意对他说只有你不可能想麻痹他。很可能会这样,你也不想想他能当面对你说我疑心你吗,他更不能跟你来分析你本人吧,你有文化你够聪明你当过教员你生在河头你祖上有房有地你又是主任你有水平你爱人也有水平很可能就是你只能是你除了你谁也不可能是这个了不得的人物啦。他再没水平也不可能当面这样来分析你,你居然没有明白这样简单的道理还想有水平?

不能脸红更不敢脸白,太惊险了。

但宋万银仍然闪着满眼惊险望着很遥远的地方,不是在瞅他。

狗孙,远在天边近在眼前你懂不懂?

第十七章

每天夜里去磕一回头，清早起来，空心肚时候把药喝了，已经喝下三服药但浑身并不觉轻快，头不轻快脚不轻快浑身都不轻快。她开始疑心细土不如树皮顶事，五年以前喝下树皮熬成的汤药立刻就能感到浑身轻快，从头轻快到脚，像万金油似的又麻又凉传遍了血脉熨帖败火。可这一回把细土撒进凉水里喝下空心肚只觉得肚肠里热那么一下，很快就甚么感觉也没有啦，肚肠里不热了皮肉上还是很热就像平常一样。一定是细土不如树皮顶事，树皮长在松树身上细土是松树脚下，不会一样顶事。但老婆们都说这回神灵给的药是松树脚下的细土，而且只是松树脚下朝南向阳那一片一尺五寸见方中间的细土，朝北背阴还有左右方向的细土都不顶事。朝南，她觉得不错，朝南能晒到太阳，五年前也只有朝南的树皮灵验，可朝南的细土不一定顶事吧，是不是因为朝南的树皮还没有长好呢？那回朝南的树皮是九寸见方中间灵验，那一片树皮五年了的确还没有长好流着松香像一片伤疤似的。老婆们说得很肯定，这一回就是朝南一尺五寸见方中间的细土灵验。

上一回灵验是灵验但仍然没有生养。她问过老婆们那是因为甚？

老婆们问她："你抠了多大一片树皮？"

她说："有核桃那么大呢不算小吧？"

老婆们吃惊不小，骂她说："祖宗你太贪心太狠心，你当是偷庄稼呀越多越好怪不得你没顶事憨婆姨，求神灵给的药是越少越好！以前都是三寸见方六寸见方十天半月还抠不完呢，现如今给你们九寸见方啦还这么贪心狠心，你是咱野庄闺女真不该抠那么大，越小越好你记住！"

她那才明白了为甚么浑身轻快却仍不生养。但这一回她抠细土并没有贪心呀，每次只抠黄豆那么大一点细土，为甚么连轻快的感觉也没啦？她又问老婆们，老婆们说你可以多去磕几回头。她见天黑夜都去，可仍然只是在肚肠里热那么一下就不热了皮肉还是很热燥像平常一样。

她疑心细土到底不如树皮。

朱先一直说她不生养是因为肚寒。她给朱先说她多年一直觉得浑身热燥。朱先说这就对了，皮肉热燥必是内里虚寒，他给她抓了药叫她喝。迁回野庄松树一直没有显灵，她只好喝朱先的药。药给的不少药汤又黑又苦，但喝了又喝，还是皮肉热燥没有生养。她已经不相信朱先啦，常常想起杜大夫来，但她亲爹说杜大夫杜太太早迁走了听人说是迁到外地跟儿女们过去了又听说是都死了。她不相信都死了只相信是迁走了。村里有了拖拉机以后她坐了进过几回城，也没有打听清楚好像谁也不知道。她去寻找杜家的宅院也没有寻找到好像原来就没有似的，连东寺完小也没有寻找到。那回见了县上的书记本想跟他打听杜大夫，可那天只顾了喝酒了。林书记的手也太热了，她一碰住就立刻觉得一股热劲传进血脉里浑身都热烧起来从肚肠里面热到皮肉上。她激动得以为可以给自己治寒了，就只想碰书记的手，可你不能死握住他的手不放吧只能在敬酒时候抓住他的手叫他喝酒。领导人的手的确是太热了，一股热劲传给她从肚肠里一直烧到皮肉上，但你不能抓住不放吧只好一次又一次敬酒把甚么都忘记了。每一次他都把酒喝了，只推辞那么一下不肯多推辞不肯一直推辞由她一直抓住他的热手一直从里热到外把肚肠里的寒气狠狠地治一治。那天喝完酒，她又寒冷得厉害了,男人又给她压了三床棉被。朱先说,你不能喝酒,酒更把内热发到皮肉上去啦。可你的苦药也没有把外热压到肚肠里呀。她只是后悔忘记了打听杜大夫。

她曾经向县上的老杨打听过杜大夫,他也说不知道。她一直疑心他是知道故意不肯告诉她。她还疑心他并不姓杨,可他一直说他就是姓杨祖宗就是姓杨。他也说他不喜爱打篮球,可你不打篮球长那么高的个头做甚么?你既然姓杨不姓白那为甚么不敢给我看一看你的一身肌肉试一试你的肌肉是热是冷。她记得他的肌肉是冰冷的,那时她的皮肉也可能还不热燥。男人没有肌肉不热更不冷,挨刀后生也没有肌肉只有黑肉一片热烫又传不进血脉里。你改名换姓不肯给我试试是真是假,你还是那样年轻你以为我已经很老了吧,但我还没有生养。

朱先说她还能生养。她已经不相信朱先的话了,但老杨又说朱先号脉号得够准。

"你叫朱先号过脉吗?"

"号过,真够准,号出我三岁得过一场病。"

她不记得他三岁得过病,不过也只好继续吃朱先的药。那年他走了以后,她去问过朱先:"你能号出我以前得过甚么病吗?"朱先说:"本家本村号不准,因为谁有过甚么灾病我都亲眼见了。"她一听更不想吃朱先的药啦,只是因为他相信朱先她才继续吃,那药汤真是又黑又苦,还不顶事。

朱先的药不顶事,松树给的细土也不顶事,他也再不肯来了不知道又躲藏到哪里如今又在做甚么不会也当了书记吧不会已经死了吧,但她只好死啦。可惜现在还是春天,要死就等到夏天躺到玉茭叶中间还是那样静静地死去,她只喜爱那样死去。再也不能改变主意啦。只过最后一个春天最后一个夏天,等到玉茭叶长密了能把她埋住,她就躺在中间不出来了,一直看着太阳。

这样一想,她决定夜里不再去磕头抠细土了,心里倒忽然觉得轻快了许多。这一轻快不要紧她心里又生疑惑了,难道药顶事了吗?她不敢相信。

正在这时候，她亲妈来了。

“玉环，昨儿黑夜我替你去磕头求药来。”

“你能替我呀？”

“你女婿是主任，你去怕众人说闲话呀。”

“我不怕，我喜爱众人说我的闲话。”

“看你说的是甚话！”

“我不怕！”

“你不怕你女婿给众人说闲话？”

“说他我更不怕！我喜爱众人说他骂他。”

“你疯啦？”

“我疯啦。”

“你不用去了我已经给你求下药啦。”

“你求下你喝吧，你能替我生养吗？”

“你疯啦？”

“我疯啦。”

亲妈给她吓跑了，她更觉得从头到脚浑身轻快了许多。可能是药顶事了吧，她开始有些相信了。

晌午，男人又问她：“黑夜你又去磕头来？”

“去来，不是你叫我去的吗？”

“我没有叫你去呀？”

“就是你叫我去的。”

“真是我叫你去的？”

“你叫我去生养！”

“我没叫你去生养呀？”

“那你是叫我去疯吧？”

“你是咋啦？”

“我又疯啦。”

“玉环你净说耍笑话。”

“呸,我疯啦!”

男人也给她吓倒了,她更觉得浑身越来越轻快,药是真顶事了,那就只好不死吧。

后晌米书记来了像来救火似的,她见此情形心里高兴起来。

“米书记晚时吃饭给你预备酒不预备?”

“拉倒吧问题严重得很。”

“那茶饭呢给你预备不预备?”

“茶饭好得很老宋还破不了案?”

“吃饭都得带酒这是宋支书定的规矩你忘啦?”

“好得很。”

“那就给你预备酒呀?”

“问题严重得很县上领导有电话很硬。”

“不叫喝酒?”

“不能迷信你懂不懂?”

“我已经去磕过头啦你说该怎么办?”

“你说的是不是实话?”

“实话。”

“好得很!”

“你说我可以去磕头?”

他张开了嘴没有说出话来,也给她吓倒啦她只觉得浑身轻快。

“米书记我给你说我真是去给松树磕过头上过供献求下药啦不只去过一回差不多见天黑夜去已经去过三回啦你信不信?我头疼得厉害中医西医都不顶事正好松树又来了神灵我就去了。”

“你说的是实话?”

“实话。”

“宋书记老曹知道不知道？”

“不知道，他们要知道了就会把站岗民兵撤回来省得我担惊受怕，你知道不知道黑夜去磕头够担惊受怕呢不能给民兵发现不能有一点响声不能咳嗽不能说话更不能笑出声来，磕头也不能磕出响声来，你知道吧？”

“这是实话？”

“米书记我哄你做甚？”

“我不信。”

“你不信更好，我今天黑夜还去，你知道吧这几天天太黑没月亮，等到民兵瞌睡了以后就更黑啦伸手不见五指，只有松树是亮的它发亮呢你不信吧？夜里松树一发亮到跟前就能听见一种流水声咕咕咚咚，这就是来了神灵啦，多少年才遇这么一回，我亲眼看见松树是亮的亲耳听见咕咕咚咚的流水声，你还是不信？”

“不信我不信，玉环你给我说玩笑话做甚，我正着急得很，电话很硬。”

“我说的都是实话。”

“我不信！”

“那你给我保密吧。”

“我不信你懂不懂？”

越说实话老米越不信，她真是高兴得很，浑身轻快，药真顶事。

“晚时吃饭给你喝酒！”

“问题严重得很。”

她相信了细土像树皮一样顶事，可以不去死啦可以迁回河头去啦，我不想贪心不想狠心那都是因为我疯啦，你已经叫我疯啦已经叫我受够了罪，踢我打我都好得很，不敢叫我死了以后没有后人哭我几声。我不是不想死，五年以前我就想躺在玉茭中间死去了，那时已经是八月秋凉了你还叫我皮肉热燥不能穿衣裳，不穿衣裳死了我不怕众人笑话，就是害怕死后没有后人哭我，像挨了枪崩的宋五爷似的，孤坟给野草埋住，你懂不懂？

这样一想，她又觉得浑身不轻快了，说不清在渴望甚么，渴望老杨再来吗还是挨一顿踢打?

晚饭时候他坚决不喝酒。宋书记喝了不少,眼都喝红了一直闪着凶狠的光亮。叫他觉得奇怪的是老曹也喝了几盅,皮脸都喝红了,两眼一直闪着以前没见过的兴奋。而老曹婆姨玉环却也坚决不喝酒。

问题真是严重得很,他没有喝酒也仍然忍不住想跳起来大喊一声好得很,米书记你得忍住。老曹婆姨真是去迷信过吗?不可能吧,她真去过决不会对他坦白,社员群众谁也不会坦白他明白,形势严重得很她又不是憨婆姨,她说玩笑呢。上一回前任头儿的婆姨也来磕过头,事后一直都不敢对他说,她不比头儿婆姨憨更没有头儿婆姨大,她怎么敢坦白?你如今做了头儿你不能忘了是怎样才做了头儿,禁止迷信培养野庄选拔宋书记对不对。问题严重得很,你千万不能动员自家老婆也来磕头,千万不能忘了你已经做了头儿不能再跳起来大喊好得很接着就咒骂头儿,现在跳出来咒骂就是骂你自家懂不懂?

"宋书记,问题严重得很!"

"老米我给你说你千万不能给我打草惊蛇懂不懂?"

"米书记我知道宋书记有办法!"

"电话硬得很!"

"米书记你得喝酒。"

"不能打草惊蛇。"

"宋书记有办法。"

"形势严重得很。"

"米书记你得喝酒!"

他忍不住问老曹婆姨:"你为甚么不喝?"

她说:"我怕误事呀!"

他一听就直想跳出来大喊一声好得很,但还是想起自家已经做了头儿了,她一定是在耍笑他。千万不能动员你老婆也来磕头,她来磕头只能给你求戒酒的药因为你并不腰疼，你也没有给上级汇报前任头儿派老婆来野庄讲迷信的事，你骂是想骂可你没有汇报他，你坚决不能喝酒懂不懂?

“宋书记你有甚么办法?”

“宋书记有水平。”

“我砍树。”

“好得很!”

她说:“你不能砍，我死了还要埋在松树底下。”

大家都吃了一惊。

他想起自家是头儿，抢先说:“玉环你又说要笑话!”

她男人老曹松了一口气也抢着说:“玉环你尽说要笑话!”

宋书记说:“那就不砍吧。”

“好得很。”

“好得很。”

她说:“你们就不怕误事?”说完，她走出了西厢房。

宋书记一直说要沉住气，老曹一直说宋书记有水平，他越来越担心自家老婆很可能会来磕头求戒酒的药。

夜晚，他要求开会，宋书记说早已经开过啦正在采取机密行动。他问是甚么行动，宋书记只说不能打草惊蛇叫他在一号院休息不要出去。你对我还保密呀你忘了我是头儿还是怀疑我老婆会来磕头?他决定亲自到村口松树那里去看一看，甚至想亲自去站一夜岗，就像五年前宋万银亲自去站岗那样亲自逮住几个社员。要是逮住自家老婆怎么办了坚决活埋了她。把她撵走，或者说她是来给他送饭，送饭不可能他已经吃了饭了他没有喝酒。可以说她是来给他送棉袄，不会给他送棉袄她正想把他冻死呢;可以说她是来监视他喝酒没有。她不会来给他磕头求药正住在女婿家侍候闺女坐月子呢，真可以坚决活埋了她。要是逮住老曹婆姨呢?她不会去吧她是说要笑话，真逮住她只好放了吧。

走出西房，他喊了一声，她在正房，正房里有灯亮着。可是他刚走出一号院还没有下完台阶，全村就忽然黑暗一片，吃惊了半天才知道是停了电了。他跌到黑暗中了真是伸手不见五指，老曹婆姨说得一点不差。

你拿出水平来破了案吧米书记怎么样问题不大吧？

他小心地向村口走去，甚么声音也没有只有自己的脚步声。都说不能带出一点响声，他一直不明白他们到底有甚么好办法，全在鞋底下捆了棉花吗他们哪里会舍得糟蹋棉花，舍得一定都舍得。只有你不舍得吧只有你的脚步声，伸手不见五指。为甚么要停电，是不是故意想方便群众磕头呢，宋书记也可以怀疑吧？可以，形势严重得很。

甚么也看不见甚么也听不见只有自己的脚步声，看见了天，天上没有几颗星星。他想起了上一回宋万银结束迷信活动的办法来了，你也可以使用吧你亲自到野庄抓了抓，迷信活动就停止啦，不敢停止电话里是叫破案，不停止好得很。

在村口，他不敢再往前走啦，因为他害怕宋书记会突然通了电叫探照灯一齐照住他。他认为宋万银一定已经在这里安好探照灯了，只等他一走近就通电。你疑心我好得很，我也可以疑心你吧，你不讲情面我也可以不讲情面，你会活埋你三伯我也可以活埋我老婆，你懂不懂？他只觉得又急躁起来了像有甚么逼近了似的难以忍耐。米书记你记住你是米书记不敢急躁不敢叫喊，小心他给你通了电，你只要弄出一点响声只要再往前迈一步，探照灯就一齐朝你射过来啦。他贴住一道土墙不敢有响声，甚么也看不见甚么也听不见只能听见自家的心跳声。真是忍不住啦你还不知道呀我最忍不住的就是听自家的心跳，你知道我喜爱多喝酒又不敢多喝这是因为甚么？就是因为酒喝多了就甚么也听不清啦只能听见自家的心跳声咕咚咕咚，越听越害怕，越害怕听得越清楚，咕咚咕咚就像越拽越紧越走越近越憋越满越沉越深，听得越清楚就越害怕了，我只好不管死活跳起来大喊一声好得很！我是再也忍不住啦甚么响声也没有只有自家的心跳声越来越逼近了听得越来越清楚，探照灯我也不能怕了活埋也不能怕了只害怕听这咕咚咕咚的响声，我得大喊几声叫我大喊几声吧，但这是不是一种病呢？

这样一想，才算救了他的命了，他终于忍耐住了，对呀是不是一种病呢？你可真憨怎么就没有早想到是一种病呢？这时候他才想起了松树，不由朝黑暗里去搜寻。寻到了看见了天黑暗得伸手不见五指却看清了松树，它真是在发亮吗？不像探照灯也不像电灯马灯似的发亮，但它是在发亮不发亮他怎么能看见呢？是在发亮。她说还能听见流水声，但他不能去磕头，给宋万银逮住不是耍的，在这远处磕头恐怕不顶事。你不能磕头你想治病可以派你老婆来呀，恐怕她不会替你来，你可以去找大夫看病中医西医都可以找一找。回去吧赶紧回一号院去吧，发现了自家原来是有病就很不错了，不能像老乡似的去磕头。

在黑暗中他更加小心地往回走，没有再听见自己的心跳声，不过忽然想到那咕咚咕咚的响声可能跟老曹婆姨说的咕咕咚咚的流水声差不多吧。咕咚咕咚，咕咕咚咚，很可能差不多。她磕头时候听见的流水声很可能就是她自家的心跳声吧？难道她也有病呀。她是有病，她常找朱先看病，常说头疼身寒热燥。这更证明他是真有病啦，他听见咕咚咕咚响了。

他很高兴地回到了一号院，没有通电，院里一片黑暗。他朝正房又喊了一声，没有人答应。老曹婆姨不是睡熟了就是真去磕头啦，好得很。现在离开松树了，院里黑暗得伸手不见五指又没有人在，他终于可以放心大吼几声了吧，不敢喊你这是病。他更放心了，摸进西厢房点着了煤油灯，一直在想去找谁看病，后来想到野庄不可能有探照灯，但还是决定不找朱先要找正经医生大夫。又盼着能快些通电，但一直没有等到，所以不免又想喊一声，没有喊出来就睡熟了。

他对朱先说他也去给松树磕头来。

朱先问他：“你想得孙子吧？”

他说：“我是心口疼，你说这还是那年给万银狗日的活埋了一回落下的毛病吧？”

“不是，贵亭，我看不是。”

"我疑心就是,狗日的土正埋到心口。"

"前几年你也没说疼呀?"

"疼来,一直疼来。"

"你没有跟我说呀?"

"朱先,我怕丢人。"

"鬼,你不用给我鬼说!"

朱先也发了脾气,他觉得很奇怪。朱先不会发脾气呀?他记得这一辈子也没见过朱先有脾气。朱先说他是想得孙子不是心口疼,这也没有说对。四个小子连一个媳妇还没有给娶回来,谁给他生养孙子,要想得先想媳妇后想孙子吧,这一回朱先没有说对。他也真是心口疼,一春天都在疼,狗日的土都埋到心口啦。

"朱先,你没去磕头吗?"

"我腿疼呢,天一黑就得睡觉。"

"你不信松树呀?"

"我看你是想得孙子。"

"连一个儿媳妇还没有娶回来,我到哪去想孙子你说?"

"你不用给我鬼说!"

"朱先你是咋啦,受了谁的磕打啦?"

"你不是心口疼。"

"一春天都在疼。"

"你是吃喝得太多啦。"

"万银当领导刚够吃。"

"贵亭,你去磕头不怕万银查住你?"

"查住他能再活埋我一回?"

"你吹牛吧。"

"谁给你吹牛?"

"你不用给我鬼说!"

他不明白朱先为甚么忽然有了脾气了。朱先是受万银那狗孙的磕打了吗？没有听说。这几天，松树忽然又灵验了，他赶紧趁万银不在村去磕了一回头，心想等那狗日的回来不知又要活埋谁呢。可狗孙回来以后村里还是安安静静，你再日恶到底也不敢欺压神灵吧？安安静静好呀，朱先你是发甚么脾气，你也是神仙似人物不会因为受了婆姨儿女的磕打就出来发火吧？

“朱先，我看你也上了火了。”

“你才上了火。”

“你才上了火！”

“我上了火想吃几口西瓜，你想吃甚？”

“我想吃几口月饼。”

“月饼好买吧，贵亭，你不会叫你家四小给你捎几斤回来？”

“他在山里下煤窑呢，工钱不少就是没给过我月饼。春天也不卖月饼吧？”

“春天更没有西瓜！”

“你不会吃一副下火药呀？”

“你不会叫你家四小给你捎一斤饼干呀？”

“饼干没油性，跟炒面似的不好咽。”

“我爹就想吃几口西瓜，春天没西瓜。”

“你是说你爹想吃西瓜清明不是已经过了吗？”

“我也想吃西瓜。”

“我也想吃月饼。”

“油性东西，你越吃心口越疼。”

“春天哪有西瓜？”

“你没有进城吧？”

“没有呀。”

他已经再也想不出可说的话了，但他很想跟老贵亭吵一架，可惜寻不到可以吵架的话。这几天,他有些烦躁不明白是因为甚么,很奇怪,他知道自己心里一烦躁就不是好事,不过平时总能忍住,打扫一阵卫生到处都干干净净以后,心里就宁静了。这几天却连屋里也不想打扫啦,想寻一个人吵架。寻来寻去都不像,只有这宋贵亭有些像,但又吵不起来。是因为这几天又闹松树吗?闹就闹吧,他没想过信不信,多少年了天一黑他就得睡觉。干部们有时强迫他黑夜去开会,他坐在那里眼睁着身体就睡着了,天一黑身内的阳气就沉下去了不应该黑夜开会。所以,你要信松树也不能黑夜去磕头求拜,身体已经瞌睡了你去求拜不是胡言乱语说梦话呀?白天,干部们不叫去磕头求拜。他心里很明白,一向也没有想去磕拜松树,不知心里烦躁甚么。宋贵亭跟他也没怨没仇,为甚么只寻见这老汉呢?应该跟喂牲灵的老计官吵一架,这老汉总想跟他吵架,女婿当了主任以后更想跟他吵啦。但他寻的人不是老计官,只像是这个老贵亭。也真是想吃几口西瓜,难道真的已经老了吗?年轻的时候并不喜爱吃嘴更不喜爱生冷瓜果,油性大的吃喝也不喜爱,现在却贪嘴了。你还是太没有道行太没有出息太没有本事,你应该去拾粪种菜,几个东家掌柜后来都是回村拾粪种菜了。野庄没水不种菜不种瓜果你可以去拾粪,不走车马拾不到多少牲口粪可以去拾羊粪,不该给人号脉抓药,干干净净。两个儿子都娶了媳妇两个闺女也都嫁人了。记得东家给他说他可得三男一女,却得了二男二女,东家没有说对。

“贵亭,你说你不想得孙子?”

“连一个媳妇还没有娶回来呢想还不是白想!”

“娶一个先生孙子吧。”

“四个都该娶啦不知先给谁娶,四小去年走了上山下了煤窑,工钱不少,可不能先给他娶吧?”

“先娶一个生孙子。”

“你说先给谁娶?十八,二十,二十一,二十三,都该娶了吧?”

“我们药铺以前有个伙计,家里也是弟兄三人,他是老二。老大在家种地,老三也在外头当伙计。老大先娶了媳妇很贤惠,她只是害怕老二老三娶了媳妇以后钱财少了,就给老二老三也做了媳妇。”

“那还叫人家吗父母也不管?”

“父母死了。我们都问过老二,那光景怎么过呀?他说过得也不赖,兄弟之间没仇没恨都听一个婆姨的,儿女们谁是谁的,婆姨也分得清清楚楚。”

“鬼说吧哪能分清楚?”

“我亲耳听他说的,婆姨能分得清清楚楚。”

“你说的是真事?”

“那伙计姓史家在河东,人也够精明不憨不傻。”

“也是呀都听一个婆姨的倒省得闹分家啦。”

“老三也精干,我没见过老大。”

“那儿女们怎么叫爹妈呀你问过没有?”

“我给你说分得清清楚楚呀,谁是爹谁是叔谁是伯,清清楚楚。”

“妈呢怎么叫妈?”

“都叫妈呀还怎么叫,总共就一个婆姨。”

“那儿女们怎么排大小?”

“谁先谁大,谁后谁小,你连这也不会排呀?你又不憨不傻。”

“谁说我不会排大小,我是问他们怎么排,你发火做甚?”

“还不是一样呀你家怎么排他家也怎么排!”

“哪能一样,他们的儿女算亲兄弟还是算叔伯兄弟?”

“亲叔伯兄弟!”

“到底是亲兄弟,还是叔伯兄弟,你说清楚!”

“亲叔伯兄弟,你没有听说过叫亲叔伯兄弟呀?”

“到底是亲的,还是叔伯的,你分清楚!”

“你叫我分清楚做甚?”

“你不是说能分得清清楚楚呀?”

“这又不是你家的事,你给人家分清楚做甚?”

“我说朱先,你是不是给我出主意呀想叫我家也只娶一个儿媳妇?”

“你看你宋贵亭,我是给你告诉人家老史家的事呢怎么说是你家?”

“我可不憨不傻,你当我听不出你的意想吗?我说我家娃们都该娶媳妇啦,你就说兄弟仨伙用一个婆姨省得分家,你说是甚么意思?”

“你家娃们是兄弟仨吗?”

“是你说伙用一个婆姨来吧?”

“是你说省得分家吧?”

“是你说亲叔伯弟兄吧?”

“是你要问得那样详细吧?”

“那还叫人家吗,呸,你给我出这种主意!”

“谁给出这种主意来?是你问得仔细!”

“我还没死呢!”

“我也不死呢!”

“兄弟们伙用一个婆姨,亏你想得出!”

“你想伙用不分家公家还不允许呢!”

“呸!”

“呸!”

到底吵了一架,到底寻对人了吵起来了吵得挺热烈挺辛苦,吵完心里舒坦多了。特别是呸了几声虽然没有吐出痰来但肚肠里清静爽净得多了。老贵亭最后吐了一口长气走了,这一口长气吐出来你心口就不疼啦。再见了面,可以对他说了:“你知道不知道,那天我跟你吵架是为了给你治心口疼,明白不明白?”男人腰疼女人奶疼,他叫他们捡豆子,故意把豆子撒满地,叫他们一颗一颗捡起来。老贵亭心口疼,就跟他吵架。幸亏这几天他也上了火想吵架,平常心里太安静那情景恐怕也不敢治心口疼。给老贵亭治了病,他自家也败了火了,只是够辛苦,不如拾粪种菜。

他又开始打扫红医站。

第十八章

下了辛苦又拿出了自家的全部水平仍然没有挖出那个人物来,四天之后老乡们都说神灵已经走啦。他听说后真是又气又急,浑身憋满了的激情终于没有能奔放出来,几乎下了砍倒松树的命令,狗孙。

但她说你不能砍树。

我砍下松树给你盖一座大礼堂还不行吗?

我死了还想埋到松树底下。

盖一座大礼堂,你们听我讲话就省得闻驴粪晒太阳啦懂不懂?

她说你不能砍。

她喜爱的医院气味就像驴粪气味似的,她喜爱晒太阳也喜爱驴粪气味!

不砍松树,你就下命令叫老乡再给它磕头,可惜这道命令不好下吧。那个狗孙人物学会了他的请神法也学会了他的送神法了,真不是一个简单人物。已经回想过几次了,他发明的请神法送神法的确没有给任何人说过。这种机密的事只可能给她一个人说,因为在全野庄只有她一个人不像老乡。他想对她说一直没有说怕她知道了这个机密不再跟他晒太阳不再在一号院住下去，她一直相信松树有灵不相信他就是神灵，否则她怎么敢骂他挨刀货。很可能是因为这几天他的行动不够机密，停电，布置干部开会，专挑爱瞌睡的民兵去站岗，都惊动了不少人。惊动过的人，他也一个挨一个审查过了，重点是几个队长，但全都是稀软。一定是隐藏得很深的一个人物。可你这么着急就把神灵送走是害怕我专你的政吗？你不会也是这样稀软吧。我不专你的政，你既然有请神送神的水平就该看出来吧，我不能在高音喇叭里给你广播吧说你不用害怕我不捆你打你吊你只想跟你下河滩懂不懂？谁胜谁负一块石头见，我没有在高音喇叭里呐喊呢你狗孙倒吓得后撤啦，你还是想把我急死气死？

他的血脉又快憋破了。

他打开机器正狂躁得不知该在高音喇叭里呐喊甚么的时候，他本家三伯像惊了的一头牲灵似的朝他冲过来了。你想跟我下河滩是不是？你以为是我把神灵送走了是不是？你还想演一回苦肉计是不是？

“我的祖宗先人们，你快给开拖拉机！”

“死下人了是咋你叫我开拖拉机去打发谁？”

“真死人啦我的祖宗先人，你快开拖拉机！”

“真死下人啦？”

“真死下人啦我的祖宗先人！”

“谁死了你说谁死啦？”

“四小我的祖宗先人！”

“四小死下啦？”

“四小不知死活煤窑上真死下人啦祖宗先人你快开拖拉机！”

“到底死下了没有？”

“他们说没有死我不相信，我的祖宗先人们你快开拖拉机！煤窑透水啦死下人啦我不相信没死！”

呼天喊地原来没有死，他似乎觉得有些失望，一股恶气正想朝本家三伯喷射了去，但见老汉一团稀软又兴味索然啦稀汤寡水还说是苦肉计。

“你吼叫甚吧你说，没死下就是没死下你是盼他死下才解气是不是！”

他朝老汉吼了两声，的确是稀汤寡水没有油水解不了气，打发拖拉机把老汉拖走了，不是对手。

对手也给他吓跑了又隐藏起来隐藏得很深，但你再深我也得把你挖出来。在高音喇叭里能吼叫几声吗你说该吼叫甚么老乡们你们去磕头吧去讲卫生吧去劳动吧都好好洗一洗你们的皮脸洗一洗身上的黑泥历史你们懂不懂就是八辈子千万年。本家老汉刚才哭叫甚么来，煤窑透了水啦，我的祖宗先人们，透了水啦，祖宗先人，好得很呀好得很！

他激动起来了，刚才的一股恶气又化成了一种激情。祖宗先人们好得很。现在，他终于寻找到可以在高音喇叭里吼叫的几句了，我的祖宗先人们好得很。

“全体大小干部都给我注意，赶紧立即来庙上开会，听见了没有，赶紧立即来，全体大小干部，都给我跑步来，听见了没有，我的祖宗先人们！”

好得很，他吼喊了几声觉得很解气，不过血脉里仍然很激动，干啦干啦，祖宗先人们。

第一个跑步迎来的是曹主任，喘气流汗真是跑步来的，好得很。曹主任后头，大小干部也一个跟一个跑步来到啦，好得很。

曹主任慌张地问他：“宋书记真死下人啦？”

大小干部们也全是一脸惊慌盯住了他。

“谁死下啦你们说谁死下啦？”

“刚才高音喇叭里死下人啦死下人啦呐喊了半天，全村都听见了，宋书记。”

“我呐喊你们跑步来开会，没有指示你们死下呀，都想死是不是？”

“你喊叫我们来开会以前，高音喇叭里呐喊了半天死下人啦死下人啦，全村都听见了。”

“全村都想死是不是？”

谁也不说话了都是稀软。不过他忽然想起来扩音机器一直开着呢，刚才跟本家老汉叫喊的时候可能全村都听见了,听见了那就更解气啦。他越发激动起来了,你得沉住气不敢流血牺牲。

“你们都想死是不是?这个问题等以后再研究吧不怕死好得很?”

他关闭了扩音机器,手有些发抖,沉住气不敢流血牺牲。

“我给你们说,村西是甚么?黄土圪梁对不对?黄土圪梁再往西是甚么?还是黄土圪梁对不对?走完黄土圪梁再往西是甚么?是后山对不对?后山再往西呢?还是后山对不对?后山不是野庄的地面了对不对?可人家那后山里有甚么?谁知道?曹主任你说,人家那后山里有甚么?”

“后山里也有人家,也养种庄稼,也有人民公社。”

“鬼,也有男人女人对不对?鬼!我给你说后山里有煤窑懂不懂?有公家的煤窑!”

“对,是有煤窑。”

“你家三伯的四小不是给招工上了山下了窑啦。”

“听说煤窑出了事故四小不知死没死。”

“扯屎淡吧你们说他做甚,谁想死等以后再研究。你们说煤窑底下有甚么?谁知道?曹主任你说,煤窑底下有甚?”

“煤窑里有煤呀!”

“鬼,谁不知道煤窑里有煤!我给你们说,煤窑底下有水懂不懂,有水!”

“对,是有水。”

“听说出事故就是透水了,四小不知给淹死没有。”

“扯淡,想死以后再研究懂不懂?我给你们说,它煤窑底下既然有水,我就可以在后山的半山腰戳它一个窟窿,水就喷放出来归咱们啦,我的祖宗先人们你们懂不懂!”

他们先说不懂,后来又不说不懂了也不说懂,最后都说懂了。懂不懂他也决定干啦,在半山腰戳它一个窟窿,手都发抖啦我的祖宗先人们,你又不敢憋破血脉流血牺牲了得沉住气,每一次你都沉不住气给她骂多少声挨刀货。走吧走吧，赶紧跑步去后山。

他领导着大小干部出了村。谁也不肯再跑步，都是稀软，那就先沉住气吧。黄土圪梁已经全给你们建设出水平来了，再给你们戳一个窟窿流成一条河，你们想叫它万银河也可以，但你们必须讲卫生必须给我洗皮脸洗澡，叫我去当县长不能还是一身黑泥吧。谁走不动啦可以回去，将来不用寻我给你批户口，下煤窑也不给你批，懂不懂。曹主任你可以写写万银河的历史，你水平不够可以叫老杨帮助你写。一条万银河从松树底下流进平川，流到河头，汇到云中河里去了，但万银河里也不允许婆姨们洗脚洗澡。可以叫它万银河，但你得沉住气不能流血牺牲了，他们不怕死你也不怕死，但不想憋破血脉这样死，这是自杀吧还不如给水淹死，给万银河淹死，我如果淹死在河水里，你们可以叫它万银河。

他领导他们走到后山的天门口，他们全都同意了。都说，要戳窟窿就在天门口戳吧，老人们都说就是天门口切断了野庄的水脉。狗孙们，是我发明了戳窟窿还是老人老乡发明的？戳破天门口，这个口号倒是够响亮。他再细看天门口，两座大山夹住后头的一座大山，形势不错，干啦干啦，戳破天门口流成万银河，他浑身都发抖了。

你不敢发抖，惊天动地一声炮响时候你也不能发抖。老乡们都赶快隐蔽起来小心石头，不怕死也不能给石头砸死懂不懂。河滩里都是水啦，再想下河滩就跳进河水里去吧，这条河可以叫万银河。

从天门口往回走的时候他一直以为满坡满沟的玉茭叶已经很绿很密了，万银河水把地垄里泡得烂湿再也寻不见一处干硬的地方了，又是阴天下着连阴雨见不到太阳。她一定要等太阳，不肯在村里，不肯在夜里。他说等天晴了就到秋天啦，她说明年还有夏天，他真想踢她一脚，她说你欢欢喜喜踢我吧。秋天满地里又都是蚂蚁，马蜂似的大蚂蚁，明年还有夏天，真想踢她一脚，她说她想欢欢喜喜去死。曹主任说，今年春天墒情不好。他说春天完了就是夏天懂不懂？

戳破天门口，真是响亮的口号，可以把它刻在每一道地堰上染成红颜色血一样的红颜色。

回到一号院他才想起应该把戳破天门口的新口号告诉老米。

她说："老米早走啦。"

"到哪去啦?"

"他说回去看病。"

"他也有病?"

"他说他头疼。"

"你没头疼吧?"

"我浑身都疼。"

"我浑身发抖!"

"你欢欢喜喜去死吧!"

"今黑夜?"

"今黑夜你能拴住太阳吗,挨刀货!"

"我给你吊一颗太阳!"

"先吊起你那颗头吧!"

"你吊吧!"

"你快欢欢喜喜去死吧!"

"我不怕死!"

"我头疼你听不见呀!"

"今黑夜!"

"今天我不过黑夜!"

"白天!"

"我也不过白天。"

"我浑身发抖!"

"我上街去给你呐喊!"

"你去呐喊吧!"

"你等我吃完药。"

“我先杀了你你再吃药吧！”

“你杀吧我正想欢欢喜喜死。”

我给你拴住太阳，我给你戳破天门口给你引来一条万银河你可以洗澡也可以洗脚我真可以一斧头砍死你顶多挨一颗枪子吧你不用去探监不用给我买月饼，我上杀场也不需要喝酒你懂不懂，你不需要哭我只需要叫它万银河，你可以洗澡也可以洗脚但不需要哭我，你叫我当县长不要哭我。那个隐藏得够深的对手就是你吧可能就是你，我一个挨一个都审查过了只是没有审查你，可能就是你。早知道是你我也不需要费那么大辛苦了，你头疼是因为我拴不住太阳，我给你拴住太阳给你引出一条万银河。可能并没有出那么一个对手，没有逮住一个磕头的老乡，没有发现一块饼干的供献，可能连神灵也没有真来过，辛苦了几天很可能是一场虚惊。你不需要老乡崇拜，你只需要拴住太阳，我就是太阳我早给你拴住啦你懂不懂？一定是老乡们错听了我的一句话就慌忙去磕头你说对不对？那天可能又忘了关闭扩音机器了全村老乡都听错了一句话。我真可以杀你懂不懂还能砍了树还能戳破天门口流成万银河，可惜你还要叫我当县长，你拴住我啦，我的祖宗先人们。

曹主任回来了。

“宋书记，今年春天墒情都不好，玉茭发芽成问题。”

“春天过完就是夏天你懂不懂？”

他也可以杀了曹主任，可惜他给她拴住啦上不了杀场了。

“宋书记，春天风也够大，越刮墒情越不好，你看该咋办？”

“你先把戳破天门口这句口号写到地堰上懂不懂？”

他走了，想立刻惊天动地放一声开山炮然后寻个背静处一口气瞌睡它四十多个小时一动不动。

他领导着两个教员给地堰上刻口号，地堰都是夯实的黄土又铲得很齐很平，的确适合刻口号。只是地堰的高低不等，有的一人来高，有的两人高，有的一人半高，有的不到一人高。一人高以下的地堰刻上口号等玉茭长高了恐怕就给遮挡住啦，这是第一个问题。第二个问题是宋书记要求把刻出来的口号染成红颜色，但他认为还是拿石灰水染成雪白比较醒目。再说呢，地堰都够长，一拉溜只写戳破天门口这样一句口号也太单调了吧？这是第三个问题。

他拿了这三个问题去请示宋书记。

宋书记几乎踢了他一脚，骂他太没水平啦，就只刻这一句口号必须带红懂不懂？他懂了，不过心里觉得宋书记太暴躁了，是不是还在怀疑那个人物就是他呀？出来问了问旁人才知道宋书记正着急着要去批炸药，他就放心了，难怪冷不防对他爆炸了一下，原来是心里在想炸药。

戳破天门口，看来还是宋书记有水平有气魄。他决定把这句口号刻得大一些深一些，不过还是决定染成雪白，为了落实带红的指示可以描一个红边。他亲自写了刻了染了描了第一条口号，出工的老乡们都说好看得很，女人们更夸奖他真是心灵手巧秀气得其他男人谁也比不了。他听了就很想这样一条一条一直刻画下去。但一想到自家是主任，不得不停止了，指出两个教员照他的样板去刻画，不能学得走了样懂不懂？

一男一女两个教员都说懂了。

他坐在一旁亲自看着他们照他的样板刻了一条，差距不小，正想也对他们爆炸一下忽然就想到差距是一定要有的水平不同呀，再说他心里也没有去想炸药。

围住观看的老乡们也说教员们没有曹主任写得好看，女人们更说女老师还不如男主任心灵手巧秀气呢。女教员听了也没有脸红，只是很敬佩地看了看他。他是主任。如果不是主任，他只领导着这个女教员就可以把口号一条一条刻满地堰啦，一定一条比一条刻得好看，可以整整刻一个春天了。但不敢忘了你是主任。

戳破天门口，戳字笔画太多啦但这个戳字用得够有气魄，你不是那个人物懂不懂？远在天边近在眼前，他想得太美啦，幸亏宋书记提出了新口号不再追查那个人物了,不然也不愁给你塞一嘴驴粪。

他忽然想到驴粪不由出了一身冷汗。

再亲自刻一条口号吧不敢惊慌。

你也想含四小时驴粪对不对?

我是主任。

戳破天门口,戳字的笔画太多啦但笔画多的字写出来好看,只是手在发抖。

你惊慌甚么你没有写反动标语吧你只在心里想了几天也不是想写反动标语呀只是想远在天边近在眼前。

妇女们又说到底还是曹主任秀气。

女教员又站在他身后看他写字。

他的手还是发抖。

那一次也是他先捡到了标语。他每天起得比爱人早那天也起得比她早,去倒尿盆发现了院地上扔着一个麻纸团,是无意中踢了一脚它滚了三尺远又停住了。它不是干净的麻纸,他以为是谁掏掉下来的几毛钱,所以就把它捡起来了。捡起来看清是一团烂麻纸本来该把它扔了拉倒,他又疑心怕是谁给她写的字条。那时他也没想野庄能有几个男人会写字可能自己还没有睡醒吧。等展开麻纸团他才给吓醒了,当时手也发抖了吧记不很清楚啦,麻纸上写的不是戳破天门口也不是约爱人到哪里去见面更不是一张伍毛钱的脏票子,“五点枪响就发动第四组”,用铅笔写的字,字不好看像学生们写的也可能是故意写得不好看。他真是给吓醒了把记得很清楚的一个梦也给吓碎啦。他慌忙跑进西厢客房看了马蹄表,我的祖宗先人只差十二分钟就到五点钟啦,到五点钟就要响枪可能还会扔手榴弹那时还没有想到炸药,你浑身发抖了吗?

原来不过是一场游戏。

戳破天门口才需要炸药。

但他跑去报告宋书记时候的确是吓慌了,只顾跑去报告忘了爱人还睡在一号院的土窑里，一颗手榴弹扔进去她就牺牲啦。一路上村里安静得出奇，他越发感到五点钟选得够聪明，天刚亮了发动方便而干部社员又瞌睡得正香，不过又怀疑是一场梦吧没有怀疑是一场游戏。一边跑一边又看了麻纸字条，白纸黑字不是假的。

他记得当时宋书记也已经起来了只是似乎还没有睡醒，听完他的报告并不惊慌只打一个长长的呵欠伸了伸懒腰又放开嗓门吼了一声，他几乎听成了爆炸声。

他觉得立刻就要爆炸啦，到这时才想起爱人还睡在一号院。

宋书记接住麻纸字条看了看仍然没有惊慌。

立刻就要爆炸啦，爱人不能牺牲。其实不过是一场游戏，但那时候没有想到。

"这字条是谁送来的？"

"我捡的宋书记马上就到五点啦？"

"我知道快五点啦，你捡的你在哪儿捡的？"

"一号院刚才去倒尿盆时候捡的，五点纸上写的是五点！"

"五点？你眼瞎了呀明明写的是三点。"

"明明是五点呀！"

"你看是几点？"

他接住字条又看了看，像是五点又像是三点，字写得太丑太不成笔画。如果是三点他可以放心了，黑夜的三点已经过啦白天的三点还早呢，你不用害怕爱人牺牲了。

其实不过是一场游戏。

但宋书记的两眼就忽然发亮起来，又吼了一声吐出一口干痰来。

"好得很，这是反动标语你懂不懂！"

他记得就是在那时开始疑心是不是他自己写的字条。你的字写得要比这张字条好看一百倍你也不会在烂麻纸上写吧你有的是雪白的有光纸你是主任，但你可以故意写得又丑又难看故意捡一张烂麻纸你有枪吗？民兵有枪你是主任你也有枪。可你在五点钟想发动甚么？发动拖拉机发动群众去给你磕头吗那时松树没有再显灵，你想不出应该发动甚么所以一想到这个问题上你就不想怀疑自家了。只是一瞅见宋书记两眼闪着激动人心的亮光一听见宋书记响亮的讲话，他就又忍不住怀疑自己了。是你捡到的但谁也没有看见你捡吧一号院那时没有别人只有一个爱人她又睡得正香，谁能证明是你捡的不是你写的呀，你识字讲卫生会写字可以故意写得不像是你的字故意找一张烂麻纸就像一团烂票子容易给人发现，你也有枪。但你在五点钟想发动甚么？五点钟也选得聪明你也够聪明但你到底想发动甚么？发动老乡戳破天门口吗那时还没有提出这个口号，放心吧你是主任。可惜他一直不想放心只想怀疑，仿佛已经知道了那是一场游戏了似的。

其实他一直不知道那原来是一场游戏。

几天以后宋书记把宋家三小提回来了，他们是本家兄弟可宋书记提着宋三小就像提着一只猪娃只是没有像猪娃似的吱哇喊叫。看见这情形他又想象宋书记不能提得动他，你一百来斤重呢他能提得动恐怕也得憋红皮脸加快心跳吧。宋三小是后生也有一百来斤吧他像提猪娃似的提回来了，你不敢心跳。宋三小蹲在墙旮旯一边蹭着脊背一边就承认了那标语是他写的。

宋书记审问他三点发动是甚么意思第四组是甚么组枪呢藏到甚么地方为甚么要扔进一号院？

宋三小一句也不交代只朝墙旮旯蹭脊背可能脊背里很痒。

“我看你是肉皮发痒想挨打啦是不是？”

宋书记居然也看出宋三小脊背发痒了，他想高兴一下可心里还是放不下。当时他以为那就是威严的审问断案不知道那是一场游戏。宋书记怎么把宋三小追查到的，他一直也不明白当时和后来都问过，宋书记只说那还不容易却不肯细说，他不明白其中是有机密还是像抓猪娃一样容易不值得细说。到底还是宋书记有水平。不过当时宋书记也没有看清那是一场游戏吧，他记得那几天宋书记两眼一直闪着激动人心的光芒。

宋三小在庙里禁闭了几天，每天只允许家里给送两顿饭只允许送稀汤寡水不允许送干粮，夜里过堂不允许瞌睡，可三小依旧死不交代。宋贵亭老汉哭天呼地一边咒骂他家三小一边央求他本家书记。本家书记两眼闪着大义灭亲的光芒。全村的气氛越来越紧张，完全不像是一场游戏。到这时候，他已不再疑心自己了心里充满了激动，很详细地记录着案情的发展，真是难得的事例惊险曲折有意义。

那天宋三小给捆了一绳吊了两个小时到后半夜时候当时他估计正是半夜三点左右，全交代啦，各村组织联络信号行动计划偷枪办法全坦白出来啦。

他听着记着心里激动到了极点感到故事已经到了吃紧的高潮时候啦，他看宋书记也够激动不但两眼闪光满脸也闪着光芒照得宋三小也发亮了。

可惜的是刚到高潮就很快暴露了原来是一场游戏。宋三小坦白说河头是第一组他跟一个姓白的地主联络。当时他只顾了激动只顾了记录没有疑心有问题，还是宋书记够水平忽然问他河头有姓白的地主吗？他才赶紧回忆了一下，河头的地主都不姓白。后来又派人到各村打听了没有问到一个宋三小坦白的接头人，原来是一场游戏。

当时他十分失望又担心宋书记会一斧头把宋三小劈了，他没有想到结果是叫三小含了四小时驴粪故事就结束啦。

他很可能是学习宋三小想做一场游戏吧但他肯定不想含四小时驴粪。你识字讲卫生你是主任你怎么会向宋三小学习你没有暴露你不用害怕，你要坦白可能会坦白得更惊险曲折形势严重有枪有手榴弹更不像是一场游戏，可惜闹松树那几天你竟然没有写一张字条贴到松树上。你不是在学习宋三小你是在心里游戏比宋三小有水平得多啦，含四小时驴粪真不知道那是一种甚么滋味。但宋贵亭老汉说这比送他三小去住法院强得多。后来煤窑来招工，本家书记叫宋四小去了没有叫三小去，不知是不是还想叫他做游戏。

他的手已经不发抖了。

戳破天门口五个半人高的字他已经用粉笔描出来了，头两个笔画多的字没有写好，后三个笔画少的字写得够好看。

女教员开始照着他的粉笔线刻起来了。

妇女们又说还是他秀气。

他忽然听见了一声很强烈的爆炸声，但老乡们教员们却一点反应也没有。

他问女教员听见甚么响声了吗？

她说没有呀。

没有吗？

没有。

他决定再亲自写一条口号。

围观的老乡们说，天门口有水，早听老人们说天门口有水啦。

“戳破天门口不怕把野庄冲走呀？”

“冲不走，水出来有一道干河槽呢。”

“干河槽怕放不下天门口的水吧？”

“我看差不多。”

“我看放不下！”

“你敢打赌不敢？”

“你说赌甚吧？”

“赌你这颗头！”

“你那颗头能有几两肉？”

大水流下河头然后归入云中河，那时候河头的地亩一定会更下湿盐碱吧，这是个问题。

妇女们一直在说他写画得够秀气。

第十九章

神灵走了谁也没有来,老杨没有来林书记没有来连老米走了也不见再来。宋万银说在后山天门口找见了水但县上的田技术员也没有来。河头的孟支书也没有来,前两年他带着河头的干部们常来参观,现在为甚么不来参观啦?孟支书说是来参观上野庄建设水平田。她说河头的地亩又平又有水你参观它做甚,你们是来参观我吧?他笑了笑。现在也不来参观她啦,她老了是不是?他只是笑了笑,没有再捏住她的下巴颏仔细参观她的牙口。杜家也没有人来。他一直都不来寻找她。他不是死了就是也成了人物了,但林书记一点不像他,只有老杨像他不怕费布票生了那么高大的个头却不是大官。你不是大官也可以来参观我呀我又没有嫌你费布票,我不喜爱穿衣裳可以给你节省布票,你也嫌我老了吗?

神灵走了药也没有顶事,谁也不再来参观她,就又想躺在玉茭叶中间死去,但这样想了又想仍然抓不来轻快了。而且男人天天都在说今年墒情不好玉茭出苗不全,缺苗断垄很严重成片成片没捉住苗像生了秃疮似的。真是挨刀货,你不把玉茭苗给我长全了叫我今年夏天到哪里去死呀?就在你的炕上死吗你又不会给我死当了主任你也还是不疼不痛吃了药也还是不疼不痛;你当了支书也是不疼不痛没有肌肉,可你还想戳破天门口流成一条河叫河水一直流到河头去,全是不疼不痛的挨刀货。

但他有本事取消了野庄婆姨们坐街,五年多了婆姨们没有坐街,全都给他撵去出勤啦。他没有取消她坐街,但女人们都出勤去了一街空荡她跟谁去坐街呀?

她问过孟支书河头女人还坐街不坐街。

孟支书说要能不坐街她们早就成仙了成不了仙也早变成男人了变成男人河头也早就变成典型了。

她问他你是男人点心还是女人点心?

他哼了一声好像是学牛叫从此不再来参观她了。

她真想再插一朵花跑出去坐街,连坐街也给挨刀货取消啦在野庄也寻不见一朵西番莲。没有红西番莲有白西番莲雪白的西番莲也顶事白花她也敢戴,白花也寻不见一朵。假花也没有一朵。假花你可以做一朵吧,没有绫罗绸缎,你可以做一朵纸花,没有红纸绿纸就做一朵雪白的纸花,再倒他一股红墨水,不用他的红墨水,你不能咬破你的中指滴一股自家的血呀血也够红吧。就给他戴一朵白花也高兴,只是坐街也给挨刀货取消啦。

我给你们说吧,我不能生养是男人不顶事你们不要看他白白净净当过教员会记账又当了主任其实也是挨刀货,你们的万银后生也是挨刀货不顶事信不信?不信都不信吧你们真是憨老婆也不想想我从河头迁回野庄是为甚么?为了侍候亲爹亲妈连我也不信,我侍候不了亲爹妈只能把他们气死你们还没看出来呀?我知道你们甚么都看出来了只是不说罢了只是不给我说,躲过我你们说得够高兴吧?甚么也不知道甚么也没有说我不信,在河头婆家我也坐过十年街我甚么都知道,不用害怕只要你们高兴就扯开脸说吧我也想高兴,你们还是不信?你们怕甚么我知道,我家男人是主任我家相好是支书我住在一号院天天侍候上级下来的人物对不对?我给你们说吧我家男人不是我男人我家相好也不是我相好,天天侍候上级人物也只是他们光彩,当支书主任都光彩连我亲爹亲妈也光彩啦,可我不想光彩你们信不信？我是一个能叫你们高兴的不光彩的婆姨你们信不信？你们想知道甚么我都敢给你们说，你们不敢给我说我给你说，你们喜爱听吧？说不喜爱那都是鬼说，我知道你们，我虽不生养但跟你们也一样信不信？

可惜没法坐街了没法给她们说。

河头还能坐街，但她想来想去还是觉得不能这样便宜了他们便宜了野庄，越想越觉得还是在野庄说着高兴，她们高兴她也高兴，说完她就可以浑身轻快躺进玉茭叶中间去死啦，不想死时再迁回河头。

她一连想了七天七夜越想越觉得不能便宜了野庄，越想也越明白了他们为甚么要取消坐街，原来他们就是害怕她给她们说呀，都够聪明，可她也不憨不傻吧？

七天七夜过后刮来一股热风，有人说怕要有雨，有人说只怕夏天也要受旱。她家主任领着社员担水补苗，男人担水女人补苗。男人们下沟担水停在泉水池边等水有足够的工夫听她说话，所以她要求也去担水，可她家主任死活不同意她去担水。他说她不会担水。你是怕我给男人们宣传你那高兴事吧，不叫担水我去补苗允许吧？女人们补苗也得等男人们担水来更有足够工夫听她说说笑笑。他更不叫她去补苗说你还是预备招呼客人吧。你给把客人请来吧把老杨给我请来，请来我就不说啦。

她又要求坐上拖拉机进城去说笑，城里人更多。但支书说他是进城拉炸药雷管引火线危险得很，也不允许她去。我不怕危险。他更不允许她去了，满脸要把她炸死的凶狠气。

一号院里就像野地里一样死静，一样有太阳，一样刮着热风，她不知道是要有雨还是要受旱只知道空空荡荡稀汤寡水不想便宜了他们。她梳光了头发没有寻见一朵花可插就走出了一号院，心想只要一把火就能烧了这一号院。

街上也是空空荡荡像野地里一样死静一样有太阳有热风只是没有坐街老婆们。

她只好朝朱先的红医站走去了。

吃了神药还不顶事她已经不吃朱先的苦药了，只想叫朱先再给她号一回脉，要是还不生养她就先对他说啦。朱先天天给众人看病，他可以向众人宣传她。可惜朱先是个老汉老神仙似的不喜爱多管女人们的闲事。这不是闲事是性命关天的大事你信不信，我不说就想死，说了也能死，我不怕死只怕死后没后人哭我，都不顶事不给我生养叫谁哭我，宋五爷没后给枪崩啦可众人高兴起来都在说他，你们高兴时候也来说我吧！我有甚么说头？我给你们说我全给你们说给你们说得清清楚楚，日后省得你们猜谜似的猜那一句话，我也有一句话我不止那一句话你们听不听信不信？

走进红医站的窑洞，她惊喜地发现这里果然挤着一堆婆姨老婆还有两个老汉，她们正高兴地说着甚么，一定是在说她吧。她高兴万分又痛恨自己怎么就忘了这里就是一个可以说笑的好地场，谢天谢地我的祖宗先人。

但她一进来她们都不说笑啦赶紧害起病来，都不用害怕我能叫你们高兴。

"朱先呢？"

她们说朱先给宋书记他妈看病去了听说咽茶饭都难啦。

她听说他妈一直腿疼出不了门怎么会是咽不下茶饭呀，朱先一定知道她要来说笑就故意躲走了，他妈死了有他哭呢，可她死了叫谁哭她？

她们说："春天害病不是好兆，只怕那老婆过不了麦秋了。"

有人说："那老婆要能熬过麦秋就不怕啦。"

她问："这是谁说的？"

她们说："朱先说的，老人们都知道这。"

两个老汉也说："就是。那老婆怕是命不好，自家亲儿当了支书正该享福呢她害病害得出不了门。"

她问："你们害病就是好兆呀？"

她们都给她吓住了一个个瞪大了眼不敢说话。

她先是以为她们都害怕死呢后来才明白了她们是害怕支书，一把火就在血脉里烧着了，不用害怕我不用害怕死我不怕死。

“你们不用害怕，我熬不过夏天啦！”

“你没有病吧？”

“我有病！”

“你有甚么病？”

“我不会生养！”

两个老汉一听就起身走了。

走了更好，走了我才万分高兴。

“玉环，不会生养也不算病吧？”

“是病也要不了性命呀玉环？”

“就是，不算病，玉环你先抱一个娃养着也一样。”

“过继一个也一样。”

“我给你们说吧他们全都一样不顶事，你们不要看我家男人白白净净当过教员又当了主任他不顶事你们信不信？”

“玉环看你说甚呢你男人够精干。”

“你男人够精干有后没后是命里的事。”

“你男人够精干玉环。”

“顶事不顶事我比你们清楚吧你们能知道甚么他精干个脚后跟！”

“玉环你说他咋不顶事？”

“我看见他挺精干你说他咋不顶事？”

“就是他咋不顶事你说呀？”

她看见她们果然高兴起来了心里万分欢喜，只是她们一直说他够精干又叫她万分痛恨，她才明白了她不是想说他这个挨刀货只是想说她自己。他死了她们也会说他够精干吧他真应该配给她们这些憨婆姨，祖宗先人们。

“那挨刀货顶事不顶事你们去问他吧不用问我！”

“玉环你允许我们问呀？”

“你不怕呀？”

“你允许他给我们说呀?”

她们越发高兴起来了叫她万分痛恨,真是一堆憨婆姨跟河头的坐街婆姨们一样憨,她知道她们想叫她说甚么,你们想偷他用他对不对一堆憨婆姨,只一把火我就把他给你们烧尽了,祖宗先人们!

“我允许你们偷他用他都听清了没有?”

她们一听这话又给吓住了,她知道她们是故意假装给吓住了,不用假装你们高兴吧我想叫你们高兴想叫你们记住我信不信?我万分高兴。

“死玉环!”

“看你说甚呢你疯啦?”

“你真允许呀?”

她知道她们又高兴起来了,趁她们高兴时候她就说出她们更高兴听的那一句话来啦,你们得记住我不能便宜了他,我不光彩他也不光彩吧?

“我给你们说吧我偷了用了你们的万银后生了你们信不信?不信?都是鬼说呢我知道你们早知道啦对不对?不用假装我不怕,我给你们亲口说清楚吧真有的事你们想吧我为甚么从河头迁回野庄来?为了侍候我亲爹妈叫他们也光彩是吧?你们看我像个光彩的婆姨不像我连生养还不会生养呢光彩个脚后跟,我迁回野庄就是想光彩,我住进了一号院当了主任婆姨我还想穿一双白球鞋还想生养后人,可你们的万银后生也不顶事你们信不信?”

她们又给她吓住啦。又是在假装吧我的先人们。

你们假装吓住了就是想听我给你们说,我就给你们说我不能不说不能便宜了他们不能便宜了野庄不能只叫他们都光彩只叫我一个人不光彩,我不怕不光彩只害怕你们不知道我不光彩我死了没人哭我也没人笑我,一座孤坟叫野草埋没了,我也是好汉吧敢用你们的支书你们不能忘了我,我全给你们说了在玉茭叶中间晒太阳也给你们说了我还想叫老杨也去晒太阳他是好人他不去,我不是好人我敢去我要偷了老杨我就更是好汉了对不对?

她又高兴又痛恨地说下去了。

她们仍然惊吓得像又害起病来没有再高兴起来。

不管你们是真给吓住了还是假给吓住了我只是想说。

她越说她们越不高兴，惊吓变成了惊奇，惊奇又变成了惊吓，后来就一齐逃出红医站跑散了。

你们是真给吓跑了还是不相信我说的？

她们不会不相信，她知道她们甚么都知道，她们一定是给吓跑了。她也不相信她们会给这事吓跑，坐街时候她们不就专爱听这种事说这种事吗，她们还是不相信她说的吧。谁也不会自己说自己的这种事，自己一说真事能变成假事吗？

我敢说我想说我不怕丢人，怕丢人你们能记住我吗？

红医站现在也变成一片空荡像野地里一样死静了。

你们走不了，我能叫我家主任和支书把你们叫来开会，我要给你们讲一回话，最后讲一回话，看你们信不信。

她正要走出死静的红医站，只见一个老汉跑进来了。是朱先回来了吧我先给你讲话。但她记得朱先不会跑只会走也有腿疼病，你心里还是明明白白吧。不是朱先是宋家三伯，她的眼睛明明亮亮。

“三伯你是寻朱先不是？他不在啦你信不信？我给你说吧你知道我为甚么不能生养？男人都不顶事我家主任不顶事你家支书也不顶事你信不信？”

“我问你一件事能行吧？”

“你问吧想问甚事问甚事我正想全对你说呢。”

“我家四个小子，十八二十二十一二十三，都该娶媳妇你说先给谁娶吧？”

“你想给谁娶由你我不管我还有事给你说！”

“四小几乎给淹死他又工钱大，三小是个二杆子不娶婆姨治不住他，二小最孝顺大小是长子，我不能给他们伙娶一个婆姨吧你说？”

“我不管你你家支书也不顶事你信不信?”

“我娶四个媳妇娶不起又不能给他们伙娶一个婆姨吧你不知道我家四小几乎给淹死我的祖宗先人只差一口气,你说我该给谁先娶媳妇呀?”

“我说他们都不顶事!”

“他们没本事也不能伙娶一个婆姨吧你说?”

“我说你家支书我家主任都不顶事你信不信?”

“我家四小几乎给淹死我的祖宗先人只差一口气!”

“你不是不怕活埋吗?”

“那是苦肉计只差一口气没有淹死我的先人。”

她只好丢下这个老汉走了。

街上还是像野地一样死静一样有太阳有热风。仍然没坐街老婆们。

她想起她亲爹的饲养院里时常也聚着一堆人,是一堆男人,她不怕。但今天饲养院里也像野地里一样死静,连她亲爹也没有寻见,只有平时在这里挣切草工分的那个哑巴靠住墙根在晒太阳。

她对哑巴讲话他不会宣传给后人,她亲爹一定是下沟担水去了,她觉得自己心里还清清楚楚。

教员学生也抗旱去了,学校里也一定像野地里一样死静。

庙里有高音喇叭,她可以在高音喇叭里讲最后一次话。

庙上锁着门。

实在没有办法你就去住娘家吧,我的祖宗先人野庄就是你的娘家呀你心里不是清清楚楚吗?

只要放一把火众人就都回来啦,你心里够清楚。

我也要去抗旱去担水去补苗,你们都聚在野地里野沟里又说又笑,把我锁在一号院里是想把我憋闷死我清楚,不叫我去抗旱不叫我去坐街是怕我给众人讲话对不对?

也许客人已经真来到了。

她跑回一号院。

一号院里仍然一片空荡一片死静只有太阳和热风。

给你们放一把火我就去死啦,只是野地里的玉菱苗才生出两片嫩叶又缺苗断垄得严重,玉菱地里也生了秃疮,你们叫我到哪里去死呀?老杨你真是好人我看你能当县长,你当了县长能把杜大夫给我请回来吗?叫他给我开一服西药我只想生养不想打篮球也不想放卫星不想疯啦。老杨你看我不像疯了吧,我喝了酒也没有疯没有对你吆喊老杨你过来姓白的你过来,我就是对你吆喊你也不过来,你是好人你过来我也相信你是好人你能当县长,你不过来是怕当不成县长对不对?等你当了县长就不用害怕了吧,我知道你当了县长就不敢姓杨了又得改姓林对不对?你再改一回姓我也认得你,你说你不认得我,我老了,我死了也没有人哭我,我不怕你。

有人跑进一号院来了,真是有客人来啦真是老杨又来啦,原来是挨刀货你!

“玉环你又咋啦?”

她恶恶地瞅住他不想说话。他脸是白的头发是黑的,白脸黑头发上都盖了一层细土,可村里的憨婆姨们都说他够精干。

“玉环你没事吧?”

一定是她们跑去给他报告了她说的话了,好得很,我就是想叫你知道,她给他笑了一笑,一定笑得够难看,他给吓住了。

“玉环你觉得哪儿不熨帖,又是头疼吗?”

“你跑回来是想救火对不对?”

他给吓软了不再问话。

她高兴万分。

“婆姨们说你够精干你知道不知道?”

他更不敢回话了惊恐地瞅住她一动不动。

“她们说我又疯了是不是?”

他一动不动。

“你看我像疯了吗?”

“玉环你觉得哪儿不熨帖?”

“我疯了。”

她高兴万分。

我不放火可以疯,疯了我甚么都可以说啦谁也管不住因为我疯了。我疯了她们也会几辈子记住我一辈接一辈把我宣传给后人,曹家四婶曹家他四奶疯过赤身露肉满村跑,我不怕你们说,我不怕疯,你们一辈接一辈往下说吧这比有人哭我还强一百倍。不过这一回我不给你们赤身露肉了不能再便宜了你们,我只说甚么都要说,你们谁也不要想管我。上一回我刚病了没几天,你们倒想出治我的好办法来了给我求来了神药真够聪明。这一回神灵刚走了又得五年不回来,看你们还能有甚么聪明办法吧。我清楚了我不怕疯,不用坐街不用开会,我走到哪儿见了谁都能说笑因为我疯了,男人女人老婆老汉我都敢说笑。不用喝酒也能说笑啦,省得喝了酒浑身发冷叫他压三床棉被不能动弹。老杨你再来住一号院我也敢对你吆喊了姓白的你过来因为我疯了。

“你说你姓甚?”

“玉环你是咋啦?”

“你说你到底姓甚么?”

他给她吓跑啦,她很高兴。他一定是去找他亲妈去了可惜你妈还在河头,等我在野庄疯完了再回河头给你疯,河头不旱吧庄稼到夏天也是又绿又密。

她正想出去站在一号院街门口的台阶上讲话,他把她亲妈领来了。

“玉环我娃你是咋啦?”

“我疯啦。”

“玉环我娃你不敢想不开现如今光景正好过呢你有甚想不开你女婿是主任,你住在一号院明明亮亮又有好吃好喝玉环我娃你不敢想不开,生养不生养也不由你呀我们也不嫌你,叫你女婿挑个好人家给你抱一个先养着也顶事吧过继一个也顶事,我娃你不敢想不开。”

“谁是你娃？”

“玉环我娃你千万不敢想不开你女婿是主任！”

“谁是我女婿他姓甚？”

亲妈和男人说了许多话，她只用这两句话就把他们又吓跑啦。

不久，她亲爹也跑来了。

她爹说：“看我拿镰把敲你！”

她说：“你敲吧！”

她爹就那一句话，她也就这一句话，来回说了几遍，亲爹也给吓跑啦。

后晌，她家主任请来了朱先。

朱先甚么也没有说，只低头静坐着好像是在寻思治她的办法。

她也不说话心里想你用甚么办法也治不了我。

静坐了一阵，朱先才说了一句话：“曹主任，你就先由她吧。”

说完朱先就走了。

她万分高兴，觉得疯了真是不赖一个接一个全都给她打败了。你还能请谁就赶紧去请吧，我谁也不怕谁也能给你打败。你去把那些憨婆姨们也请来吧她们都说你够精干，可我早把她们先打败啦，你去请米头儿吧他更败得快，你去请县上的书记县长我也不怕，请来老杨老白我也不怕。我不怕疯谁也治不了。她很快乐甚至快乐得忘记了跑出去在满村自由讲话了，只想稳坐在一号院里等待一个接一个跑来治她的人，然后一个接一个把他们全都打败。

半后晌时候，她家主任真把他亲妈也接来了。

他妈只给她哭号。

她说我不认得你。

他妈也不敢再哭啦，也不敢在一号院住跑到她爹妈那头去住了不知还哭号不哭号。

她忽然寻思主任要把河头的孟支书请来，再捏住她的下巴看她的牙口该咋办？他够聪明能看出她有事没事。

她就咬他一口让他说你的牙口不赖。

天黑时候,宋万银也跑回来想治她,满脸凶狠气。

“玉环你是想咋吧?”

“你不是去批炸药了吗我想叫你炸死我。”

“你愿意我就炸!”

“我愿意。”

“甚时候?”

“我先在全村大会上讲一回话!”

“你疯啦?”

“我没疯呀我认得你。”

“你休息吧。”

“姓宋的你过来!”

“玉环你休息吧。”

“姓宋的你过来!”

“你到底咋啦?”

“我牙口好想咬你一口!”

他也给吓跑啦。

全都叫她斗败了,真是叫人高兴,不用满村去讲话不用赤身露肉满世界跑就把他们一个接一个打败了。一阵快乐又涌进血脉里,她只觉得很疲累就忽然一头栽倒在炕上瞌睡过去了。后来听他们说,她一直瞌睡了三天三夜没动一动。

在这三天三夜里,他和曹主任研究了好几回,要不要把她送进县上的医院去。曹主任拿不定主意,说她在河头也闹过一回迁到野庄就好啦。他问曹主任:“你们还想往后山迁移呀?”

曹主任说:“后山她没有娘家呀。”

他说:“我姥娘家就在后山。”

曹主任说:“她姥娘家不在后山呀。”

他说:“那就送进县医院。”

曹主任说:“朱先说由她先睡吧。”

他说:“那就先由她睡吧。”

她睡了倒省得她满村疯说疯跑,只是村里老乡们太高兴满村说笑,他只好下了一道指示谁再说笑就叫谁含四小时驴粪。

曹主任又说担水补苗工程太大啦,已经影响到人和牲灵喝水。

朱先又说他妈的病怕熬不过麦秋啦。他想把他妈也送进医院,他妈怕死在外头回不了村高低不叫送。

你们都不想叫我戳破天门口了是不是,不想有一条万银河了是不是,只要放一声开山炮我也想去瞌睡它七天七夜了老乡们。

炸药炸药跑了几趟了拉不回炸药,田技术员把炸药都填进自家老婆的肚里去了。田技术员老婆可真够没个看头了,她男人是找水脉专家却憨汉一般不懂得给她皮脸上先增加几分水色,还叫她爱人呢跟老乡也差㞗不多像受了历史上的大旱了皮脸真够没看头。等他再往下看时才发现她是肚大了大得怕人他就疑心像是填满炸药了,不过她果然穿了一件四个兜儿的绿军衣。老田你是想生一个男娃给你传宗接代吧?田技术员对他摸进家属院来很不高兴,但他能看出老田想偷笑。形势不错,你既然采用了我教你的生男娃的好办法就一定得给我批几车炸药啦,你不能白用我发明的办法懂不懂?狗孙还是不给批,说得局长放话。水利局长像个大人物脑门又秃又亮,但他也不敢放话说得林书记放话。林书记却偏偏又像受了谁的磕打了脾气一直不好,叫他去见局长。你是一县之长除了你老婆谁敢磕打你?他又摸进林书记的家属院,书记老婆的皮脸倒还水色不像受过旱可惜老啦。她也不像是凶狠的婆姨,给他吃了两碗炒大米不敢应承给批炸药,她说她当不了掌柜的家。你家掌柜是一县之长够伟大啦你想凶狠也不怕。肚里装了两碗炒大米,又去见局长,局长的脑门还是又秃又亮但不敢发脾气了,叫他去找田技术员看到底有水没水。田技术员不给批有水,原来你老婆脸上也旱得没水色,原来你把炸药都填到老婆肚里去了狗孙。

他又疑心是不是又有人告了他的黑状了。

他寻见了老杨。

老杨说他去年腊月结婚了。

他问新媳妇水色不水色。

老杨说够水色,给他指着看玻璃板压着的大照片。

他左看右看像是见过似的但想不起来在哪儿见过,不过水色个鬼明明是受了八辈子的旱了像老乡似的。

他问是不是农业上的闺女?

老杨说不是她先在照相馆现在在文化馆,够不够水色?

他说水色个鬼,我叫你沉住气你不听,沉住气这是关键。

老杨说你的眼光不行。

他说你的眼光才没水平照她这样农业上要多少有多少你懂不懂?

老杨说谁说她是农业上的?

他说谁说她是农业上的来?

老杨说你说来谁说来?

他说你才说来!

老杨说你才说来!

他说我说她水色个鬼!

他发现老杨在城里新娶了一个媳妇居然跟农业上的老婆也差不多,心里很高兴。这一高兴把炸药和黑状的事全给忘记了,高高兴兴跑到拖拉机跟前这才生了气。但时候不早啦只好拉上一车斗垃圾赶回野庄去,垃圾沤粪他怄气,狗孙们都想气炸他的血脉是不是?

血脉一直没有炸破他觉得是因为她够水色,比田技术员老婆比老杨媳妇比城里的婆姨都水色,叫他看比林书记家老婆也水色,真没想到她给他疯了。这不是叫他流血牺牲吗?你想疯等我戳破天门口流成万银河以后再疯也不迟吧我的祖宗先人。

曹主任给他分析说，村里有一半的老乡相信她疯说的话，有一半不相信。相信的那一半老乡说，那种话只有疯了才敢说，所以他们相信。不相信的那一半老乡说，人疯了说的都是疯话不能相信，就是不疯也没人敢说那种关乎自家的话，敢说出来一定没有那种事，所以他们不相信。在相信她的老乡中间是男人多，在不相信她的老乡中间又是女人多，但在坚决不相信的老乡中间又是男人多，在坚决相信的老乡中间又是女人多。

他对曹主任说："不管相信不相信谁再说她就叫谁含四小时驴粪懂不懂？"

曹主任说："好得很！"

第二十章

他万万没有想到他妈在临终前会遗留给他七块大洋。他知道大洋是银的也知道金银比铜铁重，但七块大洋接在手里还是觉得真够沉重，狗孙银子就这样沉呀？从小就被别人叫万银，万银万银给叫喊了几十年啦后来又当了兵后来又当上了相当于连级的书记，可这银子他还是平生头一回见到。可惜父母住的窑洞里太昏暗了他看不清，只能感到放在手心里真够沉重。

父母住的窑洞给陈年烟火熏得够黑，窗户上没有玻璃只有几块牛皮纸补丁。天又黑了，他妈不叫点灯。就在这一片昏暗中，不知她从哪儿摸出这七块大洋，它们排得齐楚给包在一块旧布里。

“我怕过不了今年麦秋了，留给你一样东西，是银的，你不到万不得已不要花它，谁也不用叫知道，你爹你媳妇都不用叫他们知道。”

当时他不知道是大洋，隔着旧布摸着很硬掂着很沉重他还以为是一个银元宝。

“你记住，不到万不得已不要花它，谁也不用叫知道你藏好吧，你不敢往地亩里藏小心藏迷了地方，如今地亩又是公家的，你藏好不到万不得已不要花它。”

母亲一再这样交代他，他就越发相信那是一个银元宝了。

因为他爹早就给他说过，他家祖上原有三锭银元宝一辈接一辈往下传，传到他老爷手里失传了。他问是他老爷给花了不是？他爹说你老爷能舍得花吗？你爷说你老爷一辈子也没花过一文钱，不花一文钱也活了七十来岁命耐呢。他问那三锭元宝呢是给人偷啦？他爹说不是给人偷了是你老爷藏迷了地方死活没有寻见，你老爷手里藏着元宝谁也不知道，除了死了的祖爷们谁也不知道，你老奶不知道你爷也不知道，谁也不知道他手里藏着元宝谁能去偷呢？要不是他藏迷了地方死活寻不见了，你爷得到他临咽气时候才能知道。因为他藏迷了地方死活寻不见了才早早给你爷说了叫你爷跟他去寻找，你爷有好几年一直不相信他说的是真话。

他问他老爷把元宝藏在甚么地方啦？他爹说听你爷说是藏在坟地了，因为没有自家的地亩只有那一块坟地，你老爷说藏在坟地里有你祖爷们守着呢万无一失，谁知就藏迷了地方呢？你爷天天半夜跟你老爷去坟地里寻找，刨一处没有刨一处没有，越刨你老爷失迷得越厉害，看见哪里都像是他藏元宝的地方。到后来除了你祖爷们的坟墓堆之外，全刨遍了也没寻见。你爷说，你老爷当下就躺在坟地里叫活埋了他，你爷死活劝他不起。后来你爷对他说元宝十有九是祖爷们收走啦，他们知道你到万不得已时候也照样能活，因此就收走元宝啦，你不敢死，你这样死了去见祖爷们不给他们恶骂才日怪，要是他们不认你看你咋办吧！这一说你老爷才回了村，一辈子没花一文钱，还想再攒三锭元宝留给后人可惜到死也没攒下。你爷有好几年不相信你老爷真藏迷了元宝，可他也想攒几个元宝留传给后人到死也没攒下。不过你爷一辈子也不会花钱。

他爹对他说：“我这一辈子也给你攒不下元宝啦可我也没有学会花钱，你狗孙就非得移坟移穴呀？”

他对他爹说坚决得移。

他爹说：“你小心有元宝。”

他叫他爹天天到自家的坟地去出勤。

可是老坟地动土三尺建设完了也没有发现有元宝呀？那时他觉得他爹他爷他老爷他祖爷都是老乡，攒了三个元宝也可能是拾了三个元宝吧，就一辈接一辈比赛不花钱，你们就真没有万不得已时候呀？万不得已也能活你们可真是命耐得伟大，不吃不喝也能活吧祖宗先人们。当时他也疑心他老爷藏迷了元宝不是真事，很可能是他老爷给元宝迷了心窍编了那样一个故事，哪有元宝是有鬼吧。

但是，现在在一片昏暗中他接过母亲传给的一小包又沉又硬的银货，不由得就疑心它是元宝了。可能他爹在移坟时寻见那几锭元宝啦一直不给他说，他妈偷了一锭先传给了他，她说不能叫你爹知道，好得很呀给我保密保了五年了也够老汉伟大啦。但移坟修地的工地上老乡很多，老乡们全给你保密呀？很可能他老爷并没有藏迷了元宝，元宝早秘密传到他爹手里了，老汉怕他移坟就给他编了那样一个故事。我也不会偷抢你的元宝你费脑筋编这个故事做甚真是老乡。不过他真想立刻亲眼看一看这个元宝，都说是白花花的银子，它也是明亮得一片白花花呀？他当了书记了又会开拖拉机县长书记的家属院他也敢踢开门进去，林书记家老婆还给他吃过炒大米饭，但他至今没有见过银子更没有见过元宝，只见过老乡们在上坟时候拿锡纸糊的假元宝。锡纸假元宝也是明亮得一片白花花。他渴望亲眼见一见白花花的真元宝就像渴望能早放一声开山炮似的把甚么都看得扯淡啦，甚至忘记了他妈正在临终时候。

他接过银元宝吃惊了一阵，刚明白过来就从那昏暗的老窑里跑出来。想到自己的新窑里去看元宝，又怕给自家那憨老婆知道，就跑出了街门。想到一号院的西厢客房去看元宝，又怕唐玉环见了真元宝会再疯了，他只好跑到庙上。

一路上觉着那个真元宝越来越沉重啦，狗孙。

庙里，会计还在电灯下算账。他把会计撵走了，又关紧了门，听了听没有甚么动静，正要打开旧布时候忽然想到了扩音机器。不能大意它要没关了电门狗日的全村都能听见他得了元宝。他跳到扩音机器跟前看了看,它关着电门呢。又侧耳听了听,里外都没有动静。好得很。

狗孙,不是元宝,更没有明亮得一片白花花!

这就是银货吗?这叫甚么东西呀?

他忽然想到这个可能是大洋,母亲说你不到万不得已不能花它,大洋能花到银行兑成钱就能花,但这就是银子呀,不是白花花远没有锡纸明亮。

他数了数一共是七个。

他掂了掂,每一个都很沉重。

可能是真的,可能是真银子。老乡们都说银子白花花,不能听信狗孙们说的话,甚么都是说的比做的好听,甚么都是假的比真的好看。墙上贴的画里面那些女人都够美,世上的活女人谁能比得上?假花也都比真花做得大做得美,世上的甚么事不是假的比真的美呀狗孙。

他相信了七个大洋是真银的却又不相信他妈会有它,她从哪儿得了这七块大洋呢?她娘家也是好成分,她说她这辈子没进过城,庙会只去过河头。是他爹给她的她不会花一直留到如今吗?他爹一辈子种庄稼没有听说做过买卖,老汉是不是把那三锭元宝换成大洋了?三个元宝不止换七块大洋吧其余的大洋是你花啦还是也给藏迷了地方了?你说你没有学会花钱可你把元宝换成大洋做甚?老汉可能真是没有元宝。他没有见过真大洋,它也不是白花花的假的都比真的好看,它们也够好看又沉又硬印得够花哨又做得够圆,只是不知道是不是真大洋。

他看了又看想了又想正不明白呢曹主任跑来见他了。幸亏曹主任没进门先喊了他一声,他才有机会慌忙包起来丢进衣兜里没给发现。他对曹主任正在这时候跑来见他真是仇恨透了。

曹主任跑来对他说:“宋书记你看你本家三伯是不是也疯啦,他缠住问我公家允许不允许给他那四个儿伙娶一个婆姨,缠住问了我好几回啦,你说我该咋办吧?”

“你才疯啦你懂不懂!”

他忍不住连吼了几声把曹主任给撵跑啦,丢进衣兜里的七块大洋坠得很沉重。曹主任走了以后他一直没想好该把它们藏到哪里才放心,想来想去还是觉得祖爷们藏的地方最妥帖,藏到野地里比藏到家里院里村里好,坟地里最好。谁损德想偷它也得惧乎坟地吧那里有你祖宗先人呢。只是还不敢断定它是真大洋,曹主任刚才跑来该叫他断一断真假,拉屎倒吧他大概也没见过真金真银。还是丢在你衣兜里吧你不能忘了你是野庄的书记,贴身装着它谁也不敢近你的身你是怕甚么。

这样决定了他才离开庙上往家走,一路上那狗孙银子仍坠得他够难活,心想还得寻个妥帖地方藏了它。

藏到松树底下咋样?

好得很呀!他想到这个地方就激动起来了。

松树是神树,谁损德也不敢到它眼皮下损德吧?你敢大义灭亲也不敢大义灭神吧,他是无神论者,可老乡们崇拜松树呢。再说埋藏到松树底下也不必怕藏迷了地方。那棵松树一年四季都绿森森挺立在村口不愁寻不见它,全野庄也只有这一棵松树不像祖爷们的坟墓堆一座又一座全都差不多。他觉得这又是一个很聪明的主意,他发明的这个地方比祖爷们挑选的坟地可是有水平多啦,好得很。

他很高兴地回到家里,想到母亲的老窑里再问一问银大洋是谁传给她的,但他那憨老婆说母亲刚睡稳了已经有几天连米汤也咽不下了。当时他仍然没有意识到母亲已经到了临终时候,他一直给那狗孙银子迷着心窍。记得当时他还对他婆姨说不管怎样明天得送老人进医院。他婆姨说老人就怕死在村外已经这时候啦她不会去医院,你要愣拉她去只怕会要了她的命。这些话他后来都回想起来啦,可在当时他听了仍然没有意识到母亲已经到了临终时候。那一夜他由于高兴居然睡得很解乏。

第二天,他没有坚决开拖拉机送母亲进医院,仍然给狗孙银子迷着心窍,越想寻见藏它的好地方就越着急想断清真假。他想来想去想到了全上野庄只有两个老汉能断清大洋的真假,一个是唐玉环她爹,一个是朱先。在花大洋时候只有这两个老汉在城里做过事。玉环她爹常给老乡说他以前在城里一月挣两块大洋。只是他觉得玉环她爹够骄傲,自从他家玉环跟女婿迁回野庄以后老汉更骄傲得厉害,请老汉去断真假给他奚落一顿你也不好恶骂他吧,拉倒吧还是叫朱先给断吧。朱先不阴不阳倒不敢给你骄傲,不像玉环她爹,那老汉做下了一个水色的闺女他骄傲你也真没屌办法。

七块大洋都贴身装着,他只拿出一个给朱先断。当时红医站的老乡他全给撵走啦。他掏出一块大洋递给朱先的时候,几乎想说是他没收财主的浮财,幸亏及时醒悟到上野庄狗日的没有地富财主,只好说是没收河头财主的,财主交出来支援戳破天门口不知是真是假。

朱先果然没有骄傲就接住了,在手里掂了掂,又眯起眼看了看,便说:“宋书记,这银圆是假的。”

“假的?”

“假的。”

“你再使劲看看到底是真是假?”

朱先又放在手里掂了掂,眯起眼看了看,对他说:“宋书记,是假的。”

“还是假的?”

“假的。”

“叫你使劲你为甚么不使劲?”

朱先又捏住大洋使劲朝它吹了一口气,侧耳听了听,说:“宋书记是假的。”

还真能使劲呀?朱先果然听了他的指示使了劲,他相信了。狗日的咋会是假的?假的还用保甚么密。他把其他六块大洋也掏出来了。

朱先一块一块都使劲断了断,说都是假的。

他立刻就仇恨起来血脉也烧热了,狗日的谁这样损德胆敢欺负我家老人她一个憨老婆你欺负她做甚你隐藏得再深我也不愁把你挖出来五花大绑吊你四十个小时把假银子给我换成真银子然后一颗子弹把你枪崩了叫你背上那颗稀烂的人头去见你家祖爷下辈子也不用想托生成四条腿的牲灵狗孙。

“宋书记，七块大洋就是真的也不值多少钱了，你快去招呼你妈吧。”

但直到这时候他还被银子迷着心窍没有意识到母亲已经到了临终时候。他仇恨万分奔回家里，责问他爹是不是拿假银圆哄骗了母亲把真银圆埋藏到坟地去了？

老汉见了七块假大洋吓了一跳。问他是谁给的，他说是母亲，老汉不相信。他说大洋是假的，老汉更不相信。

你倒会假装呢。

就在这时他才忽然醒悟到母亲已到临终时候了，你可真是狗孙！

他扑进老窑里，母亲在昏暗中仍然睡得很沉稳，凑近试了试，还有气但分明已剩下一股细弱的悠悠气了。

你可真是狗孙，全野庄都早归了你了你竟然给七块大洋迷了心窍，母亲就是想要七块真大洋你也不愁给她吧你可真是狗孙，老人还清楚的时候你没有问她还想吃甚，接住元宝你就跑啦还想把元宝藏到松树下。全上野庄早归了你了你还藏那个元宝做甚你也想跟祖宗们比赛不花钱是不是你可真是狗孙，不花钱能炸开天门口呀？没有问你最后还想吃几口甚么，全野庄早归了你家万银啦你就是想吃山珍海味我也不愁给你寻来。你一直说腿疼，我叫朱先给你扎好腿了，你也不说想吃山珍海味自家跑到野地里掐回一把野扫帚苗吃，你是吃它做甚吃得你从此咽不下茶饭，你家万银可真是狗孙。

他叫了几声，他妈只是沉稳地瞌睡着只留着一股悠悠气。

这股悠悠气一直持续着不肯断绝，他不知道母亲是想再醒来一回而没有力气，还是她的命太耐了一直断不了这口悠悠气。

他想寻几个真银圆给她带上，但是野庄没有财主，谁也交不出银圆，连假的也没交出一个来。朱先说他真是没有。玉环她爹说他手里早没有啦，那年枪崩宋五爷时候他借给他们老宋家一块大洋至今还没有归还。他要不是玉环家爹,他早把他五花大绑吊起来了。

他想砍了松树给母亲做一副松木寿材,但老乡们全反对说松树是野庄的风水万万砍不得。你们说不能砍我偏得砍,只可惜玉环也反对,她说她死了还想埋到松树下,那你就欢欢喜喜去死吧。

但是,全村老乡都得给母亲戴孝,这个决定谁也不能反对。老乡都同意戴孝,只是说布票不够用呀,公家给发白布他们就孝。他吼了几声以后,想了想布票也真是个问题,幸亏他想起了新式戴孝法。全村老乡都做一朵白纸花戴上去送葬,白纸花不用布票都给他做得大些,起码也得碗口大,越大越好。老乡也很同意,只是说各家没有雪白的有光纸。他叫曹主任给各家发白纸,老乡们很高兴。只有唐玉环说她要做一朵红花戴,她要不是唐玉环他真想杀了她。

出殡以前开一个追悼会吗?他决定开一个,全村老乡都戴上白纸花参加追悼会都得流眼泪哭几声,谁不哭不给谁记工分。老乡们参加追悼会加上去送葬,他给每人都记工分。可他爹说追悼会开不开都扯淡,当紧得下河头去赁一顶好棺罩。

“野庄没有吗?”

“以前有,前几年闹四旧给烧啦,就是没烧也太寒碜呀还是下河头赁一顶好棺罩当紧。”

“好得很。”

他叫曹主任去办这件事。

曹主任想了想说:“以前财主家用的棺罩早给没收啦,众人伙用了几年也早稀烂了。前街有一户成分不高自家有一套出殡的家具专赁给众人挣钱,四清给清了个剥削性质也不敢赁了。”

“好得很,你去给我赁来不要怕花钱懂不懂?”

“宋书记怕不好办,给他多少钱只怕也不敢赁。”

“看你那屎架吧,我去解决你给我说清楚是前街哪道街门。”

这还不好解决呀,半夜把拖拉机开到河头,敲开街门先递给他赁钱,要多少给多少,要是那货不敢出赁,他就把拖拉机上的民兵吼进来亮出几杆步枪,我们没收啦,谁叫你敬酒不吃吃罚酒。

就这样决定啦,好得很。

一直坐在西厢客房里斜眼看他们的唐玉环,这时候忽然说:"河头也没有二龙杠。"

"甚么叫二龙杠?"

"打发死人的二龙杠,我死了得给我坐二龙杠!"

"甚么是二龙杠!"

"打发死人的二龙杠,我死了得给我坐二龙杠!"

"曹主任你知道甚么是二龙杠?"

"我也不知道。"

"我死了得给坐二龙杠。"

"玉环你说甚么是二龙杠?"

"你们趁早进城去问吧,我死了得给我坐二龙杠!"

她要不是唐玉环,他真想杀了她。

二龙杠,这名称听着就够水平,好得很,就给母亲坐二龙杠。只是甚么是二龙杠她却不肯说叫他进城去问,进城去问谁呀书记县长大概也不肯给他说。

他先跑到饲养院去问玉环她爹。

"二龙杠?那是贵人坐的,迷信讲迷信呢。"

"你说二龙杠是甚么模样?"

"甚么模样?银晃晃一片。讲迷信呢穷人也是死贵人也是死,死了坐二龙杠不如活时多喝几瓶牛奶,我们东家就不爱见二龙杠。"

"你见过二龙杠没有吧?"

"我没见过能知道是银晃晃一片呀?我没见过你见过?"

"你给我说二龙杠到底是甚么情况?"

"迷信讲迷信!"

“你才讲迷信!”

“支书你不用给我要态度,我也不想给你喂牲灵啦,我这一辈子就喜爱喂牲灵可就是担水太难呀,你不用给我要态度,我快给你担不动水啦,你说你甚时能戳破天门口?”

老汉要不是玉环家爹他早五花大绑把他吊起来了。

他只好又去问朱先。

朱先说他见过二龙杠但没有骄傲很清楚地告诉他,二龙杠就是把棺木放在二条龙上抬出去打发了。

“二条龙?到哪儿去寻两条龙?”

“就是把抬棺木的两根木杠扮成龙,龙头在前龙尾在后,中间放棺木加上银顶棺罩,八抬十六抬都有。”

“好得很。”

“你想给你母亲坐二龙杠?”

“你说她不能坐呀?”

朱先没有说能坐也没有说不能坐只是闭住了眼睛。

能坐不能坐由我不由你。好得很,他已经知道了甚么是二龙杠啦,你家万银不太伟大吧也能叫你坐一回二龙杠,财主贵人能坐你为甚不能坐,他们敢拿假大洋欺负你我就敢给你坐二龙杠,唤两条真龙来我还没学会可扮两条假龙那容易。

他兴冲冲回到家里想把坐二龙杠的决定告诉给母亲。喊了几声,她仍然没醒悟一直沉稳地瞌睡着,那一股细弱的悠悠气依旧持续着仿佛永远不会断绝似的。

你想醒来就醒来你想走就走吧你不用操心那七块大洋啦也不用操心它是真是假啦我给你坐二龙杠懂不懂?你是等二龙杠吧?好得很,我给你做二龙杠。

他把扮两条假龙的任务交给了曹主任:“你能写会画有文化一定得扮得够水平懂不懂?”

“宋书记,我只会写不会画我的美术不行。”

“你有文化吧?有文化就顶事。”

当夜,他就挑了五个不爱瞌睡的民兵背了枪开了拖拉机秘密下了河头。

事情办得很顺利,他只敲了两下街门就敲开了,主家好像早算准他们要来赁棺罩,也没问甚么话就把他招呼进去了。关紧街门站在黑暗的门洞里,主家出口就要十块钱,他一高兴给了二十块都是真钱不是假钱。

他招呼民兵进来把那一套家具搬上拖拉机,正要走时主家交代务必在五天以内送回来,五天后还有人家要赁呢,半夜送回来不敢白天送。我人还没断气呢能给你保定五天送回来,你等着吧拉走就由我不由你啦,谁家五天以后有人断气呀断气也有计划?狗孙的剥削买卖还挺兴旺呢要是在野庄他早把这狗孙五花大绑捆起来了。好得很,事情够顺利,你也不用着急断气想瞌睡你就放心睡吧,有你家万银呢。

只是曹主任太不顶事,龙身龙尾巴算是将就做成了,两颗龙头高低做不像。领导着几个教员折腾来折腾去糊了两颗纸龙头,给谁看了也像牛头不像龙头。

“曹主任你没有养过龙还没有见过龙呀?”

“宋书记我真是没有见过龙你见过呀?”

“我没见过活龙也能看出你做得像牛头不像龙头,二牛抬杠是犁地不是出殡你懂不懂?”

“宋书记我美术手工都不屎行你看该咋办吧?”

“你赶紧给我重做吧龙头是关键你懂吧?”

“我看还是请纸匠吧。”

“你赶紧给我去请!”

曹主任真是不顶事,下河头跑了一圈也没请回会糊龙头的纸匠来,可他家老窑里母亲仍然不肯断气分明是在等待坐二龙杠,这不是又想把他的血脉憋破吗?

“曹主任你请不来纸匠就赶紧给我重做吧这营生除了你谁也不顶事懂不懂?”

“宋书记我真是美术手工都不顶事从小就没学好我的教员就没水平。”

看我捆你一绳你就有水平啦是不是?他正想发火呢,一直在斜眼看他们的唐玉环又突然说:“看你们都跟鳖似的笨,就不会先把庙顶上那个两兽头先搬下来当龙头使一使呀?”

他一听就忍不住大喊了一声好得很,庙顶上的兽头,那两个兽头不像牛头正像龙头!她可真是一个有水平的女人,我的祖宗先人到底有了龙头了。庙顶的脊岭上正好有两个兽头正好成全了他的二龙杠好得很!

曹主任听了也高兴了,说不用卸兽头啦他可以照着那两个兽头糊两个龙头,原来就是因为寻不见参考的样板才把龙头糊成了牛头,兽头当龙头使不小吗?

“你快拉屎倒吧有了参考样板我看你也做不像,赶紧叫电工上房把两个兽头卸下来,曹主任你负责把兽头油漆一下描画一下懂不懂?”

好得很。母亲大人你家万银把二龙杠给你建设出来啦你放心坐它一回吧你家万银不够伟大也能叫你坐一回二龙杠啦你就不用操心七块大洋是真是假,大洋我全给你带上啦你自由花它吧想吃甚你就买甚不用再比赛不花钱了。你想醒来就醒来吧看还想吃甚我给你去买山珍海味星星月亮你家万银也能给你买回来,吃完你再亲眼瞅一瞅我给你预备下的二龙杠你看满意不满意。

就在寻见龙头的这天后半夜,他母亲断了那股悠悠气,再没有醒过来。他断定母亲是满意了二龙杠了。

当时他媳妇和他兄弟媳妇们都像唱歌似的哭起来了,兄弟们也哭得流下了鼻涕。

他想哭觉得也应该哭一场,只是那七块假银圆引起的仇恨和二龙杠引起的高兴夹住他,怎么也哭不起来。万银你可真是狗孙,他连着咒骂了自家几声,还是哭不起来。母亲大人你不敢见怪,我先积攒着鼻涕眼泪等开追悼会时候再带头给你哭吧。

本来他想停灵七天,但老乡们都说天气热啦只好停了三天。

灵堂里外他请了两班鼓日夜吹打。

第四天召开了追悼大会。当时他只顾给老乡们讲话了忘了带头哭号。

出殡下葬时候,全野庄老乡都戴了一朵大白花浩浩荡荡跟着二龙杠去送葬了,够有气派。当时他为了亲眼看一看这一场壮观的情景,叫他兄弟当了孝子在大队前头拄哭丧棒。他知道这是野庄最壮观的一场出殡送葬啦,要是拄着哭丧棒低头在队前哭号很可能就永远错过亲眼观赏的机会了,全村除了他谁还可能组织这样伟大的送葬呀?不可能有啦。再说,丧事的总理是曹主任,指挥这么浩荡的队伍也不顶事,他得亲自指挥呢。

两个兽头油漆描画出来绑在杠前,真像龙头,只是显得小了些,不过关键是像龙头不像牛头。蓝布棺罩也可以。寿木够厚。十六抬。前后两班鼓。望不到头的送葬老乡都戴了孝。好得很,我全给你们记工分。本家亲家的女人们像唱歌似的哭号着。高高飘扬的引魂幡。雪片似的飘洒着纸钱。锡纸糊了许多银亮的元宝。七块大洋也全给她带上了。

太阳很亮,天也很蓝,一路的黄土圪梁都建设得又平整又齐楚,地堰上写满了他的新口号:戳破天门口。

你见不上万银河了但你坐上了二龙杠全村老乡都给你戴孝送葬你该称心如意了吧,你去问祖爷们吧看他们谁走时坐过二龙杠?你家万银还不够伟大?

他忽然想起送葬队伍里并没有发现谁戴红花呀,难道她没有来给母亲送葬吗?

他从头至尾检查了一遍,果然没有她。你要不是唐玉环我能杀了你。不来就不来吧还幸亏她有水平发现了龙头。但你总得哭一场吧万银,你可真是狗孙。

现在他只是被这浩荡壮观的送葬队伍激动着更加哭不出来了,恶骂自家也不顶事,万银你可真是狗孙。

太阳真亮天真蓝，没有一片云彩只有一股热风。天老爷你要能下一场雨就好啦。老乡们说出殡下雨是天老爷在哭。天老爷你也哭不起来呀？你不为我母亲哭也为满地可怜的庄稼哭一场吧。

明亮的太阳高蓝的天空，没有一朵云彩更没有一声响雷。

这时候，他真想哭了积攒了几千年的鼻涕眼泪正在往上往外涌，万银你可真是狗孙。

他努力恶骂自己不允许哭，狗孙，你还得戳破天门口，听几声炸雷似的开山炮。

眼泪没有涌出来但两股清鼻涕还是没有防备住叫它滴出来了，万银你狗孙真还不够伟大。

母亲下葬后过了三七二十一天，他终于在天门口放响了几声开山炮。炮声真像炸雷一般响亮，石头飞满天，地动山摇，那响声在后山山谷里激荡了很久很远。

村里的老乡都说听见了响声。

在那一片响声里，他是真的想瞌睡啦。

第二十一章

出村时候拖拉机的车灯把松树照得透亮像是金树银树，可它就动也没动一直无情地挺立着，倾斜的树盖也仍朝东瞭望平川那厢的河流山脉。你以为我戳不破天门口引不来万银河呀，我给你说等有了万银河我就真要砍倒你啦，真要盖一座大礼堂，青砖红瓦磨砂水泥再安一套新的扩音机器，还要修建一座楼上楼下的高级客房，你能给我供献几方木材呀？

他扭了一把方向盘拐了一个弯，松树给甩到脊背后头了，听到一股荒凉的风声，他知道拖拉机得下坡了。

她说她死了还想埋到松树下歇凉还说她死了也要坐二龙杠他不明白她说的是甚么意思。

他也不知道今晚叫他去开甚么会。拖拉机没有挂车斗，大道上的浮土不断卷了上来，开着拖拉机去开会到底不美不如坐小吉普有司机给你开车。你也可以叫拖拉机司机给你开车吧，坐不成小吉普只能坐拖拉机那就还是自家开上痛快，可惜大道上的浮土也是欺软怕硬总往上扑，给他披身一脸黄土像个土地爷似的。

大道两旁他叫老乡种的杨树长得不快死得快，也披了一身尘土。你可以叫村里的老汉们每天出勤来给杨树抖尘土吧？狗孙你又想出一个好主意，你要早想出这个主意来那杨树恐怕就长得快死得慢啦。那棵松树就是土也不沾雪也不沾终年才绿森森，杨树们可怜得终年披一身尘土能喜欢给你长吗？好得很叫老汉们出勤来给杨树抖尘土。你们可以摇晃树身也可以带根竹竿来敲打懂不懂？只要把树枝树叶上的浮土给我收拾干净我就给你们记工分。当然能用水冲洗更好啦，可惜终于没有打成一眼井没有修成一道引水渠。你们先不用着急，等我给你们戳破天门口引出万银河时候再用水冲洗吧，你们也都给我洗洗澡。记住，等开会回来就给队长们说，各队都派几个老汉出勤抖尘土，好得很。

这个主意又使他高兴起来了。每当这种时候他对自家的脑筋就敬佩起来崇拜起来，万银你狗孙的脑筋真还了不得呢够有水平，你想出来的主意能叫你自家吃惊这真是够奇怪啦。你也不是怎样使劲费脑筋劳累得头疼眼花，许多好主意都是冷不防突然给蹦跳出来了。是它自家冒出来以后你才用脑筋去想它，越想才越觉得它有水平，越想才越叫你吃惊。你常常不敢相信它会是你狗孙想出来的，你不想崇拜你自家的脑筋也不由你啦。万银你狗孙很可能就是一个天才吧？

由于高兴他把拖拉机开得飞快，在飞快的行驶和颠簸中的确感到很痛快，只是一路尘土也更凶猛地朝他卷来使他更像土地爷了。不知道今晚开甚么会，先捎了讯，又派了一个副主任来叫他，万银你一定得去。他不愿意上公社开会，老米的公社一片稀松。你等我戳破天门口引出万银河以后，请我去给你建设公社吧，我很可能是一个天才。平川有水你建设得一片稀松还一口一声好得很，你寻个阴凉地方去放心喝酒吧。

在拖拉机的车灯照耀下，公社大院也似乎披了一身尘土像受了旱。

他熄了火跳到地上以后，才发现大院里停着两辆吉普车，走到近处看了看车牌号码，狗孙有林书记的车呢。县上第一把手来啦，怪不得非请他来不可，全公社没他宋万银就没戏可唱了他清楚。他是越发高兴起来了。

但他没有着急，踢门走进办公室吆喊一名小干部给他端来一盆水。对着墙上的镜框瞅了瞅,万银你狗孙真成了土地爷了不像天才,但这水银奖状镜框是你给他们挣回来的懂不懂?他脱光了脊梁,泼泼辣辣洗起来,啊扑啊扑够痛快。

林书记来得正好,他得把林书记请回上野庄去参观他的天门口。很可能领导们就是为他戳破天门口新工程来的吧,不是为这事他们深更半夜跑下来做甚?痛快。这里也没有几个水色女人你们黑天半夜下来做甚?痛快,我请你们去参观,我给你们再放开山炮,你们得多给我批炸药,你们不批炸药能难住我宋书记吗我从煤窑上借回炸药了,开山炮早炸响了懂不懂?

洗漱完又拍打去尘土,重新对着水银镜框照了照,不像伟大人物也够满意啦。

"林书记在哪屋歇着等我呀?"

"早进会议室了。"

狗孙万银就等你出场啦,但你不用慌张不用着急。

他走进会议室果然看见县上几位领导人都坐好了,这时候他只觉得老米的会议室太没水平啦等我给你建设新的吧。大家也果然一齐瞅住他真像唱红的出场了。好得很。

他跟每一位领导人都开了一个玩笑。他对林书记说你家婆姨叫你掌柜,他对郭副书记说你舍不得花钱是想买房买地吗,他对段部长说你的白头发没受旱减不了产吧。这几句玩笑话他一直记得清清楚楚,因为当时他很敬佩自家的脑筋。

他记得几个领导人也跟他开了一个玩笑,不过不是每个领导人各跟他开了一个玩笑,是几个领导人伙着跟他开了一个玩笑,所以他后来回忆了几次都只是回忆起一个玩笑来。他们说万银你还真会发明创造给你妈坐了二龙杠。

林书记是第一个跟他开玩笑的:"万银你还真会发明创造给你母亲坐了二龙杠。"

第二个是郭副书记跟他开玩笑:"万银你还真会发明创造给你家老太太坐了二龙杠。"

第三个是白头发的段部长开玩笑:"宋万银你还真会发明创造给你娘坐了二龙杠。"

他记得那晚他没有跟老米开玩笑,但老米却第四个跟他开了同一个玩笑:"宋书记你还真会发明创造给你家老人坐了二龙杠。"

当时他心里还想你们跟我开玩笑好得很,只可惜不是每人都发明创造一个玩笑而是四个人伙开了同一个玩笑,所以美中不足就是一个玩笑不如四个玩笑红火热闹。

虽然只是伙开了一个玩笑,但当时会议室里所有的人都高兴得笑了,笑得还够红火热闹。这个情况他也记得很清楚。

他还记得就在那一片红火热闹中,他挑了一个靠近领导人的座位坐下来了。因为很可能就在那时他闻见了一股酒糟气味。这股酒糟气味有些破坏了当时的玩笑气氛,他很生气。老米你还跟上领导人开玩笑呢我看你真是老乡,这么多领导人亲自下来开玩笑你狗日的给堆一摊酒糟像进了猪圈似的是想咋呀也想开玩笑是不是。当时他朝四下里瞅了瞅,瞅见会议室的后墙根底堆着几根方木几袋化肥还有湿淋淋几麻袋酒糟。

老乡从供销社买回酒糟去喂猪,猪吃了酒糟又把酒糟化成猪粪拉到村里的大街小巷里,鸡跑出来刨着吃了猪粪又跑回去下成鸡蛋,老乡再把鸡蛋卖回供销社。当时这个想法使他更觉得老米像老乡,又觉得这想法也很像一个玩笑。要不是因为酒糟气味叫他生了气,他就把自己发明的这个新玩笑说给大家了。

这个玩笑没有说出来,但当时他几乎忍不住要笑出来了使了劲才忍住,因为从不讲卫生的大街小巷他想起了林书记的那辆小吉普。

它第一回停在有猪粪的野庄大街上,老乡的一帮吃屎娃围住它不散,抓抓摸摸又骑到车头上鬼叫得欢。他本想把小杂种们撵走再一想屎娃们也够胆大够好汉,反正吉普车也不会踢人咬人由狗孙们骑着它鬼叫个欢喜吧。第二回它又停在野庄大街时候,几个小龟孙又欢欢喜喜扑上去了,可刚挨住它立时就吱哇一片吓跑啦,他很奇怪。司机说车上通了电了。狗日的不怕打死我们的小老乡呀?司机说电不死,麻他们一下就都熨帖了。还真会发明创造通了电麻一下就熨帖啦。后来他把这话对她说过,她恶恶瞪了他一眼又咒骂了他几声挨刀货。

但是天老爷,就在他想笑使劲忍住没笑的那时候,领导人一个接一个说万银你还是不用当支书了吧。

是不是在这个时候领导人一齐跟他又开了这个新玩笑,他一直没有回想清楚,因为那晚从这个时候往后他就甚么也记不清分不清说不清了。当时领导人是不是在跟他开玩笑,他一直没有分清所以也没有记清更说不清了。

你们是又跟我开玩笑吧?

万银你还是不用当支书了。

他们一个接一个又重说了一遍,开的都是同一个玩笑。

你们是不是在开玩笑?

万银你就不用当支书了。

他们一个接一个又重说了一遍。

当时是不是这样他一直没有回想清楚。

你们不叫我当支书是叫我当县长呀?

他们都说你就努力吧万银。

他们是不是这样给他说的,他没有回想清楚。

天老爷你们不叫我当支书是因为甚呀?

万银你还真会发明创造给你母亲坐了二龙杠。

他们一个接一个又重说了四遍那同一个玩笑。

那不是玩笑吗你们以为我是老乡不懂得甚么叫玩笑?玩笑玩笑给你们笑完就拉倒啦你们不懂甚么叫玩笑吗你们也是老乡吧?

他们又伙说了四遍那同一个玩笑。

你们不同意我家老人坐二龙杠我可以把她的寿棺重新刨出来重新打发重新按新式规定办一回丧事，我开了追悼会又叫老乡戴了白花没有披麻戴孝呀只坐了二龙杠。可以不坐二龙杠可以重送一回葬放到一辆驴车上，要新式也可以放到拖拉机上不加棺罩，她一直睡得够沉稳那股不想断绝的悠悠气也最后断绝了她不怕拖拉机颠簸，更不怕罩一身黄土，你们说这么重办一回丧事还不顶事吗？

你能叫你家老太太重新活过来呀？

你们只要叫我当支书我妈她一定肯醒过来，临终那些天她就总也不肯断绝那股悠悠气她就是不放心我在万不得已时候！我真到了万不得已时候了吗我还没有戳破天门口没有引出万银河呀满地可怜的庄稼都等着万银河水呢全村老乡也等着跳进万银河洗澡呢谁都是浑身历史积攒下的黑泥女人们皮脸上都旱得没有水色啦你们懂不懂？我到了万不得已时候啦我家母亲她会活过来再死一回这不是玩笑。

万银你狗孙是在开玩笑。

我不是在开玩笑你们是在开玩笑吧？

万银你还打骂老乡。

这更好说你们可以叫全野庄的老乡都来打骂我，男人女人老人吃屎娃全都叫他们来打骂我，谁不出勤打骂我你们不给谁记工分，谁来打骂我你们给谁发二斤麦子，踢我扇我拿镰把敲我五花大绑捆起我吊我四十个小时拿驴粪填进我嘴里叫我含四个小时再画一个圆圈叫我站在当间晒四天四夜太阳再在雪地里冻我四天四夜都可以，你们不用害怕，我死不下，因为我还得当支书还得戳破天门口引出万银河懂不懂？

他们说你只要当支书老乡们就谁也不敢打骂你。

你们可以演一场苦肉计呀，你们还可以叫老乡们活埋我，活埋你们懂不懂就是埋完还得活，埋完我还得当支书还得戳破天门口。

万银你狗孙还在开玩笑？

我的血脉都快憋破了你们还是在开玩笑吧？

万银你还讲迷信叫老乡们给松树磕头上供献吃药。

那也是玩笑呀我是无神论者,我没有给松树磕过一个头等我戳破天门口就给你们砍倒松树盖一座大礼堂再给你们盖一座楼上楼下的高级客房再挑几个皮脸水色的女娃为你们服务还不顶事吗?我不会叫你们闻酒糟气味。

万银你可真是狗孙你看你损德不损德你不知道松树是野庄的风景是一棵神树吗你是欺负它做甚不叫你当支书也是活该你懂不懂?

你们也相信松树是神树呀?

他一直分不清他们不叫他当支书到底因为甚么,是因为母亲大人坐了二龙杠还是他打骂了社员还是松树显过灵,他也分不清不叫他当支书是不是在开玩笑,当时他们都笑了,笑得挺欢喜。但他记得在那晚开玩笑的会议上他还没有憋破血脉,因为开完玩笑他开着拖拉机回野庄一路上并没有把拖拉机开到崖头下开到深沟里也没有开到坡里去。快到野庄时候他还想起派老汉们出勤给杨树抖落尘土的事呢,上了坡车灯照亮松树的时候他还想跳下拖拉机去给它磕几个头。

所以,一定是回到野庄以后他才憋破血脉终于流血牺牲啦。在临终的最后时候他听到了一声巨响像开山炮似的一声炸雷响了,他就意识到这是浑身的血脉终于憋破了万银你狗孙终于要流血牺牲了,你还想再吃几口甚么呀他甚么也不想吃。你还有甚么话要说吗他只想再给全村老乡讲一次话,可惜力量已经不够了。还想对唐玉环说他没有在他们那里把你供出来你发明了龙头你最先发明了二龙杠但我没有供出你来,可惜他也没有力量等她来啦。他就这样沉稳地流血牺牲了,可能也留下了一股悠悠的活气很久不肯断绝吧就像母亲那样。如果他们还叫他当支书他可能也会重新醒过来吧,他记得这是在临终前的最后意识了,此后就甚么也不知不觉了。

他没有想到自家还会重新醒过来,因此当他醒过来的时候以为自家已经做了鬼了。万银你狗孙已当了鬼啦做人你狗孙没有做好从今往后做鬼你就做个好鬼吧,再做一个恶鬼连你祖爷们也要开除你懂不懂?拉屎倒吧人都给开除了我成了鬼还怕开除呀，还能再把我开除到哪里，鬼再给开除就又得回野庄去做人，我不怕你们开除你们再叫我回去做人我同意。所以我做了鬼也得戳破天门口，好鬼恶鬼一㞞样我是谁也不怕啦，做鬼也好得很。

可他听见曹主任对他说："万银你快醒来吧你已经瞌睡了四天四夜啦。"

他问："曹主任你也牺牲啦？"

"你快醒醒吧不用说梦话了你已经瞌睡了四天四夜，呼噜响得像打雷，快醒来吃喝些茶饭吧。"

看来可能是他牺牲以后又醒过来啦，是不是又叫他当支书呀？

曹主任说玉儿后生已经当了新支书了。

他问谁是玉儿？

曹主任说："玉儿是朱先本家孙子，他姓朱，大名叫明玉，小名叫玉儿，你还带他去赁棺罩你能记不得你快醒醒吧。"

狗日的真是隐藏着一个对手，就是这个玉儿不断告他的黑状呀？但他怎么也想不起玉儿是谁。狗孙你也隐藏得真够深。

曹主任说："玉儿想叫我当会计我想迁回河头去了。玉儿想叫你再当队长。"

鬼，我已经是鬼啦我还要戳破天门口，等我吃喝饱肚肠再睡它四天四夜还要去戳破天门口。你敢再叫我当队长，明天松树就又会显灵你信不信？

天色很昏暗他觉得还像在阴间似的。

曹主任说天阴了怕要下雨。

天老爷你哭得迟啦我已经醒过来了你给满地可怜的庄稼下雨吧。

一切都是从那股酒糟气味开始的，他谁也不怨啦更不怨天老爷只怨那股酒糟气味了。

他又瞌睡了几天几夜彻底解了乏败了火，天老爷仍然没有下雨。

她本来想为宋万银倒了运欢喜几天,可惜再也欢喜不起来了,更不想病不想死啦。想高兴又不敢太高兴了只怕因为太高兴了血脉不能平安地流动惊吓着他,很想给村里的婆姨老婆们说一说他,很光彩地说一说他,又怕说话太累了把他累着了。

街上又有风,不能叫风吹着他,她是平生第一次喜爱多穿衣裳怕受风着凉。

朱先说你得小心对付,不敢受风,不敢上火。

她记住了。多穿衣裳,不往街上的风地里站更不敢往街上冰凉的坐街石上坐了,夜晚也不敢开窗户,再多压一床棉被睡,土炕隔一天过一火。但也不能多见太阳,因为太阳在屋外,屋外有风。

天气热起来了,她不怕热只怕受风着凉。但太热了会不会上火呀?

朱先说上火是人内里有火,内里有火再外感风寒,就得出毛病啦。

朱先你说得对,我记住了。

外头她不怕热坚决不受风寒,内里我不生气不高兴不叫它上火。都说生气要上火,太高兴了也上火,我能不生气也能不高兴。现在再也没有甚么可以生气的了,谁也不重要啦,男人女人亲爹亲妈领导老乡老白老杨都平平常常了。自家男人不当主任她更不会生气你不当主任正好可以专门侍候我呀,宋万银不当支书她不但不会生气还想高兴,可惜太高兴了会上火,她能做到不高兴。没有可生气的也就没有甚么可高兴的了。只有这一件事她想高兴想欢天喜地想烧着了浑身的血脉高兴一场高兴一个死去活来,但正是因为这件事,因为他,她不能太高兴,太高兴了要上火。因此,她也是平生第一回诚心诚意地喜爱这样不高兴了。真心喜爱上不高兴也就不会有气可生了。人能既不生气也不高兴,我的祖宗先人,这可真是够福气啦。以前她总不生养,可能就是一直又生气又高兴,内火太强吧,但朱先说她不生养是因为肚寒。肚寒可能是因为她一直不喜爱多穿衣裳吧,朱先说的不会差。

朱先说茶饭吃得重也会存食，肚肠里存了食也会生内火。

她愿意茶饭吃得轻些，稀汤寡水也喜爱，只是她食轻了会不会饿着他呀？你可真憨，他现在能吃喝多少呀，朱先不会差，你可真憨，她喜爱承认自家憨傻。

那天她心里烦闷头又疼得像生了虫在吃脑仁，一号院里又孤闷空寂得像死了人，她忍耐不住正想再赤身露肉满世界给他们跑一圈就猛然觉得有些恶心想吐，吐了几口又吐不出肮脏来。愣了一阵，就赶紧寻朱先去了。

朱先一见她二话没问劈头就对她说："你不敢憨跑啦，快回家静养着去吧，不容易你大喜了。"

当时她可真憨听不明白朱先说的是甚么意思，还骂了他一句不好听的话。

朱先又说："你快不敢憨说憨跑啦，不容易你真是大喜了。"

当时她可真憨还问谁是大喜谁是二喜。

直到朱先说清了她要生养才明白了谁是大喜，但仍然憨傻得不相信，非叫朱先再给她号一回脉。

朱先把三个手指一放到她的脉上，她就立刻觉得一股柔软的水似的东西传遍了浑身的血脉，她相信了。

"不差，你是双脉。"

甚么是双脉？一股是血一股是水吗？她没有再问，因为她已经相信了只觉得自己够憨傻，但只要生养她喜爱承认自家憨傻。当下，她高兴得又想满世界去跑一圈，高喊几声赤脚医生棉花。

朱先说不敢太高兴小心上火。

朱先你可真是神仙，她真想给他磕三个头，只是怕上了火。

她不敢高兴也不敢生气万分小心地走回一号院去了，幸亏一路上没有滑倒没有太累着。

我的祖宗先人们，我要生养啦，你可真憨小心高兴得上了火，你更不敢生气，生气更上火。已经没有气可生啦，她只觉得自家已经躺进了一片柔软的水里了，四周已变成一片柔软的水了你不能高兴。

那天夜晚她家主任从后山天门口回来，她给他说了谁是大喜，他也憨傻得总不相信。

要在平时她会恶骂他一声，但如今她不能生气了。

他相信了以后居然问她大喜姓曹不姓？

她听了已经生了气了已经有了一长串现成的话要咒骂给他了，大喜不姓曹难道能姓白姓杨我看还是趁早活埋了你枪崩了你才解气你还是主任，幸亏她及时想起了不能生气才赶紧又躺进了柔软的水里。

她宁静地给他说大喜就是姓曹。

他还是憨傻得不肯相信。

他那一种憨傻她也喜爱起来了，他真是又白净又精干又秀气，曹大喜也一定像他一般白净精干秀气。

她决定就叫他曹大喜，姓曹，大名叫大喜，小名叫喜喜。

她给亲爹妈说了谁是大喜，他们也欢天喜地。

她爹说叫你家大喜在河头当电工吧不敢喂牲灵，喂牲灵担水太劳人我快给他们担不动水啦。

她妈说不能听死老汉的，当电工算甚本事还是叫你家大喜当主任吧。

她爹说当主任太劳心还不如当大夫。

她妈说当主任不比你喂牲灵强百倍呀？

她爹说我这一辈就喜爱喂牲灵你管我做甚？

她妈说谁爱管你我管不了你主任能管你！

她爹说看他敢管我我不拿镰把敲他才算他本事大！

她妈说你先敲我吧死老汉。

给了以前她早又想疯啦可现在她不能疯，她就觉得亲爹妈也憨傻得叫人喜爱，他们吵架就像要笑似的挺有意思。她不恼他们了也不敢笑他们，一笑也能上火。

她幸福地浸泡在柔软的水里仍然不由得想弄明白为甚么就给了她大

喜，想得久了就怕上火，但还是不由得想弄明白。头是已经不疼啦，想一阵可能也上不了多大火吧。可能就是因为脑仁里没有牙虫了才有了大喜吧，不过记得那一天是先觉得头疼才去见朱先的。朱先劈头就对她说你不敢憨傻啦你已经有了大喜了。记得那天也没听见有喜鹊叫唤。可能朱先真是神仙，也可能是吃了松树给的药真顶事了。记得吃完药甚么感觉也没有不凉不麻连土腥气也没有。吃了神药也得过几个月才顶事吗？一直想吐没有吐出肮脏来。她妈说想吐就真是有了你家大喜了。不敢再想了，小心上火。你不用想了，小心侍候你家大喜吧。后来听说不叫宋万银当支书了，就想很可能是因为不叫他当支书才给了她大喜吧，他说他想当县长你当鬼吧我家大喜才能当县长。她想欢喜欢喜又不敢欢喜怕上了火。你也真够憨傻啦想给你妈坐二龙杠又笨得寻不见龙头你还想当县长我看你还是留下县长给我家大喜当吧。大喜你到时候也给我坐二龙杠。她给他们寻见了龙头，龙头使完又安回庙顶的脊岭两头了，油漆得鲜红，眼珠是黑的，牙是白的，够好看。全村都说够好看。这是她的功劳，所以给了她大喜。想到龙头这里她才最后放心了，不再高兴不再生气也不再去想甚么啦，四周都是一片柔软的水。

男人说迁回河头吧。

她就同意了。

这年从夏天到秋天，野庄所有平梯田里的玉茭枝叶都没有把刻画在地堰上的那句旧口号给遮挡住。绿叶托起红边白心又秀气又硕大的字，远远望去像满沟遍坡一直都开满了鲜花。因为没有下雨，绿叶不够高不够密也不够很绿，但红白相间的鲜花却由于不曾淋湿过一直很艳丽。

每天早起出村下沟去担第一担水时候，因为阳婆还没有出来黎明中没有甚么颜色，望见遍沟漫坡开着的鲜花，他总以为是站满了锄地的受苦人，奇怪他们都穿着白净的汗衫像公家给发的一样齐楚，又奇怪自己怎么会比他们起身起得迟呀。看看阳婆的确还没有起身，就不管他们了。

担第二担水时候，阳婆虽然仍没有爬起来，但因为天色已经大亮了，有时东方平川那厢的天边沿也开始烧红了，所以黎明中有了色彩，他再看遍沟漫坡开着的鲜花就又像是站满了锄地的婆姨媳妇。玉茭叶显绿了就衬得她们的汗衫更雪白，还依稀闪露出许多红色来，红红绿绿就是女人。只是那野庄哪有这么许多女人，又打扮得齐楚像是公家给发的一样的穿戴。今年玉茭受了旱了，公家该多给发些口粮饲料发这些红红绿绿的穿戴做甚。他就疑心自己还没有睡醒。

直到担第三担水时候，他才把漫地站着的红红绿绿的女人看成了绿叶托起的鲜花。因为这时候阳婆慢慢爬升起来了，他也开始觉得两桶泉水沉重起来担水的路途遥远起来，漫沟遍坡开着鲜花是好风景。这风景就常常使他怀念起女婿和女婿当主任的时日来。女婿又迁回河头去了。万银也上山下了煤窑了，到底没能指靠上这狗日的，担水还是这样辛苦。万银不当支书为甚么不叫女婿当，女婿也走了。爱见女婿的米书记听说也给下放到兽医站啦。兽医说是老米爱见兽医站，兽医的话他不想相信。满眼的好风景可惜受了旱了。他也快担不动水啦。

担回第三担水倒进自家的水缸里以后，他还是照旧看见自家老婆含着两眼生泪从灶火的浓烟里闪出来吸气，没有跟他说话。在这时候，他常常想起朱先来，分不清他和朱先谁胜了谁。朱先本家一个龟孙当了支书啦，可他女婿当过主任，主任是比支书差一步，但女婿比孙子大一辈，再说他女婿是亲女婿，朱先的孙子是本家孙子远多啦。你孙子当了支书我也快给你家担不动水啦。

他去担第四担水时候，就再也看不见满眼的风景了，只有遥远的路途和沉重的泉水，一步接一步没有尽头。有时也会偶尔想起昨天夜晚人们又聚在他的饲养院争论宋家五爷当年到底是为了一句甚么话。他们似乎仍旧没有争吵清楚。他没有管他们，只是不免又会想到老宋家至今还未归还给他的那一块大洋。拉倒吧，想了想，还是决定不要了。

立秋以后下过一场雨，地堰上刻画下的红边白心大字给洇湿了几天。

等雨后天晴时候，绿叶更绿了，红白相洇也更像一团花了。黎明时分看男人像男人，看女人像女人。庄稼地里一直就是又有男人又有女人，只是担水的路途仍然跟先前一样遥远。

第二十二章

她抱着她家大喜坐到了自家的街门口。大喜已经八个月了能扶住她的腿站立起来,所以他在吃饱奶时候就给夹在她的两腿当间站立着,听她跟后街的坐街婆姨们说话。她知道大喜还听不懂她们说的话,所以她说话时候也就可以放肆了。

迁回野庄又生养下大喜,她终于可以跟后街的婆姨们平等地坐街了,而大喜已经平安地给她生养下来了也不必害怕上火,想高兴就高兴想生气就生气,完全可以放肆啦。后街的坐街婆姨们见她生养了大喜,跟她们一样心满意足,不再一天热一天冷不再死瞅住当街的牛蹄印发愣怔更不再赤身露肉绕村跑了,她们对她也放肆起来了。自从她从河头迁到野庄以后,整条后街再也没有发生过一件事能比得上她当年插了一朵真花又赤身露肉绕村跑了一趟叫她们感到刺激性命了。在这几年中间,家里村里庄稼地里当然不断还有故事发生,只是这些故事仍像人人都有子孙人人都有祖宗人人都要吃喝睡觉一样平常一样公式化了,即使像谁跟谁又进了庄稼地里那样的故事,也一样有如日落日出没有奇特色彩。因此给她们说不了多少时候就照旧变成了稀汤寡水。在她带着自家男人迁回野庄之后,河头后街的坐街婆姨们在感到稀汤寡水时候，就时常要说起她的故事。插了一朵真花，赤身露肉绕村跑了一趟，又带上自家男人从婆家迁回了娘家，真像日出西山一样的稀罕又像子孙生养了祖宗一样的新奇，因此她的故事一直是她们坐街时候能刺激性命的话题。这话题给她们断断续续说了两年，到第三年也终于化成一片稀汤寡水啦。从此，她们很寂寞了几年。

在那平静平常又偶尔觉得难熬的寂寞中，她们也打过几回赌，谁敢像老四家婆姨那样赤身露肉绕村跑一趟就选谁当妇女队长。有几个婆姨说敢是敢但只给当妇女队长太便宜了，叫自家老汉像玉环男人似的当主任还差不多。大家都很爽快地说当主任就当主任只要你敢。也有的婆姨说她不想当主任只想当主任家妈，大家也很爽快地同意叫她家二小当主任。也有的说她甚么也不想当，只给大家去跑一趟就是了。不过，她们只是热热烈烈地赌了几回，谁也没有去跑。

她们也赌过谁敢插一朵真花出来坐街，当时几乎所有的坐街婆姨都说了敢。而且因为都说了敢，也不争吵赌甚么啦，只争论到时候谁要不敢插花怎样治她，仿佛真要举行一次插花坐街的比赛了。哪有那么多真花给她们往头上插呀？不会各人也种几棵西番莲呀？支书家妈能种老百姓妈也能种，一致同意各家都种几棵西番莲。由此又说起了西番莲怎样好，自家院里种几棵西番莲很可能自家也真会当几天支书家妈。这样一说，她们就更同意一齐种西番莲了，因为都觉得支书家妈不难当，应该都给她们轮流当几天，支书家妈轮不过来还有主任家妈还有会计家妈队长家妈，越说越欢喜。所以在那平常又难熬的寂寞中，她们又很说了几天西番莲。很可能因为养种西番莲毕竟比赤身露肉绕村跑一趟容易得多了，她们说完以后并没有全给丢进稀汤寡水里拉倒，在第二年春天庄稼下种以后，后街的各家婆姨真还操办着要给院里种西番莲了。

只是直到那时她们才注意到西番莲并不结子是宿根的，跟庄稼大不一样。支书家妈当她的西番莲为宝贝，死活不肯刨出根来分给她们养种。这就使她们越发相信种了西番莲一定能吉祥得叫大家将来当几天支书家妈。只想叫你老孟家吉祥不同意我们也吉祥几天，想全村风水你家独占呀霸道得够美，可惜你家挡不住我们。她们就到娘家姥娘家去寻找，不是人人都找到了但也有几家是真寻找回来啦。找回来的几家中间，有的栽活了有的没有栽活像狗鸡儿似的肉根给沤烂了。栽活了的人家中间，有的开花了有的只长绿叶不肯开花。在开花的人家中间，有的开出了支书家那红白相间的大花，有的只开出了黄花白花没有见红。见了红花的人家中间，又有不愿意分根给旁人养种的。所以历尽千辛万苦等到各家都想方设法终于在自家院里栽活了几棵能开花又见红白的西番莲时候，早把当初举行插花比赛的欲望给忘记了。只是偶尔争吵一天半晌，都说各人养种的花是如何比别人家的好。就是对它的吉祥意味也不大提到了。一条后街，几十个婆姨，真要都当上支书家妈也够稀汤寡水啦。

到唐玉环跟上男人从娘家又迁回河头后街的时候，虽然各家都已经栽活了一样的西番莲了，可仍然觉得终日稀汤寡水寻不到能刺激性命的话题可说。因此一见玉环归来，大家就忽然欢喜起来了仿佛终于盼到了出头之日似的。可惜她回来以后终日关了街门不肯出来坐街，她们以为她仍然害羞呢却听说她怀上肚了。这虽叫她们稍有失望但有了可说的话题，她为甚么又迁回来了，她是怀上谁的肚了，为甚么不敢出门，值得说的新鲜话真是不少，欢欢喜喜又说了不少天。后来终于忍不住了，她们轮流到她家串了一回门。都见她很平静，不像害羞也全不像疯婆姨，问甚么答甚么很正常，肚是大了人也胖了白了似乎也不显老。她们都说还是当主任家婆姨好活，只是不明白为甚么放着那么好活的主任家婆姨不当要再回来当教员家婆姨呀？有的说当教员家婆姨也不赖吧你看她男人也不老不黑还是够白净精干。但多数婆姨还是觉得其中有刺激性命的故事发生了，她一定真跟野庄那个后生支书有。对此种情况她们又说了很久，也终于说成稀汤寡水啦。后来都说不管她怀了谁的肚吧能当几年主任家婆姨还是够值的，很可能疯它一回就能当几年主任家婆姨。谁敢疯它一回呀？又打了几回赌，说敢的不少，只是谁也没有疯。

在这中间,谁也没有提到西番莲,这有些奇怪。

直到大喜过了百岁,她才欢欢喜喜抱了他出来坐街。

她们围住仔细观看她家大喜,怎么看怎么都像她家当教员的男人,又白净又精干,一点也不像上野庄那个已经下了台的后生支书。她们都听说那后生又黑又愣像平常受苦人似的。

这一来,她们就大胆了,很放肆地问她:"玉环,听说你跟野庄那个下了台的黑后生有,是真是假?"

"你们看像有不像?"

她们见她既不脸红也没有恼了反问她们,既显得很平常又像很放肆,大家越发大胆了。

"我们听说没有。"

"我们看你像有。"

她就既像平常又像放肆地给她们说:"你们看像有就是有。"

她们没有听过这样的回答,当时很欢喜地笑了一阵。后来才发现这样问答真够没有油水了,她准是跟那个黑后生没有事,要有事准不会这样回答。只是大家很希望有事,要没事真够稀汤寡水啦。

她们只好又说起她家大喜。

"玉环你家男人不是不顶事吗怎么又有了大喜?"

"是呀你是咋有了大喜?"

她说是松树又显了灵天天去磕头天天吃药。

她们都感到她回答得够对,就又问了松树显灵的许多情形,惊叹了很久。只是后来也化成稀汤寡水了。

大喜一天比一天白净精干,连笑时模样也很像教员了,她们更感到一片稀汤寡水。

这中间,她们又跟她说了些河头的故事,旧话重说到底没有能新奇多久。

在河头的故事中间又穿插着问了她几回在野庄该有的事只是她仍然

爽快地说有，她们更不相信她有啦，还是没有油水。

又问她当主任家婆姨见天吃甚喝甚，她有时说得玄乎有时又说得平常。说得玄乎的时候她们不太相信，说得平常的时候她们也不大相信，只是更想当几天主任婆姨或是主任家娘能亲自经过经过。

但在这种时候，她们仍然谁也没有再提到西番莲花，真是够奇怪了。

大喜长到五个月时候，大家看他是更像曹老师了，终于最后失望啦。

从那以后在坐街时候，她们只好重新回忆她当年发疯的详细情形。

"玉环你怎么就起了赤身露肉绕村跑的心思了？"

她说为了跑一趟欢喜。

"想欢喜你咋就敢？"

她说只要疯了就甚也敢啦。

"从前街又跑到后街你真没有害怕呀？"

她说她们真憨疯了还能知道害怕吗。

"记得那年快立秋了，你赤身露肉不嫌冷呀？"

她说只要欢喜就不觉冷了当时还热燥呢。

"脚也不冷呀？"

她说头顶也不冷。

"玉环你是先跑出街门又跑到前街又跑到学校从学校又跑到前街又从前街跑到后街又跑进街门，对吧？"

她说对。

"你抹了一脸锅黑才跑出去了对吧？"

她说她没往脸上抹锅黑是洗了脸梳了头才跑出去了。

"都说你抹了一脸锅黑呀？"

她说没有。

"疯子都不喜欢干净呀？"

她说她喜欢干净。

她们跟她核对了很久。

只是这个话题也照旧给大家说烂了。

后来大家又回忆她当年插花的详细情形。那天她插了一朵真花出来坐街坐了多久没有给人发现,那是前晌还是后晌,后来是谁头一个发现了,这人是男人还是女人,发现以后她羞红了脸没有,又是谁发现她插的是真花不是假花,她们摘下那朵花传着看来还是给干部没收走了,争吵了许多问题。但仍然没有想到各家已经种了那种一样的西番莲了,真够奇怪。

就这样一直到大喜已经八个月了,这一年的天气也跟以前和以后的每一年一样,由春天挨到夏天又由夏天挨到了秋天而秋天又一样一天比一天凉起来了,她们也一样感到这一年快要不能坐街了,因为到了冬天也将要跟以前和以后的冬天一样的寒冷,于是终于才到了这一天。

初到这一天,大家本来觉得这一天跟昨天前天大前天是一样的,只是感到秋凉了仍然没有寻到能刺激性命的话题,稍有那样一种说不出来的焦急,不过这一份焦急也很平常。

她奶了一回大喜又把他夹在自家两腿当间。对门的老婆说大喜真壮,隔壁的婆姨说大喜真像他爹,从此就再没有人说她大喜了。

她想寻一个话头再跟她们说说大喜,但终于没有寻到就稍有一些焦急。

在这种平常的稀汤寡水中大家焦急了很久,才有一个婆姨忽然说,她家院里养种的西番莲今年没开几朵花。很可能这一天活该要和昨天前天大前天不一样了,这个婆姨那样一说,几乎所有的坐街婆姨都一齐说,对呀今年院里的西番莲是没开几朵花。

一条后街,各家都没开了几朵花,这叫大家一齐吃了一惊,是年景不好全受了旱了吗?在另外一天大家一定就相信了是年景不好,但在这一天她们却奇怪地忽然明白过来,院里的西番莲不是地里的庄稼,就是喝洗锅水也旱不着它呀。

唐玉环也是直到这个时候才忽然明白了一条后街两行人家就只剩她一家没有养种西番莲,她不由也吃了一惊,越发焦急起来了。

“你们真是都养种了西番莲了?”

“可不是可惜今年没开几朵花。”

“你们为甚都养种了西番莲?”

“你说为甚总不是为了炒菜吃吧?”

“为了好看也为了吉利。”

“为了吉利?”

“为了吉利。”

今天她们也忽然明白了为甚么要养种西番莲了,活该不一样。

她一听更焦急地问她们:“西番莲有甚么吉利呀你们快说!”

“能当支书家妈。”

她们一齐都说,都明白得跟平常时候不一样。

她更是灵敏得急忙就说:“养种上西番莲我家大喜也能当支书吧?”

她们都说她说得对。

她就焦急万分地问她们:“你们为甚不早给我说呀?”

她们说她早知道了呀。

“我家还没养种呀迟不迟呢?”

她们说不迟你快养种吧。

“谁寻给我几颗子种?”

她们说西番莲不结子是宿根。

“谁分给我一把根呀?”

她们都说今年没开几朵花怕是根上受了罪了,她就明白她们是不肯分根给她。正在焦急时候,隔壁一个婆姨说:“玉环你只要说清那年为甚要戴花坐街,我分给你根叫你养种。”

她赶紧说是为了喜欢。

“你真是为了喜欢呀?”

她说真是。

“真能喜欢吗?”

她说真能喜欢。

要是在平常时候，她们不会相信，或者一时相信了等欢欢喜喜笑一场以后又不相信了。但今天她们都相信了，而且谁也没有笑都很严肃像忽然明白了一件大事似的。

“快不敢发愣了赶紧都插一朵西番莲吧！”

她吆喊了一声，大家更明白了就一齐像救火似的钻进了各家那一样扁圆的门洞。很快每一个婆姨就真给自家头发上插了一朵红白相间的真花，又钻出了门洞，而且每个人手里还另拿了同样的一朵花。她们给她捏来叫她戴的。

“你们叫我插满一头花是不是？”

她们说同意。

她正想插满自家的头发，忽然又明白了再也不能跟她们不一样了，就只挑了一朵插了。

当时是深秋的一个后晌，一条后街，两行坐街女人一律戴了一朵真花，都是红白相间，红是深红，白是雪白，给已经斜了的阳婆照了也够壮观。但她们全都很严肃像在举行一种仪式，在严肃里体会着那似有又无的喜欢。

可惜在这一天夜晚，后街各家都传出了男人吼骂女人的声音，那吼骂声也是一样的。吼骂过后，男人们也一样都担心自家婆姨会像唐玉环那样疯了，给他们赤身露肉绕村跑一趟。

结果谁家婆姨也没有疯。

后来她们仍然出来坐街，只是再也没有人插花了，仍旧蘸了凉水把头发梳得光光明明。每每回忆起那一天的不一样，她们一直觉得像是做了一场梦。但梦也能做得大家都一样呀？又不太相信。在相信与不相信之中，终于也化成一片稀汤寡水了。

玉环家男人和学校的教员们对这件事研究了很久，结果是说后街的女人可能那天都头疼得厉害，想用西番莲花打虫。

这件事后来传到外村，外村都说那天可能河头的后街有些不干净。

这件事后来也传到了县上，有干部说河头妇女可能在庆祝大喜事吧。但当时的大喜事似乎又发生在妇女们庆祝之后，多数人不相信她们会先知先觉。

据说后来有考古队在河头与上野庄中间发掘了一个汉墓，墓室中就有女人坐街的壁画。画中的坐街女人那时果然都是头上插了花的。但是不是西番莲花争议较大。一种意见说是玫瑰花，一种意见说女人头上插的并不是花而是剥落了的斑点。还有一种意见说不是斑点也不是花，是当时的民间画匠在作画时候无意之间将画笔上的颜料甩落到壁画上去了，而那颜料斑点又正巧甩到了女人的头发上，匠人弄拙成巧，稍加勾画，成了一朵一朵的花了。观画时不看女人只看那花分明有一种甩洒而去的气势。民间的无名画匠真够伟大。这一种意见比较占上风，不过还没有驳倒其他那两种意见。

还听说后来唐玉环又带着自家男人进城开了几年饭铺。她男人学习拉面炒菜还学得不错。但在城里始终没有寻见杜家的旧宅也没有寻见她上过学的东寺完小，只是时常见到开了自家汽车的宋万银。他的汽车够破旧了但他说挣钱不少。有一回他翻了车也没有死下，不久又开上了一辆稍新些的汽车，但他又说挣钱不像以前多了。他还建议她的饭铺置买冰箱电扇，她没有相信他的话很后悔。她还疑心早年的白老师也来她的饭铺吃过一回饭，只要了两碗素面，没有要炒菜也没有要酒喝。吃完素面从衣兜里摸出半截纸烟，划了两根火柴才点着吸了，只吸了两口就起身走了。等他走了很久了，她才疑心是他，跑到街上再没有看见他，疑心了几天又想起了她家大喜，不疑心了，就一心想攒够钱给她家大喜娶媳妇盖房。有时候她也喝两口酒。

野庄那棵松树，听说村里有人想承包它，又有人想给它修庙。不知后来修了没有，只知道它一直绿森森苍郁如旧，神奇地不见老。

一九八八年六月毕